TABAJARA RUAS

VOCÊ SABE DE ONDE EU VENHO

A CONQUISTA BRASILEIRA DO MONTE CASTELO

2.ª edição

EDITORA AGE

PORTO ALEGRE, 2024

© Tabajara Ruas, 2023

Capa:
NATHALIA REAL

Diagramação:
JÚLIA SEIXAS

Supervisão editorial:
PAULO FLÁVIO LEDUR

Editoração eletrônica:
LEDUR SERVIÇOS EDITORIAIS LTDA.

CIP-BRASIL. CATALOGAÇÃO NA PUBLICAÇÃO
SINDICATO NACIONAL DOS EDITORES DE LIVROS, RJ

R822v   Ruas, Tabajara
           Você sabe de onde eu venho : a conquista brasileira do Monte Castelo / Tabajara Ruas. – 2. ed. – Porto Alegre [RS] : AGE, 2024.
           295 p. ; 16x23 cm.

           ISBN 978-65-5863-229-0
           ISBN E-BOOK 978-65-5863-230-6

           1. Contos brasileiros. I. Título.

23-86035   CDD: 869.3
                        CDU: 82-34(81)

Gabriela Faray Ferreira Lopes – Bibliotecária – CRB-7/6643

Reservados todos os direitos de publicação à
LEDUR SERVIÇOS EDITORIAIS LTDA.
editoraage@editoraage.com.br
Rua Valparaíso, 285 – Bairro Jardim Botânico
90690-300 – Porto Alegre, RS, Brasil
Fone: (51) 3223-9385 | Whats: (51) 99151-0311
vendas@editoraage.com.br
www.editoraage.com.br

Impresso no Brasil / Printed in Brazil

Para Ligia, Lucas e Tomás.

Para as famílias italianas que socorreram os pracinhas na guerra, com risco de suas vidas.

Por mais terras que eu percorra
não permita Deus que eu morra
sem que volte para lá.

(Canção do Expedicionário,
Guilherme de Almeida e Spártaco Rossi)

1

Costa da Bahia, 15 de agosto de 1942

Seu Antenor, o *chef*, consultou o relógio de pulso, 19 horas em ponto, lançou um olhar crítico para a pequena vela de cera azul fincada no centro do bolo sobre a mesa e ordenou:

— Leva, Pedrinho.

O rapaz saiu como um raio por entre o pessoal da cozinha, desviou de dois garçons que vinham entrando e subiu em três saltos a escada que levava para o salão. Ainda ouviu a voz de seu Antenor, "não vai derrubar o bolo, guri", quando os acordes da orquestra chegaram até ele.

Tocava *Carinhoso* e junto aos acordes vinha o burburinho do salão, aquele ruído de vozes de gente que tinha jantado e bebido com prazer e que agora sussurrava coisas mornas enquanto deslizava pela pista de dança e a luz das lâmpadas amarelas caía sobre eles.

Pedrinho passou perto da orquestra, percebeu o olhar guloso e cômico de seu Oscarito, o flautista, que lhe piscou o olho, e aproximou-se da mesa do capitão Silva.

— Fósforo, fósforo!, sussurrou o capitão em voz áspera, e vários fósforos e isqueiros foram ligados e logo uma pequena chama crepitava na ponta da vela azul.

Algumas palmas se ouviram, mas o capitão Silva levantou um braço, olhando para a orquestra.

Com dois gestos o maestro encerrou o *Carinhoso*, os casais pararam de dançar e olharam na direção da mesa do capitão, que batia com uma colherinha na sua taça de champanhe.

— Vamos fazer um brinde ao nosso imediato, senhor Antônio Diogo de Queiroz, que hoje cumpre 32 anos, 15 dos quais vividos como legítimo homem do mar.

Palmas e vivas, as taças foram erguidas e os camaradas do imediato Queiroz disseram piadas, bateram nas suas costas e começaram a cantar *Parabéns a você* no exato momento em que Harro Schacht, comandante do submarino alemão U-507, observando pelo periscópio o perfil iluminado do Baependy, ordenou, com leve tremor de excitação na voz:

– Preparem os torpedos.

O Baependy era um navio do Lloyd Brasileiro que fazia a linha costeira regular da empresa, e tinha saído de Salvador às 7 horas da manhã, com destino a Recife. Estava prestes a atracar no seu primeiro porto de parada, Maceió.

O navio tinha 4.801 toneladas de deslocamento, camarotes confortáveis e certa imponência um tanto pesada, fruto de sua origem: fora fabricado na Alemanha. Era antigo troféu da Primeira Guerra Mundial, herdado pelo Lloyd numa nebulosa questão diplomática decidida a favor do Brasil.

Enquanto os amigos do imediato Queiroz entoavam o *Parabéns a você*, o Baependy navegava a 20 milhas marítimas do farol do rio Real e transportava 233 passageiros. Desses, a maior parte eram militares do Exército. Era o 7.º Grupo de Artilharia, comandado pelo major Landerico de Albuquerque Lima, que conduzia seus comandados de Dorso a Recife, para exercícios de tiro. Os tripulantes do Baependy eram 73 homens, fora os 12 da orquestra, que nesse momento fazia menção de retomar a atividade.

Pedrinho parou para olhar, e seu coração deu um pulo: Maria Rita, vestido cor-de-rosa e grande orquídea no cabelo, estava diante do microfone.

A orquestra começou a tocar *Bésame mucho* e o coração de Pedrinho se contorceu de algo que era bom e angustiante, quando sentiu um toque no ombro.

– Vai fazer tua obrigação, guri.

Era o cabo Dico, seu irmão mais velho, que lhe arrumara esse emprego e que arrumara empregos para mais sete membros da família em diversos navios do Lloyd. Quando Pedrinho descia as escadas de volta à cozinha, o comandante Harro Schacht, debruçado sobre o periscópio, ordenou:

– Fogo!

O experiente *korvetkapitän* sentiu no corpo o leve tremor do submarino quando os dois torpedos foram acionados.

No fim da escada, no corredor que ligava à cozinha, Pedrinho viu pela escotilha a lua cheia surgindo no céu e associou-a à voz de Maria Rita, que começara a enfeitiçar o ar com as palavras do *Bésame mucho*, quando percebeu a coisa brilhante que avançava em direção ao Baependy, alguns centímetros abaixo da superfície do mar.

– Golfinhos.

Besteira. Sabia que esse pensamento era uma grande besteira. A coisa brilhante que avançava para eles não eram golfinhos nem nada parecido.

– Dico!, gritou com desespero, Dico!

Foi arrebatado pela explosão e ensurdecido pelo estrondo pavoroso. Não sentiu a roupa arrancada do corpo pela lufada queimante que corroeu sua pele enquanto era tragado pela escuridão e logo mergulhava na água morna do oceano, foi feliz enquanto seu corpo afundava sem atrito, sem peso, sem dor e achou que estava tudo bem, tudo ia ficar bem, era se deixar levar para o fundo, afinal era o fim e foi então que Dico irrompeu na sua mente, e sua mãe, e os irmãos, e invadiu-o revolta e dor, e pensou outra vez que era o fim, melhor se deixar levar para o fundo sem pensar em nada e de repente estava outra vez na superfície respirando com ânsia e desejando ferozmente viver, e se agarrou a um pedaço de tábua que flutuava na sua frente; a tábua bateu em sua testa, deixando-o dolorido e humilhado, com vontade de gritar e de chorar.

Por um instante se aquietou, achando estranha a quietude do mar, olhando os destroços flutuantes, ouvindo sons e vozes que não decifrava.

Então o mar começou a se agitar; bem perto, um ruído veio subindo do fundo; o pavor se apoderou dele quando a menos de dois metros começou a surgir o monstro marinho enorme e poderoso, quando a criatura emergiu respingando água, brilhante e cinza.

Numa súbita alucinação, lembrou as baleias que via no inverno de sua infância em Imbituba, Santa Catarina. Mas aquilo não era uma baleia. Era um submarino e estava com o dorso todo acima da água. O garoto de 16 anos pôde ler as iniciais U-507 e, pintada no casco, viu a assustadora suástica.

Uma tampa circular foi erguida e surgiram três marinheiros, armados de metralhadoras. Fizeram gestos para ele se aproximar. Um deles jogou uma boia salva-vidas presa a um cabo.

Pedrinho vacilou, mas os homens gritavam sem parar e apontaram as metralhadoras. Pedrinho colocou o salva-vidas e se deixou rebocar. Ao ser içado, sentindo sob os pés o casco duro do monstro, percebeu que estava completamente nu.

Foi empurrado escada abaixo.

2

Rio de Janeiro, 20 de agosto de 1942,
Gabinete do Ministro da Guerra

— O Baependy afundou em três minutos e meio, senhor ministro. O radiotelegrafista não teve tempo de mandar uma mensagem de socorro, não houve tempo de lançar botes e baleeiras ao mar, foi tudo muito rápido. Afinal, dois torpedos em cheio no casco.

O major Brayner depositou a folha de papel sobre a mesa e a alisou com a palma da mão.

— Estima-se 270 mortos, senhor ministro.

— Mas isso não é tudo, murmurou o capitão Marcos. — Uma hora depois, foi a vez do Araraquara, também navio de passageiros, senhor ministro, 131 mortos.

O major Brayner continuava a alisar a folha de papel.

— E depois, o Aníbal Benévolo, 154 pessoas a bordo, 4 sobreviventes.

— Três navios em oito horas, senhor ministro, tornou a murmurar o capitão Marcos. — E nos dois dias que se seguiram, o Arará e o Jaciba.

Brayner caminhou até o janelão que dava para a baía.

— Todos, senhor ministro, com a bandeira brasileira pintada nos dois lados do casco.

— Pode haver sobreviventes agarrados a destroços, a Marinha está buscando, mas já contamos 607 mortos até o momento, disse o capitão Marcos num fio de voz.

O ministro da Guerra, general Dutra, mexia as mãos, metódico e paciente, como se soubesse o que fazer com os papéis sobre a mesa.

— Capitão Marcos, o que a Inteligência tem a nos dizer?

Sentado numa poltrona a um canto da sala, o capitão Marcos sacudiu a cinza do cigarro no cinzeiro.

— Que desde o princípio deste ano Hitler é dono de um território que vai do Círculo Ártico às praias do Mediterrâneo. Hoje ele é senhor da Noruega, de Dinamarca, Holanda, Bélgica, França, Luxemburgo, Iugoslávia, Grécia, Tcheco-Eslováquia, Polônia, Ucrânia e pelo menos quase metade da Rússia. O adversário da vez são os Estados Unidos. Ele sabe que na prática nós somos aliados dos Estados Unidos.

— Somos aliados dos Estados Unidos, capitão? Na prática?, interrompeu o ministro.

— Na prática, sim, senhor. Adolf Hitler tem grandes planos para o continente sul-americano, não esconde isso e, na minha opinião, vai atacar com tudo.

O major Brayner, de frente para a janela, olhando o mar, se voltou e disse:

— Já está atacando, capitão.

O ministro da Guerra suspirou.

— Mesmo que nos ataquem, como vocês dizem, o que podemos fazer?

O tom da pergunta exigia respostas claras, e o silêncio tomou a sala. Brayner testou a vidraça com as unhas.

— Se vamos comparar nossas forças com as da Alemanha, é humilhante, ministro, disse com voz triste.

— Não seja duro conosco, Brayner. Nunca pensamos em guerra nas últimas décadas. Por que pensaríamos? Mas agora a situação é outra.

Temos uma costa de oito mil quilômetros de comprimento. E vocês sabem quantos navios?

Houve outro instante de silêncio.

– Claro que sabem: dois encouraçados velhos comprados de segunda mão, dois cruzadores nas mesmas condições, um submarino, um!, senhores, sete contratorpedeiros, dois navios hidrográficos, um navio-escola, e por aí vai. Tudo velho e obsoleto. Mil e quatrocentos homens é o efetivo da nossa Marinha. É ridículo! Como vamos entrar em uma guerra? A Alemanha tem milhões de soldados bem preparados. E temos indústria para construir armamentos? Nada. Nada de nada. Essa é a realidade, senhores. Esse é o nosso país. Não temos o que fazer nesta guerra. Esqueçam esta guerra.

– Não temos como esquecer, senhor ministro, disse o capitão Marcos, esmagando o cigarro no cinzeiro com gesto um tanto pedante, marca do seu estilo, o povo não deixa.

O ministro tornou-se pálido num repente.

– O povo não deixa?

– O povo está nas ruas protestando, disse o capitão, os estudantes organizam passeatas, os sindicatos estão tramando ações, os políticos...

O ministro interrompeu-o com um sussurro, que foi crescendo:

– Os políticos que se danem, os estudantes que se danem, os sindicatos que se danem. Não temos marinha, não temos aviação, não temos sequer infantaria. Surpreende-me que vocês, dois dos mais inteligentes oficiais do meu gabinete, venham com essas insanidades. Guerra! Vamos fazer guerra com o quê? Com as mãos? Jogando pedras no maior exército da História de todos os tempos?

3

O capitão Marcos e o major Brayner tomavam cafezinho, melancolicamente, na cantina dos oficiais.

— O pior é que ele tem razão, disse Brayner.

— Tem. Entrar nesta guerra é uma insanidade, concordou o capitão Marcos.

— Então qual é a alternativa, capitão?

— Assistir ao massacre de braços cruzados.

— Ou botar a culpa nos americanos. Ou, conforme o gosto, nos comunistas.

— Estamos numa sinuca de bico, meu amigo, disse o major.

O capitão Marcos consultou o relógio de pulso:

— Bem, preciso ir, vou interrogar um dos sobreviventes.

— Onde?

— Aqui. Foi encontrado boiando perto da praia, bem em frente ao quartel.

— Mas como? Os ataques foram no Nordeste.

— É isso que eu quero pôr em pratos limpos. O rapaz foi recolhido por uma patrulha costeira. Ele diz que veio dentro de um submarino.

4

O capitão Marcos notou medo nos olhos do rapaz. Já conhecia a sombra nos olhos de quem sentava naquela cadeira, mas a expressão do rapaz denotava que ele tinha visto algo bem mais assustador do que a polícia secreta do Getúlio.

— Bom dia, jovem, eu sou o capitão Marcos. Vamos conversar um pouquinho. Qual é seu nome?

— Pedro.

— Só Pedro?

— Pedro Diax.

— Você é de onde, Pedro Diax?

— De Imbituba.

— Imbituba, Santa Catarina?

— Sim, senhor.
— Então somos vizinhos. Eu sou gaúcho. De Porto Alegre.
— Sim, senhor.
— Você estava no Baependy, Pedro?
— Sim, senhor.
— Você fazia o quê no navio?
— Eu era garçom.
— Que idade você tem, Pedro?
— Vou fazer 17 na semana que vem.
— Você sabe, Pedro, que a maioria das pessoas que estavam no Baependy morreu?
— Sim, senhor, eu tinha um irmão a bordo, não sei se ele está vivo ou morto.
— Vamos ver isso para você, Pedro. Mas me diga uma coisa, como foi que você se salvou?
— Eu caí na água quando houve a explosão e me agarrei num pedaço de tábua.
— E depois?
— Apareceu o submarino, e eles me jogaram uma boia. Me levaram lá para dentro.
— Quanto tempo você ficou lá dentro, Pedro?
— Não sei com certeza.
— Pelos nossos cálculos, você ficou dois dias, o Baependy foi afundado diante de Maceió e você foi recolhido aqui no Rio de Janeiro. É importante, Pedro, que você nos conte tudo o que aconteceu lá dentro.
— Sim, senhor.
— Como vocês se comunicaram?
— Eles tinham um oficial que falava nossa língua.
— Falava bem?
— Mais ou menos, dava para entender.
— O que ele queria saber?
— Sobre mim, de onde eu era. Depois sobre o navio, sobre o Lloyd, quanto tempo eu trabalhava nele. Sobre o porto de Imbituba, quando eu falei que era de Imbituba. Me perguntou o que eu achava da

Alemanha, eu disse que não sabia. Perguntou se eu conhecia algum alemão em Imbituba ou em algum outro lugar.

— E você conhece?

— Não, senhor, quer dizer, conhecer conheço, mas não são alemães de verdade, são brasileiros.

— Ele disse alguma coisa especial, mandou algum recado?

— Ele disse que o povo alemão é nosso amigo, que nós não precisamos ter medo de nada, que nosso inimigo são os americanos.

— E você o que disse?

— Eu não disse nada, mas fiquei pensando que ele era meio louco.

— Meio louco? Por que, Pedro?

— Tinham acabado de afundar nosso navio, matado todos os meus amigos e falavam comigo como se isso não tivesse acontecido, nem ligavam para o que eu sentia.

5

O Hotel Copacabana Palace resplandecia ao som dos metais de uma banda de *jazz* quando o capitão Marcos subiu os degraus da entrada, num terno de linho branco e sapato de duas cores.

Parou no último degrau e colocou um cigarro na piteira. A última moda do Rio era se comportar como se estivessem num filme de Hollywood em *technicolor*.

As pessoas passavam por ele exalando perfumes fortes; havia ombros e decotes bronzeados e tensão sexual. Na entrada deu um olhar ao cartaz: Carmen Miranda e o Bando da Lua. Isso vai lotar, pensou.

Atravessou o Salão Imperial e saiu para o pátio. Circulando a piscina, exatamente como lhe dissera ao telefone, viu a bela Adelaide. Entre centenas de mulheres belíssimas que transitavam por ali, Adelaide se destacava sem o menor esforço. Ela tomou seu braço:

— Atrasado como sempre, capitão.

— Desculpe, querida, o dever.
— Estavas torturando algum pobre sindicalista?
— Piada sem graça.
— Ui, meu capitãozinho é sensível.
— Não gosto dessas piadas, Adelaide.
— Vem, vou te apresentar nosso homem, ele tem a senha.
Cada vez chegava mais gente ao Copacabana.
— Eu tinha pensado em entrevistar a Carmem para a coluna, mas hoje parece que não vai dar, e de repente Adelaide se eletrizou: Olha ali, olha ali, o Adhemar Gonzaga, o dono da Cinédia, eu tenho uma ideia fantástica para uma comédia, preciso falar com ele.
— Depois. Antes vamos achar nosso homem.
— Já achamos. Lá está ele, se podemos chamar de homem aquela baleia rosadinha.
Afundado num sofá estava um corpanzil parecendo querer sair do terno de linho que o envolvia.
— Querido, te apresento Herr Ehrhardt Blücher, discípulo dileto do mestre Dietrich Eckart.
O gordo fez um gesto casual, convidando Marcos a sentar. Apenas um humilde membro da Sociedade, capitão, muito prazer.
Apertaram as mãos.
— A nossa Adelaide me falou muito no senhor; já vou lhe dizendo que fizemos uma pequena investigação a seu respeito e achamos que podemos convidá-lo para uma troca de ideias.
Falava português com dificuldade mas segurança, e olhava Marcos direto nos olhos, com uma espécie de simpatia e desafio:
— Meu carro está aqui perto, vamos andando?
Havia um chofer que abriu a porta com cerimônia, Marcos sentou no banco de trás com Adelaide; o gordo Blücher disse:
— Desculpe, simples segurança.
E colocou óculos escuros nos olhos do capitão. Os óculos estavam vedados no lado de dentro com uma tarja preta, e Marcos sentiu que o carro arrancava sem enxergar absolutamente nada.
— O trânsito está difícil, disse o motorista.

— O que há?, perguntou Blücher.

— Uma concentração muito grande lá perto do Catete. Acho que vou ter de fazer um desvio.

— Dirija sem comentário, disse o gordo, obrigado.

E voltou-se para Marcos com um sorriso, como se ele pudesse vê-lo.

— A Sociedade existe há mais de 700 anos, capitão; vários membros são iniciados na Doutrina; foi ela que abriu os centros de visão do Führer.

Marcos sentia a presença do mar à sua esquerda; estamos indo para o sul, então.

— Eu admiro o seu país, capitão. Tão ingênuo, tão prosaicamente paradisíaco, tão lírico!

Adelaide riu.

— Você vai se acostumar com ele, Marcos.

— Vocês são um gigantesco país agrícola que tem 3 mil tratores. Na Alemanha, um país industrial, nós temos 80 mil e ainda achamos pouco. Não digo isso com soberba; eu sei que tudo é fruto do Vehm, sabedoria da raça ariana acumulada desde os tempos dos Cavaleiros Teutônicos, sabedoria para iniciados na nossa Sociedade Thule, um modesto braço do Partido, enterrado profundamente na nossa tradição mais pura.

— Nós somos um povinho, disse Adelaide, uma típica sub-raça.

— Não diga isso, querida, censurou Blücher.

— É verdade, insistiu Adelaide, sabe aquela história de que Deus fez um paraíso na terra, as melhores praias, as montanhas mais lindas etc. e, como reclamassem de favorecimento, Deus disse: "Esperem para ver o povinho que eu vou botar lá".

Adelaide deu uma gargalhada e Blücher a acompanhou, sacudindo-se todo.

— Essa é boa, essa é muito boa.

— Vou botar essa história amanhã na minha coluna, o Rubem vai ficar maluco.

As unhas de Adelaide se cravaram na palma de sua mão, e Marcos fechou os olhos e os deixou fechados, lembrando que a pistola ficara no apartamento, que estava sendo levado na noite escura por uma fascista fanática e um alemão desconhecido, de maneiras excêntricas e um tanto sinistras, cuja voz agora dizia:

— Temos grandes coisas a construir juntos, capitão. Nós o investigamos e sabemos que não é um homem violento; há uma violência que se origina do caos e nos dirige para o caos, e há uma violência cuja natureza é geradora de cosmos. É no sentido cosmo-criativo que desejamos discutir, uma conversa entre homens criativos, e não entre violentos.

Marcos deixou de escutar, ficou atento aos ruídos fora do carro, apenas distinguia o murmúrio do mar. Meia hora depois, o carro sacudiu, fazendo-o chocar-se contra o corpo macio de Adelaide, a estrada parecia ser de cascalho.

— Chegamos, capitão, disse Blücher, não tire os óculos, por favor.

Sentiu crescer dentro dele uma angústia que se traduzia num pensamento fixo: não fui treinado para isso.

6

— Quando tiraram meus óculos, eu não acreditei no que via. Estava numa sala de pé-direito muito alto, estandartes nazistas nos quatro cantos da sala, um baita retrato do Hitler numa parede e um círculo de pessoas com capuzes e batas que iam até o chão. Bem-vindo a nossa Sociedade, disse um sujeito atrás de uma mesa, sentado, com um livro aberto na frente dele. Achei aquilo tudo muito ridículo, coronel, mas o que eu sentia mesmo era o medo crescendo na minha barriga.

— Por que na barriga?

— Sei lá! Era ali que eu sentia uma pontada gelada, a Adelaide não estava na sala nem o gordo Blücher. Quer saber, coronel, eu não fui treinado para isso.

— Nenhum de nós foi.

— Pois é, eles começaram a fazer perguntas sobre o Serviço, disseram que eu devia ser sincero, que era apenas um teste, disseram que sabiam como a gente opera, e quer saber? Sabiam mesmo, isso é coisa do Filinto Müller, com certeza.

— Deixa o Filinto fora disso, já temos problemas demais. Parece cada vez mais que vão declarar guerra à Alemanha, o Filinto está em palpos de aranha.

— Está no papo do Aranha, disse Marcos, e se arrependeu imediatamente, sentindo-se idiota.

— Deu para saber onde fica a tal casa?

— Vou rastrear. Esta tarde vou tentar refazer o caminho, o Palma vai dirigir.

— E a Adelaide?

— Vamos deixar ela em paz por enquanto, coronel.

— Por quê?

— Não podemos desperdiçar esse trunfo; ela conhece todos esses nazistas e vai nos levar até eles.

— Sim, meu filho, e se ela for parar na cadeia, você vai perder o seu...

E o coronel fez um gesto obsceno.

7

Dulce e Zoé, jovens bronzeadas na praia de Pajuçara, Maceió, no pino do sol da manhã. Imóvel na areia, sussurra Dulce para Zoé com voluptuosa preguiça:

— Vamos jogar tênis hoje de tarde?

— Vou se você me emprestar uma raquete.

— E a tua?

— Tá sem corda.

— Com uma raquete sem cordas pode ser que o teu jogo melhore.

— Gracinha.

Ouviram vozes alarmadas e se apoiaram nos cotovelos. Banhistas e pescadores corriam agitados.

Nos dias cheios de espanto que se seguiram aos ataques do capitão Harro Schacht os jornais publicavam manchetes arrebatadoras, apesar da censura. O país inteiro se transformou numa caixa ressonante de boatos. De sul a norte havia passeatas de multidões inflamadas de patriotismo, manifestações, abaixo-assinados e discursos clamando por vingança. Pescadores olhavam com temor para o mar, que agora apresentava um tipo de ameaça que nunca imaginaram enfrentar.

Pairava no ar uma dúvida que separava os brasileiros: quem era o autor dos atentados? Tudo era sobressalto naqueles dias, e as duas moças olhavam a agitação com mau pressentimento.

– Isso é coisa dos americanos, disse Zoé.

Zoé, 18 anos, as pernas longas e morenas brilhantes de uma mistura de óleo de coco.

– Sou capaz de jurar que foram eles que torpedearam os navios.

– Quem diz isso é a Quinta-Coluna, e você devia saber mais do que ninguém, afinal seu pai é general, retrucou Dulce, 17, massageando as pernas com o óleo.

– Pois é meu pai general quem diz que é coisa dos americanos, então é coisa dos americanos.

Havia algo de glorioso no calor, no céu azul e no mar brilhante onde tremulavam as brancas velas das jangadas. Banhistas em grupos olhavam para o mar, havia um ponto escuro além dos recifes: tubarão?

Por essa época de suas vidas, as duas meninas estavam começando com cautela a apalpar os grandes mistérios do futuro bem próximo: sexo, amor, casamento. E agora, no fim da adolescência, essa história de guerra. Que tédio!

As duas ergueram os óculos de sol para a testa, olharam na direção para onde todos apontavam e viram, além dos recifes e da espuma branca das ondas, o ponto escuro.

Zoé deu um grito:
– Tubarão!

Dulce se ergueu e ficou olhando, fascinada.

— Submarino, disse, baixinho.

Em torno do periscópio havia uma leve agitação da água esmeralda. O periscópio submergiu, formando uma espécie de redemoinho. As duas se olharam, pálidas e sem palavras.

— Vamos para casa.

Juntaram toalhas e frascos e bolsas e saíram em disparada para o ponto de ônibus mais próximo. Não olharam mais para o mar, como temendo ver algo que não suportariam. Quando chegaram na casa de Dulce, havia alvoroço.

— Afundaram um navio aqui perto, anunciaram as tias com estupor, o rádio disse que os destroços estão chegando na praia, tem feridos, muitos feridos!

A mãe, quatro tias, a avó, que apareceu ninguém sabe como, corriam pela casa, falando ao mesmo tempo. A tia beata e uma negrinha recitavam ladainhas. Toca o telefone, todos se precipitam, Dulce chega primeiro.

— Mãe, é do hospital, o doutor Máximo!

A mãe de Dulce atende, muito pálida, e vai concordando com a cabeça:

— Sim, senhor, doutor, sim, senhor, agora mesmo.

Larga o telefone, olha dramaticamente para todos.

— Era um navio de passageiros, o Itagiba, são muitos feridos, muitos! O doutor Máximo quer que eu vá para lá ajudar, eles não têm sequer uma enfermeira formada.

— Eu vou com a senhora, diz Dulce.

— Eu também, emenda Zoé.

— Não, vocês são muito crianças para isso.

— Crianças, mãe?, e Dulce se eriçou como uma gata indignada.

— A gente fez no colégio o curso de Defesa Passiva, dona Clô, disse Zoé. A senhora sabe.

— Vocês vão ver muitas coisas horríveis no hospital.

— Mãe, estamos perdendo tempo.

— Muito bem, então vamos ver o que vocês sabem fazer: ao telefone! Precisamos arrecadar roupas, alimentos, camas e colchões. Falta tudo isso no hospital. Organizem comissões, uma comissão para cada item. Telefonem para todas as amigas de vocês, organizem um mutirão. Entrem em contato com a LBA, peçam remédios e ataduras, avisem que eu sou a única enfermeira diplomada por perto, as outras são Voluntárias Socorristas sem experiência nenhuma. Espero vocês lá!

E saiu em disparada. As duas garotas se olharam, perplexas: Dulce, de olhos azuis, Zoé, de olhos negros. Dulce apanhou o telefone:

– Lápis e papel, comandou para Zoé, que olhou suplicante para as tias de Dulce, que correram cada uma para um lado e voltaram com lápis e papel, enquanto Dulce com voz firme dizia:

– Sim, levem para o hospital, ah, sei lá, deem um jeito, é pra já, quanto mais colchões melhor, e lençóis, e fronhas.

8

As duas meninas conheceram o horror muito de perto nessa manhã. Saíram para a rua, meia hora depois, no rumo do hospital, que não ficava longe, duas quadras dali em frente ao mar. A manhã continuava azul e dourada.

Os sinos das igrejas dobravam fúnebres pelos mortos. Quando chegavam ao hospital, também chegavam os primeiros feridos, transportados em caminhões do exército. Havia urgência e gravidade nos rostos dos socorristas. Dulce e Zoé ouviram os gemidos de dor, e mesmo gritos e rezas em voz alta.

Dulce viu sua mãe de longe, debruçada sobre um corpo numa maca, tentando desabotoar a camisa dele. Ela a chamou com um gesto urgente. Nesse momento mais do que nunca Dulce entendeu sua mãe, sua cor pálida e a firmeza do seu gesto, e a maneira doce como olhou para ela (o olhar dizia *confio em ti, pequena*) e disse:

– Ajuda a tirar a roupa deste aqui.

A camisa estava em frangalhos ensanguentados que se grudavam à pele.

O homem era escuro de uma maneira estranha, como se aquela não fosse a verdadeira cor de sua pele, mas produto das queimaduras ou talvez ele fosse mesmo negro; era difícil saber, o que ela sabia muito bem é que as contorções súbitas que seu corpo dava eram de dor, uma dor lancinante entrelaçada à surpresa e ao horror que ele vivera naquela manhã de céu azul e de sol quente.

Quem era esse homem? Jovem? Velho? Um simples marinheiro? Um oficial? Ou um passageiro? Aí estava ele no limiar da morte, de olhos arregalados de dor e desespero.

— Dona, eu ainda tenho na boca o gosto da fumaça do torpedo, vou levar esse gosto comigo.

Dulce sentiu o aperto da mão do desconhecido no seu pulso, e com um estremeção de horror soube que esse era o adeus do homem, ele se despedia do mundo com a mão escura apertando seu pulso, o último contato com a vida, busca de explicação para o desespero, para o horrível gosto da fumaça do torpedo na boca.

9

Todo mundo comentava que o ministro da Guerra, general Dutra, não tinha nenhuma simpatia pelo ministro da Aeronáutica, deputado Salgado Filho. Duas horas antes, o ministro da Guerra, general Dutra, ouviu Getúlio dizer com sua expressão indecifrável:

— Não me importa o que tu achas dele, Dutra, ele é o homem para a missão.

E agora, duas horas depois, o deputado Salgado Filho está no gabinete de Dutra, os dois se olhando nos olhos com o mesmo pensamento sem simpatia nenhuma: temos um problema nas mãos, um problema grave.

— Todos querem entrar na guerra, doutor Salgado, mas com que armas, com que equipamentos?

— Já estamos em guerra, general.

— Isso é o que eu mais ouço atrás desta mesa.

— Isso é o que todos acham, general.

— Porque afundaram alguns navios na costa não quer dizer que estamos em guerra, doutor Salgado.

— Fomos atacados.

— Sim, fomos atacados. Foi covarde, foi vil. Estamos feridos e humilhados. A população deseja vingança. É natural. Mas uma guerra nos moldes de hoje, com máquinas de destruição modernas, em proporção industrial, estamos longe de poder enfrentar. Eu sei, sou um soldado profissional. Como vamos patrulhar a costa e defender nossos navios?

— Sei que temos um problema grave, não subestimo essas questões.

— São oito mil quilômetros de costa e simplesmente não temos aviões, e os que temos são sucateados, e pior, não temos pilotos, não temos escola de aviação, estamos no zero para enfrentar a máquina de guerra alemã.

— O que o senhor deseja de mim, general?

Dutra estendeu um papel.

— Esta é a minuta da coisa, o presidente aprovou, vamos ter a reunião de todo o ministério no final da tarde.

Salgado Filho examinou o papel.

— Decreto-Lei 10.358, 22 de agosto de 1942. Mas... é... é o que estou pensando?

— Leia.

— É a declaração de guerra à Itália e à Alemanha, murmurou, sem esconder o assombro.

— Exatamente.

Esperou que Salgado lesse mais uma vez a curta nota.

— E eu tenho uma missão para o senhor, da parte do presidente, doutor Salgado.

— Sim, senhor.

— O presidente pediu para eu lhe dizer que o senhor vai montar nossa aviação de guerra.

— Sim, senhor.

— Vai negociar com os americanos. Vai comprar ou alugar ou roubar aviões. Vai montar um esquema para a formação de pilotos. Como vai fazer isso eu não sei, o presidente disse que o senhor há de dar um jeito, e isso tudo para ontem, porque como o senhor mesmo vem nos dizendo, deputado, já estamos em guerra.

10

Joaquim Pedro Salgado Filho, gaúcho de Porto Alegre, era um advogado de 52 anos que fora toda sua vida militante político estreitamente ligado a Getúlio Vargas. Conspirador de primeira hora na revolução de 30, a que levou Getúlio ao poder, foi um implacável chefe de polícia nos primeiros anos da ditadura e, em seguida, ministro do Trabalho, Indústria e Comércio. Fora nomeado ministro de uma inexistente Aeronáutica há mais de um ano, mas agora era diferente.

Saiu do gabinete de Dutra com o cérebro reverberando de ideias. Aquele gaúcho calado, que fora um duro chefe de polícia do Distrito Federal, era um homem de imaginação. Antes de entrar no automóvel e mandar o motorista dirigir em direção a Copacabana, já estava montando um plano.

Além da falta de aviões e de pilotos, a deficiência da aviação brasileira consistia na absoluta falta de unidade de suas aeronaves. Os 430 aparelhos em uso eram de 35 modelos diferentes, o que gerava um monumental problema de manutenção. Salgado sabia que o Congresso americano tinha criado um sistema para negociar seus aviões com os ingleses, que sofriam horrivelmente com os ataques aéreos dos alemães e sofriam ainda mais porque não tinham dinheiro para comprar aviões.

O sistema se chamava Lend-lease Act, ato de empréstimos e arrendamentos, e Salgado Filho logo instalou em Washington uma Comissão de Compras.

11

E para a cidade de San Antonio, no Texas, onde havia uma grande base aérea, enviou dezenas de jovens universitários, a fina flor da sociedade carioca, muitos paulistas e gaúchos que falavam inglês e, é natural, no esplendor da juventude ansiavam por aventura.

Em seis meses já havia muitos pilotos formados e ávidos para entrar em ação, e centenas de aviões negociados entre os dois governos.

Um belo dia, levantaram voo de uma fábrica em Maryland nada menos que 150 aparelhos que voaram em formação para o Rio de Janeiro, numa impressionante jornada com 16 escalas, da fábrica até os aeroportos do Galeão e de Santos Dumont. De 1942 até o final da guerra, três anos depois, o Brasil negociou 1.288 aviões novinhos com os Estados Unidos.

Mas no segundo semestre de 1942 a situação na costa brasileira era de medo.

Os ataques dos submarinos aumentavam de intensidade, e no mês de novembro mais nove navios mercantes foram afundados, com centenas de mortos.

E no mês de dezembro a contagem não poderia ser pior: doze navios, milhares de vítimas. No ano de 1942, de fevereiro a dezembro, 24 navios mercantes e de passageiros foram atacados e afundados. Nenhum submarino alemão ou italiano foi sequer danificado.

Havia estupor, consternação e revolta na sociedade brasileira, e uma sensação de impotência nas Forças Armadas.

Enquanto essas tensões dividiam o país, os aviões chegavam e se instalavam ao longo da costa, começando a formar uma rede de defesa e patrulha que esperava o momento de ser testada.

Havia três tipos de aviões: o Catalina, o Hudson e o Ventura. Foram distribuídos desde Florianópolis até Fortaleza. E no primeiro semestre de 1943 os pilotos percorreram o litoral brasileiro de olho no mar, buscando submarinos inimigos, mas nenhum apareceu.

Havia boas razões para isso. A guerra marítima atingia proporções gigantescas na Europa. Hitler tinha planos ambiciosos no Mar do Norte. Em março, os submarinos alemães colheram suas mais impressionantes vitórias, quando atacaram dois comboios aliados. Uma formação de 44 submarinos atacou coordenadamente os comboios e afundou, num único dia, 22 navios.

A tragédia causou uma crise emocional profunda entre os Aliados, e eles se organizaram meticulosamente para revidar. E o revide não demorou: dois meses depois, uma ação conjunta da marinha e aviação aliadas cercou e destruiu 41 submarinos alemães, obrigando Hitler a rever sua estratégia. E foi Hitler pessoalmente que ordenou a mudança dos campos de caça para territórios menos vigiados: apontou seus submarinos mais uma vez para a costa brasileira.

Mas agora aviões vigiavam a costa, com pilotos jovens e decididos. Um deles, com seu bigode da moda, era o aspirante-aviador Sérgio Schnoor.

Comodamente instalado numa cadeira na sala de oficiais no QG do aeroporto Santos Dumont, no Rio de Janeiro, xícara de café na sua frente, cigarro fumegando no cinzeiro e uma revista cheia de fotos das coristas do Cassino da Urca em suas mãos, Sérgio disfarçava o tédio quando um major americano entrou esbaforido na sala:

– *There is a submarine out there! Go there and get it!*

Ou seja:

– Tem um submarino lá fora! Vai lá e pega ele!

Sérgio engoliu o resto do café, apagou o cigarro no cinzeiro e saiu acelerado em direção à pista.

Ao sol da manhã, com sua tripulação completa, o Hudson 73 esperava. Vai ser agora, pensou, trêmulo de excitação: batismo de fogo em pleno mar do Rio de Janeiro.

12

O U-199 era o mais moderno e o maior submarino construído pelos alemães para a guerra no mar. O comandante Hans Werner Kraus tinha mandado pintar na torre do U-199 o perfil de um barco *viking*, para sua inspiração. Kraus venerava as tradições marítimas escandinavas, e a pintura do barco *viking* em seu submarino servia para recordá-lo de que o mar era um constante desafio. Tanto para uma embarcação como aquele antigo veleiro dos guerreiros do norte como para uma nave poderosa, tal como a que ele recebera para comandar. Kraus recebera o cobiçado comando da nave por seus méritos. Tinha sido imediato da lenda viva da marinha alemã, o comandante Günther Prien, a bordo do U-47, quando num golpe de extraordinária audácia invadiram a base britânica de Scapa Flow e afundaram o couraçado Royal Oak, para espanto do mundo em guerra.

Com as novas diretrizes de Hitler, levar mais uma vez a guerra ao Atlântico Sul, o recém-inaugurado U-199 partiu para sua primeira missão em maio de 1943.

Em junho estava na costa do Brasil, farejando presas como um tubarão faminto. Não avistou nada que instigasse sua cobiça e passou por Rio Grande e Florianópolis, rumo ao norte. Teve mais sorte no dia 27 de junho, ao se aproximar do Rio de Janeiro, quando inaugurou seu ciclo de matanças, afundando o mercante inglês Charles W. Peale com dois torpedos no casco.

Quase um mês depois, a 24 de julho, enfiou mais um par de torpedos em outro cargueiro britânico, o Henzada, de mais de 4 mil toneladas, sem direito a sobreviventes.

A temporada de caça prometia quando foi avistado no dia 31 de julho pelo avião de patrulha americano Mariner PBM-3C na tela do radar. O piloto era o tenente Walter Smith, da marinha dos Estados Unidos, e seu relógio de pulso marcava 7 horas e 14 minutos de uma gloriosa manhã carioca de sol.

O U-199 foi visto a olho nu pela tripulação do Mariner alguns minutos depois.

— O filho da mãe navegava na superfície, e eu não vacilei, contou depois o tenente Smith, no bar do Hotel Copacabana, cercado de mulheres perfumadas. Estávamos em missão de escolta de um comboio de 30 navios, que deixava o Rio. Arremessei o bico do Mariner em direção a ele, que abriu fogo contra nós, mas nosso ângulo era favorável, e não fomos atingidos. A menos de 100 metros de altura, larguei seis bombas Mark 47, que caíram ao lado do alvo, levantando colunas de água e fazendo o U-199 sacudir.

O avião subiu, deu uma volta e a tripulação viu o submarino intacto, despejando fogo de suas metralhadoras e canhões. O Mariner tinha ainda mais duas bombas, deu outra volta e desceu vertiginosamente em direção ao submarino, passou a menos de 20 metros dele e largou as duas bombas que restavam.

Novas explosões, novas paredes de água subindo e descendo e o submarino balançando. Dessa vez parece que o alvo foi atingido, porque o submarino começou a despejar fumaça e óleo.

Então o tenente Wilson avisou a base aérea da presença do inimigo, e foi por isso que o major americano apareceu todo agitado na sala dos oficiais do Galeão e avistou o aspirante-aviador Sérgio Schnoor comodamente sentado numa cadeira, olhando numa revista as pernas das coristas do cassino da Urca e saboreando seu cigarro com uma xícara de café.

Sérgio se instalou no assento de controle do Hudson, conferiu com os sargentos Manuel Gomes e João Antônio se o compartimento de bombas estava carregado e começou a ligar os motores, quando literalmente se jogou para dentro do avião o capitão Polycarpo, tomando o assento de copiloto.

— Não te preocupa, garoto, a festa é tua, disse o capitão.

O aspirante Sérgio escreveria anos depois em seu Diário de Guerra que sentiu um previsível alívio quando viu o capitão Polycarpo entrar no avião, pois ir numa missão desse tipo sozinho sempre é temerário.

O coração do jovem Sérgio disputava uma batalha insólita de sentimentos contraditórios. Estava feliz com o voo e a proximidade da aventura, mas também se aproximavam a morte, o medo e o horror.

O Rio de Janeiro estava luminoso e pleno de orgulho de suas montanhas, as praias repletas de banhistas, ele viu os guarda-sóis coloridos. Passou pelo Cristo Redentor de braços abertos, observou os carros nas avenidas circulando em ordem e tocou o nariz do avião para o sul, para longe dos edifícios e dos morros, e lá embaixo ficaram apenas o mar esverdeado, os iates, as lanchas e os navios.

Parecia uma enseada vasta e feliz. As águas cintilavam de reflexos cristalinos e sua cor esmeralda oferecia essas promessas que só aparecem nas manhãs de domingo, pacíficas e suaves. Não parecia real, não podia estar voando aos 22 anos de idade para um ritual de morte, tão perto da sua casa, da sua universidade, dos seus amigos, da casa de dois andares de Maria Beatriz, apesar das batidas sufocadas do coração.

E de súbito ali estava ele! O invasor! Com sua carga de dor e de morte, U-199, nódoa na paisagem.

Sérgio sentiu um frio na barriga, algo inevitável quando é a primeira vez. O U-199 lutava com crescentes dificuldades. O Mariner do tenente Smith não tinha mais bombas, mas suas metralhadoras estavam bem municiadas, e ele fustigava o submarino com fogo cerrado, impedindo-o de manobrar.

A dificuldade maior do U-199 era submergir. Talvez seu circuito elétrico estivesse danificado. De qualquer modo, o comandante Kraus ordenou verificar a profundidade, pois se pudessem chegar ao fundo poderiam fazer os reparos.

Às 8h40min em ponto o Brasil entrou em ação na guerra com o Hudson de Sérgio lançando duas cargas de profundidade Mark 17 de uma altura de 100 metros, mas os artefatos acertaram a água, pelo lado direito do U-199.

O Hudson deu uma volta e retornou à carga, com as duas metralhadoras do seu nariz despejando fogo. Viram os artilheiros do submarino serem atingidos e caírem na água quando o sargento João Antônio anunciou:

— Acabou a munição.

— Vamos voltar para a base e pegar mais, disse o capitão Polycarpo, esse aí não vai muito longe.

E quando davam a volta para o regresso, depararam com um Catalina voando em direção a eles, e, pelo jeito, se preparando para também atacar o submarino.

Era o Catalina 2, com tripulação toda brasileira, na mesma missão de escoltar o comboio. O piloto era o segundo-tenente Miranda Correa. Estavam com ele o especialista em Catalinas, o aspirante-aviador Alberto Torres, e mais dois oficiais que participavam da missão como observadores. Completavam a tripulação cinco sargentos. Eles terminavam a primeira etapa do leque de varredura na rota do comboio, na altura de Cabo Frio, quando uma mensagem no rádio avisou atividade inimiga nas proximidades e em seguida deu as coordenadas.

— Só pode ser submarino, disse Torres.

Miranda Correa foi até a mesa de navegação plotar o curso e logo voltou.

— Está perto daqui, disse com um ronco de satisfação.

Dirigiu o Catalina para o ponto indicado no mapa e cinco minutos depois se endureceu todo, o dedo no botão de lançamento de bomba.

— Olha lá, olha lá, exclamou pulando de excitação, ele é enorme, é um monstro, vamos atacar com tudo.

13

O Catalina mergulhou na direção do submarino com todas as metralhadoras disparando.

Torres procurava conter a exaltação que o tomava, pois percebeu os demais membros da tripulação contagiados pela vertigem do combate. Gritavam e esbravejavam como se fossem para um corpo a corpo com o inimigo.

O aspirante aviador Alberto Martins Torres, o Betinho, ano e meio atrás era um jovem bronzeado pelo sol da praia de Copacabana e morador da mítica rua Montenegro, mas também um universitário de direito preocupado com o futuro, quando os jornais mostravam as desoladoras fotos dos náufragos dos navios torpedeados pelos submarinos alemães, chegando à terra feridos, mutilados, enrolados em cobertores e tendo nos olhos incredulidade e horror.

Aquilo naturalmente indignou seu jovem coração, e logo estava participando de marchas em meio à multidão de estudantes rumo ao Catete a fim de pressionar Getúlio, gritando "abaixo o nazismo". A rotina de marchar pelas ruas, gritar palavras de ordem e pintar cartazes e faixas com os colegas do Diretório Acadêmico não eram mais o bastante. Tinha chegado para o jovem Torres o momento de escolher o seu destino.

Caminhando no centro do Rio, com uma pasta carregada de processos da empresa de advogados onde fazia estágio, encontrou dois companheiros de praia vestidos de terno e gravata. Mostraram num papel mimeografado para onde iam.

– Ministério da Aeronáutica, fica aqui pertinho, ó, na rua México, 74.

Alistou-se, foi selecionado e em muito menos tempo do que imaginava estava a bordo de um navio indo para os Estados Unidos aprender a pilotar aviões.

Era bom em idiomas, pois seu pai era diplomata e ele já vivera nos Estados Unidos, na Alemanha e na Turquia.

Na travessia de navio para a América do Norte fazia plantão no cesto da gávea. A missão era observar navios ou aviões ou submarinos inimigos, coisa que lhe parecia brincadeira boba daqueles americanos, afinal nunca apareceu nenhum inimigo nem foram atacados por ninguém.

O curso foi mais excitante do que imaginou e, na medida em que se sentia familiarizado com os aviões, em que crescia a confiança e o inglês, ficou quase perfeito, percebeu que seu amadurecimento atingia a plenitude. Ainda fez uma extensão de aprimoramento de combate numa base americana no Panamá, junto com mais 28 pilotos aprendizes como ele.

A juventude estava lhe oferecendo seu doce sumo, a aventura, e ele a recebia agradecido e cheio de energia. Foi escolhido para trazer ao Brasil aviões negociados pelo governo Vargas com os americanos.

Participou do épico voo de 150 aeronaves, de San Antonio no Texas, até diversos aeroportos na costa brasileira, realizando 16 escalas para abastecer.

Familiarizaram-se com as novas máquinas, treinaram intensamente na costa e agora aí estava ele, a 20 milhas do Rio de Janeiro, de sua praia, de seu apartamento, mergulhando na direção de um submarino alemão e atirando com todas as metralhadoras ao mesmo tempo, para aumentar o efeito moral.

O ataque foi pelo lado esquerdo do submarino e, quando passou sobre ele, largou três cargas de profundidade Mark 44. A regulagem delas estava marcada para um alcance de 12 metros, que é o máximo que o submarino desceria caso estivesse iniciando o mergulho, e isso significava que ele seria atingido de qualquer jeito. E foi.

O jovem Torres viu como ele se movia abruptamente e viu grandes ondas se elevarem a seu redor.

— Está ferido, o monstro, gritou, e os urras da tripulação embalaram o novo mergulho.

Agora o ataque seria pela direita e quando se aproximaram viram que o U-199 começava a afundar. Largaram as três bombas, viram os jorros de água e a maneira desesperada com que o submarino balançou e viram homens correndo em sua superfície e jogando-se na água.

O Catalina mergulhou mais uma vez pleno de fúria e jogou uma quarta bomba como se fosse um tiro de misericórdia. Depois subiu bem alto, fez mais uma curva e desceu sobre ele num mergulho rasante.

Jogaram duas balsas de borracha para os sobreviventes. Os alemães amarraram uma balsa à outra e começaram a remar. Para se comunicar com os comboios de quem fazia a vigilância, os aviões usavam sinais através da lâmpada Aidis.

Torres falava bem o alemão, graças aos seus anos de estudante em Munique. Comunicou aos náufragos através da lâmpada que não precisavam remar; bastava esperar, que um navio iria recolhê-los. Os atônitos e há pouco tempo orgulhosos tripulantes do gigante U-199 devem ter se perguntado que gente era essa, que ainda por cima sabia falar alemão fluentemente.

Torres tornou a encontrar os náufragos um ano depois, quando foi em visita a uma base no interior de São Paulo, e viu os prisioneiros jogando futebol, bronzeados e contentes. Um deles se aproximou e pediu um cigarro através da tela de arame. Torres deu o cigarro, deu fogo e sorriu para si mesmo.

Na noite do afundamento houve brindes e euforia na Base Aérea do Galeão. Torres foi procurar seus amigos de praia num bar do Copacabana Palace. Queria ser visto e elogiado. O Rio estava em festa e os boatos circulavam com velocidade. Viu o tenente Smith cercado de belas mulheres, passou ao largo e deu de frente com o capitão Marcos.

Antigo colega nos cursos de inglês e francês que casualmente faziam juntos, ouvira histórias a respeito dele. Diziam que era homem da inteligência militar, portanto ligado à ditadura de Getúlio.

– Ora, ora, disse Marcos, não é todo dia que a gente encontra um herói de verdade. Dá cá um abraço. Vamos brindar ao grande feito, hoje o exército paga; viu o tenente Smith ali?

– Vi, ele está mais gabola do que eu, não quero concorrência.

Conseguiram uma mesa, pediram bebidas.

E Torres perguntou:

– Quais as reais intenções de Getúlio. Afinal, de que lado ele está?

E Marcos:

– É certo que nem o próprio Getúlio sabe.

Duas jovens (belas e bronzeadas, anotou mentalmente) aproximaram-se da mesa. Ambos se puseram de pé, e Marcos, um pouco solene, um pouco zombeteiro, apresentou-as.

– Minha prima Zoé e sua melhor amiga, Dulce, flores agrestes do sertão do Nordeste; vocês acabam de chegar bem na hora, meninas, pois este jovem é o nome do dia, o maior herói brasileiro desta guerra que agora sim começou; ele afundou o submarino hoje de manhã.

O olhar das duas foi de espanto, de admiração e de dúvida.

– É verdade, disse Marcos, foi ele mesmo; o que me incomoda, Torres, é que estas duas beldades morenas não me procuram por minhas exuberantes qualidades, mas por meu pouco prestígio; elas querem ser enfermeiras, Torres, imagina só, querem ir para a guerra.

14

Os instrutores lá embaixo pareciam miniaturas. Cinco metros, meu Deus do céu; se escorrego e caio quebro todos os ossos. Exagero? Não. Cinco metros de altura não é uma distância confortável para uma queda.

Trêmula, Zoé se equilibrava sobre o pórtico de concreto, estreito, com malditos e exatos cinco metros de altura. Os instrutores lá embaixo pareciam, sim, miniaturas.

Na frente de Zoé, Dulce avançava, como se toda sua vida tivesse atravessado pórticos de concreto estreitos e com cinco metros de altura.

De todos os exercícios com que as torturavam, fora levantar de madrugada, lutar com bastão, pular obstáculos, mais a Falsa Baiana, ridículo teste de equilíbrio sobre uma corda com outra sobre a cabeça para segurar, e as corridas intermináveis ao redor do campo de treinamento da Fortaleza de São João, na Urca; de todos os exercícios, o que dava pesadelos noturnos para Zoé era a travessia do pórtico.

Pela primeira vez o Exército tinha mulheres em seus quadros, e para estabelecer uma convivência mais harmoniosa foram necessários alguns ossos femininos partidos, constantes luxações e cansaço permanente.

Para entrar no curso de enfermeiras, as duas garotas tiveram que travar um duro combate com suas famílias. Tanto o empertigado general, pai de Zoé, quanto o polido advogado, pai de Dulce, deixaram de falar com as filhas, como crianças amuadas.

O preço de suas vontades era caro, e as duas pagavam sem se queixarem: moravam em Laranjeiras, em casa da tia de Zoé, e estagiavam das 8 até 12 no Hospital Central do Exército em Benfica. Depois, saíam em disparada para pegar o bonde em direção às aulas teóricas no Ministério do Exército até às 3 da tarde, quando corriam mais uma vez para chegar no horário (16 em ponto, senhoras!) para as aulas de Educação Física, na Fortaleza de São João.

Mastigavam um sanduíche durante os deslocamentos, e passavam o tempo todo com fome. Zoé ficava boquiaberta quando, à noite, Dulce ainda tinha fôlego para ir ao Centro assistir à reprise de... *E o vento levou*, no Cine Metro.

O filme tem quatro horas de duração, berrava Zoé, mas tem Clark Gable, retrucava Dulce, quatro horas de Clark Gable.

As duas garotas ainda estudavam inglês duas vezes por semana, à noite, com uma professora particular, e nos fins de semana circulavam com os primos e amigos pelos cassinos e bares da cidade, repletos de *shows* e espetáculos internacionais.

O Rio de Janeiro se tornava uma cidade internacional. Milionários europeus fugindo do teatro da guerra compravam casas e apartamentos nos bairros nobres, homens de negócios desembarcavam no Galeão de olho na decisão de Getúlio sobre compra de armamentos, espiões de Hitler e de Mussolini arregimentavam aliados, a cidade fervia de intrigas e boatos, mais feliz do que nunca.

Quem não estava de nenhuma maneira feliz eram as famílias das duas meninas. A todos horrorizava o fato de elas andarem o dia todo em convívio com soldados. O general pai de Zoé chegou a interpelar asperamente seu sobrinho, o capitão Marcos, quando soube que ele tinha intermediado para que elas ingressassem no curso de enfermeiras.

Exigiu relatórios pormenorizados sobre as atividades da filha, deixando o capitão com um preocupante sentimento de culpa. Era legítimo o sentimento, porque o capitão Marcos andava sentindo uma atração cada dia mais irresistível pela delicada Dulce, a dos olhos azuis, de pele alva, agora com cor de mel pela constante exposição ao sol.

Dulce achava o capitão Marcos romanticamente misterioso, além de que tinha um bigode que o deixava muito parecido ao Clark Gable. Marcos era bom estrategista e achou correto preservar sua retaguarda. Para isso convidou o herói da temporada, o tenente Torres, para as excursões noturnas pela noite do Rio com as duas garotas. Torres apareceu acompanhado do tenente aviador John Richardson, que era bem brasileiro apesar do nome. Todos o chamavam de Ricky. Era o cara mais engraçado que Marcos conheceu. Conhecia as piadas mais escabrosas e as contava com mímicas detalhadas.

O tenente Torres, todos o chamavam de Betinho, também considerava a jovem Zoé, miúda e elétrica, uma companhia adorável, e todos eles começaram a sair juntos nos fins de semana. Foi numa noite dessas, quando assistiam a um *show* de Dircinha Batista, que se aproximou da mesa deles a eletrizante Adelaide, "a jornalista mais fofoqueira do Rio", sussurrou Betinho, tão cheia de sensualidade e calor que assustou as duas meninas.

— Oi, gente, que surpresa, três másculos oficiais com duas ingênuas beldades, soltos na noite pecaminosa.

Deu uma gargalhada:

— Desculpem, meninas, me perdoem, eu sou assim mesmo, brinco com todo mundo, mesmo com quem não conheço, muito prazer, Adelaide Scoraro.

As duas se deslumbraram:

— Adelaide, a jornalista, a da coluna social?

— Ela mesmo; tenente Torres, bravo piloto da pátria, hoje estou feliz.

— É mesmo, por quê? Que maldade fizeste?

— Fiz uma entrevista maravilhosa com o Adhemar Gonzaga, o dono da Cinédia, e ainda por cima...

— Sou amigo do Adhemar, cortou Ricky, levo ele a passear sobre os céus de Copacabana todas as tardes.

Adelaide olhou com dois olhos brilhantes de interrogação para o piloto, mas logo entendeu que era piada.

— Aqui no cassino já contrataram para toda a temporada, garoto.

Voltou-se para Marcos:

— Apresentei para o Adhemar a ideia de um musical, filmado aqui mesmo no Cassino da Urca, com o Colé e a Virgínia Lane, mais a Dircinha, com quem eu tomei o café da manhã às três da tarde.

E deu outra gargalhada, puxou Marcos para perto de si e murmurou com a piteira dourada entre dentes:

— Tens visto nosso comum amigo, *herr* Blücher?

— Nunca mais o vi, desde aquele *show* à fantasia naquela mansão misteriosa.

Adelaide deu uma risadinha contida.

— Posso marcar outro encontro.

E voltando-se para as duas garotas:

— Quer dizer então que vocês estão se preparando para ir à guerra?

— Queremos ser enfermeiras.

— Que maravilha! Escutaram a última? O famoso Dia D foi marcado para depois de amanhã, mas acho que é boato; me confirma isso capitão Marcos?

— Não posso confirmar, querida, o Churchill não me consultou... ainda.

Outra gargalhada espantosa, e Adelaide encarou Dulce e Zoé:

— Sorte para vocês, meninas, quando forem para a guerra, seja lá onde for; aliás, vocês já sabem para onde vão? Onde é mesmo que fica essa guerra, Marcos? África, Ásia ou quem sabe Portofino?

As duas garotas perceberam a agressividade e perderam a euforia.

— Querem saber mesmo quando vocês vão embarcar, meus amores, pois eu digo, tomem nota e depois me cobrem: será no dia de São Nunca. Ou, quem sabe, quando galinha criar dente. Ou, melhor ainda, e soprou com displicência a fumaça da piteira dourada no rosto delas, quando cobra fumar.

15

Pedro Diax voltou para Imbituba e à sua vidinha de antes de embarcado. Passava os dias vagando na praia, pescando de vez em quando e ajudando os pescadores a recolher suas redes e barcos, polindo lampiões e consertando tarrafas, redes e covos.

Jogava futebol no Imbituba Football Club como ponta-direita, fazendo tabelas com Atílio, meia-direita, baixo, forte, gago e seu melhor amigo.

Nos fins de semana, missa com a família, depois olhava o jogo de dominó dos mais velhos na pracinha, espiava de longe o baile nos fundos da igreja.

O luto o impedia de dançar e de ir a festas, e ele sabia que seu isolamento não era mera formalidade social, um costume em honra aos mortos. Havia sofrido um impacto brutal em sua compreensão da vida, e lutava amargamente para assimilar essa experiência. A todo momento se flagrava a lembrar de Maria Rita cantando com voz veludosa *Bésame mucho,* a brincar durante alguns segundos com a fantasia de tirar aquele vestido cor-de-rosa de cima do corpo pequeno e quente da cantora, e que nem tivera tempo de sentir remorso sobre o fato de que ela era a garota do seu irmão Dico, quando foi arrebatado pela vaga queimante e inesperada.

Nada no mundo podia sugerir que aquilo pudesse acontecer. Havia, claro, conversas sobre a guerra, e murmúrios dos marinheiros no bar sobre submarinos, mas tudo isso era tão distante, tão em outras terras, outros mundos.

E de repente estava na água revolta, vendo tudo arder e gritar e se contorcer. Nesses dias sombrios passava longas horas sentado num cômoro numa enseada de Imbituba, olhando a dança das baleias ao longe. Foi quando pensou, pela primeira vez com horror, que seus companheiros de toda a vida que se aproximavam dos grandes animais para arpoá-los, tinham alguma semelhança com aquele submarino alemão que os afundou, chegando sorrateiro e sem aviso, matando sem motivo no momento em que se entregavam ao prazer e ao trabalho.

Prometeu a si mesmo duas coisas: nunca caçaria baleias e iria se alistar para combater os nazistas de Hitler. Não queria pensar nisso como um ato de vingança por seu irmão. Era muito mais. Era uma atitude. Algo que fazia não apenas pela memória de seu irmão Dico, já que tantas vezes o padre Heitor o avisara contra o enorme pecado que era a vingança ("Deixa a vingança nas mãos de Deus, meu filho."), mas porque alguma coisa muito grave e muito grande estava em andamento contra seu país e contra tudo que ele amava, e essa coisa era brutal e, ele sabia muito bem: maligna. Ele sabia.

Aqueles sujeitos engomadinhos do submarino sorriam para ele, ofereciam café e chocolate, chegaram a colocar um cobertor nas suas costas, mas tinham por sua dor uma indiferença que o assustava mais do que qualquer coisa.

Iria se alistar na tal força expedicionária que estavam montando. Esperou muito tempo a prometida indenização pelo afundamento do Baependy, percebeu que era conversa fiada e papelada demais e juntou os trocados que tinha guardado no colchão, contou junto com Atílio o dinheiro de que dispunham, dava para comprar duas passagens para o Rio de Janeiro.

Abraçou pai e mãe chorando e chegaram no Rio dois dias depois, debaixo dum temporal. Trataram de arrumar quarto numa pensão perto da rodoviária e na manhã seguinte se informaram sobre o ônibus para Realengo/Vila Militar.

Pelo jeito não havia muita gente querendo ir para a guerra, pois depois de explicar o que eles pretendiam a uma sentinela no portão do quartel, foram mandados para falar com um sargento mal-humorado, que começou imediatamente a debochar de sua origem: catarinas!

– Com vocês não vamos ganhar guerra nenhuma, mas vão passando, ô catarinas, vão passando, precisamos mesmo de bucha de canhão.

Ambos tinham agora 18 anos, foram aprovados nos exames médicos e em breve estavam experimentando os uniformes, os coturnos, os cinturões e se sentindo importantes. Pedro estava acostumado com a disciplina rígida dos navios mercantes, mas estranhou a maneira como os praças eram tratados por sargentos e oficiais.

Comparada com a experiência de bordo, aquela era um passeio de férias diante do dia a dia massacrante do quartel. Alvorada, ordem unida, exercícios, aprendizado das normas e dos manuais, exercícios de tiro e montagem das armas de fogo, um trabalho exaustivo com sargentos e oficiais em cima deles, exigindo e escarnecendo.

Ficaram amigos de João Wogler, um alemão de Vacaria, no Rio Grande, baixo e forte como o Atílio, que não desdenhava de suas origens de catarinenses e nem de ninguém, mas era afoito e duro para assimilar uma ordem. Era o favorito dos sargentos para receber reprimendas e castigos de exemplo, até o dia em que encontrou o tenente De Líbero.

Esse tenente era o janota mais vaidoso e autoritário que jamais vestiu a farda de oficial do Exército Brasileiro e, quando percebeu em Joãozinho Wogler o olhar de desafio, exultou intimamente.

– Vais limpar o chão da cozinha com a língua para aprender a respeitar teus superiores, alemão batata.

João cuspiu no chão, rente à botina brilhante do tenente. O tenente empalideceu.

– Sargento, sargento!

E enquanto o alarmado sargento Onda se aproximava para saber a causa dos gritos do tenente, foi avisando:

– Quero esse alemão amarrado no poste lá na estrebaria, eu mesmo vou dar vinte chicotadas no lombo dele.

Ao desfechar a quarta chicotada, a que abriu profundo corte nas costas de João Wogler, os poucos soldados que assistiam começaram a protestar.

Chegaram mais soldados, aumentaram os protestos e em breve um tumulto começou a se espalhar na estrebaria.

Talvez só então o tenente De Líbero tenha percebido a dimensão da sua fúria irracional: estava cercado por quarenta soldados enfurecidos, que gritavam palavrões e o ameaçavam.

O sargento Onda chamou mais três sargentos e alguns cabos e soldados veteranos, que a custo mantiveram os soldados afastados, enquanto o tenente se paralisava com o cinto na mão, pálido, já arrependido do seu ato.

— Isso vai dar o que falar, disse o sargento Onda entre dentes para o cabo; — vai sobrar para todos nós.

16

— Boa noite, *herr* Blücher, disse Marcos, parando o carro ao lado da calçada. Ehrhardt Blücher entrou rapidamente.

— Boa noite, capitão, que prazer vê-lo justamente nesta noite.

Marcos engrenou a marcha, e o carro começou a avançar pela Avenida Nossa Senhora de Copacabana.

— Que tem esta noite de tão importante?

— Além de nossos pequenos negócios se aproximando de um fim harmônico e previsível, muitas outras coisas estão acontecendo, capitão, a História mudando, o Grande Aniversário acontecendo, e um presente guerreiro está sendo gestado.

— Grande aniversário? De quem?

— Posso perdoar-lhe por esse lapso, capitão, mas hoje, 20 de abril, é o aniversário do Chefe, todos devemos comemorar.

— Desculpe, *herr* Blücher, mas minha agenda não é tão completa assim.

— Depois que eu lhe mostrar os papéis que trago comigo, capitão, quem sabe poderemos erguer um brinde ao Führer, no Espaço Imperial do Copacabana.

— Tem os papéis aí?

— Claro, podemos estacionar num local discreto da Avenida?

Marcos estacionou diante do mar, Blücher abriu a pasta e tirou vários papéis dobrados.

— São planos originais, capitão, e devem ser estudados com muito sigilo.

Marcos viu plantas, números, códigos.

— Como o senhor deve saber, dois anos atrás, precisamente no dia 20 de janeiro de 41, o coronel Heydrich, assistente de Himmler, apresentou, no castelo de Wannsee, para quinze altos oficiais do partido, o projeto de uma solução final para a questão judaica.

Marcos examinou as reações do rosto redondo e satisfeito.

— Sei que o senhor sabe, embora isso seja altamente secreto; foi apresentado na reunião um elaborado esquema para a eliminação de 11 milhões de judeus, base para a criação da Sexta Raiz Racial.

— Sei.

— Pesquisas recomendaram o uso do gás como o meio mais eficiente e barato, a indústria alemã se beneficiou com excelentes contratos com o governo, como espero o mesmo aconteça conosco; houve uma concorrência, e os vencedores foram Topf e Cia, de Erfurt, que apresentaram um crematório de alta capacidade, que poderia queimar 2.000 corpos a cada 12 horas, esta é a planta; como o senhor pode ver, é de simples execução, mas aí vem o detalhe criativo: a Topf ganhou o contrato porque idealizou uma maneira de economizar combustível.

— É? Como foi isso?

— Gordura humana. Matéria-prima não vai faltar.

— Não. Parece que não.

— Não é genial?

Marcos passou a mão lentamente na testa. Havia uma palmeira na frente deles, e a brisa do mar agitava suas palmas.

— A Armamentos Alemães Inc. ganhou o contrato para a fabricação das câmaras de gás, e o gás... aqui está o nome dele, Zyclon-B, foi fornecido pela German Vermin-Combating Corporation. Nossa célula em Santa Cruz tem a fórmula.

Havia um brilho de triunfo na voz de Blücher.

— E se me permite, fiz mais um modesto estudo que quero passar para suas mãos, um mapa das grandes linhas geométricas que unirão as unidades de produção através do país, de maneira a harmonizá-las com as sutis correntes de energia que passam acima e abaixo da superfície, um estudo de geomancia, que delimita a geografia sagrada de nossos empreendimentos.

Blücher estendeu com as duas mãos gordinhas a folha de papel dobrado, Marcos a apanhou e guardou-a no bolso. Pensou: às 11 preciso estar no Cassino da Urca, assistir ao show do Dick Farney, a Dulce adora o Dick Farney.

O trânsito fluía, ronronando suavemente nas costas deles. Marcos observou uma gota de suor se formando na testa de Blücher.

— O senhor conhece o Dick Farney?

O rosto de Blücher se mostrou preocupado.

— Não, quem é ele?

— Um pianista.

Percebeu a dúvida no olhar do gordo.

— Não tem importância; que presente guerreiro é esse que mencionou, *herr* Blücher?

— O senhor soube dos acontecimentos de Varsóvia, o levante no gueto judeu comandado pelo tal de Mordechai? Isso já se arrasta há semanas.

— Sim, tenho acompanhado.

— Pois é, o presente para o Führer será o total esmagamento do levante; o brigadeiro Stroop anunciou que comandará pessoalmente a invasão do gueto (e Ehrhardt Blücher consultou o relógio) para esta noite. Já deve estar acontecendo, lá é madrugada. Vão bombardear e incendiar tudo, não vai sobrar pedra sobre pedra!

— Esse será o presente?

— Precisamente.

— O senhor não acha um desperdício de munição e energia, considerando que a Alemanha começa a enfrentar dificuldades cada vez maiores na guerra? Afinal, em fevereiro os russos romperam o cerco de Leningrado, e ao que parece...

— Meu rapaz, permita que o chame assim devido a nossa diferença de idades, é preciso entender que a guerra é apenas um meio, não um fim em si mesmo; acabar com os judeus é mais importante que a própria guerra, é o começo de uma Nova Era Racial; mesmo que a Alemanha perca esta guerra, a prioridade é a higienização do planeta, base para nosso destino de forjar uma nova raça, uma forma superior de existência; acima das religiões e da moral burguesa, o novo homem impulsionará as fronteiras de uma civilização baseada numa tecnologia infinitamente mais sofisticada do que as técnicas conhecidas no presente.

Marcos tocou no bolso do paletó de linho, sentiu o contato do papel dobrado:

— Tecnologia como desses fornos crematórios?

Blücher sorriu, deu um tapinha na coxa de Marcos:

— Caro capitão, nosso projeto vai transcender a condição humana, vamos ganhar um poder ilimitado sobre o universo e vencer a morte, vamos nos tornar deuses.

— É uma meta ambiciosa, *herr* Blücher.

— Mais que ambiciosa, é científica; neste momento os tanques estão entrando no gueto; se eu fechar os olhos posso vê-los. Meu rapaz, em 1923, num discurso proferido em Colônia ao qual eu tive a honra de assistir, nosso então futuro Führer previu com lucidez sua meta, nossa meta, dizendo em alto e bom som que a libertação exige mais do que economia política; mais do que suor; para nossa libertação precisamos de orgulho, vontade, desafio, ódio, ódio, ódio e mais ódio!

Marcos observou a gota de suor deslizando na testa ampla e rosada de Blücher e perguntou com tal gentileza na voz que o surpreendeu mais do que o ato que, sabia, iria em segundos cometer:

— Como é mesmo o nome desse judeu lá do gueto?

— Mordechai.

— *Herr* Blücher, em nome de Mordechai, feliz aniversário do Chefe.

E acertou o tiro da 9 mm acoplada com silenciador bem no centro da testa, onde a gota de suor descia.

17

O general Mascarenhas de Moraes recebeu o envelope pardo das mãos do seu chefe de gabinete de comandante da Segunda Região Militar. Leu "Ministério da Guerra" embaixo do escudo da República. Examinou-o, preparando a antiga couraça que o protegia de surpresas.

O telegrama era seco e direto como Dutra.

25/H.1Urgente9/VIII – 1943 – Cifrado Gen. Mascarenhas – São Paulo: Consulto prezado camarada se aceita comando de uma das Divisões que constituirão corpo expedicionário. Impõe-se resposta urgente porque, caso afirmativo, fará estágio Estados Unidos. – Gen. Eurico Dutra – Ministro da Guerra.

Então era isso.

Agora que todos os bonitões tinham recusado os convites, agora que tinham alegado as desculpas mais risíveis, se voltavam para ele, o obscuro general que não falava alto nem se desmanchava em mesuras nos salões de Getúlio.

Pensou em Liliana. Se aceitasse, ficaria afastado de Liliana durante muito tempo. João Batista Mascarenhas de Moraes tinha pouco mais de metro e meio de altura e faria 61 anos de idade no próximo ano, mas se havia alguma coisa no mundo de que se orgulhava, profunda e completamente, era de ser um soldado. Talvez não fosse grande coisa, mas ser um soldado dera sentido a sua existência, e ele tinha bem amadurecida a exata compreensão disso.

Redigiu a resposta de próprio punho, procurando ignorar o júbilo que o acossava como a uma fraqueza nefasta. Passou a nota para seu secretário:

Gen. Dutra – Rio – Urgentíssimo – De São Paulo – 0.40.10.VIII.1943, 17,15 h. 345.
Muito honrado e com satisfação respondo afirmativamente consulta V. Excia. acaba fazer-me em rádio 25/H.

Gen. Mascarenhas de Moraes – Cmt 2º RM.

No arrastado e nervoso segundo semestre de 1943 os preparativos para organizar a FEB encontravam tantos obstáculos na máquina burocrática da ditadura de Vargas que pareciam irreais. Entretanto, a realidade era mais veloz e desencontrada que os boatos e as fofocas que inundavam o país. Os acontecimentos na Europa se precipitavam e anunciavam dias de mais fúria, perplexidade e horror. A guerra começava a mudar seu curso. A poderosa máquina de destruição alemã dava os primeiros sinais de vulnerabilidade. Os Aliados já planejavam assumir a iniciativa e atacar o exército, que se julgava inatacável. Para isso, qualquer ajuda seria valiosa, mesmo de um país pobre, sem presença política internacional e seguramente sem a infraestrutura necessária para participar de um conflito dessa natureza.

No avião para o Rio, Mascarenhas meditava nessas coisas e percebia com certo humor semelhanças de sua pessoa com o país: obscuro, pobre, lutando para ser ouvido. Sua vida não fora nada fácil. Aos 14 anos saiu de São Gabriel, no Rio Grande do Sul, para Porto Alegre, sozinho, praticamente sem um centavo no bolso. Trabalhou de dia como caixa de um armazém e estudou à noite. Conseguiu vaga na Escola Preparatória e Tática de Rio Pardo, no interior do Rio Grande, próximo da fronteira com a Argentina, onde tinha garantidas três refeições diárias e a rude camaradagem de seus colegas. Não era o aluno mais brilhante, nem se destacava nos esportes, mas dura e silenciosamente ia vencendo as etapas, até que passou nos exames para a Escola Militar do Brasil, conhecida como Escola da Praia Vermelha, no Rio. Tornou-se oficial do Exército Brasileiro. Tinha orgulho de si mesmo e dos valores que aprendera na vida. Na Revolução de 30 foi leal ao presidente deposto, Washington Luiz, e por isso foi preso pelos rebeldes liderados por Getúlio. Agora ia ter uma conversa em particular com o próprio, o estranho ditador, amado e odiado, cordial e perverso.

Dutra o esperava na antessala do gabinete.

– O presidente quer falar a sós contigo, Mascarenhas, mas vamos entrar juntos, depois eu saio.

Achou curiosa aquela cerimônia toda, mas não teve muito tempo para tentar se acostumar com o clima de poder e pompa que imperava no palácio do Catete. Em breve estava a sós com Getúlio. E seu sorriso, seus pequenos olhos brilhantes, seu terno bem cortado e o cheiro de charuto.

18

— Essa expedição de guerra não é um capricho, general. Será uma missão de alto nível, de extrema complexidade, e não quero me meter a sabichão em assuntos militares, mas acho que será a empreitada mais difícil em toda a história de nossas Forças Armadas.
— Assim me parece, presidente.
— O que vou lhe dizer por enquanto é estritamente confidencial. Mas eu confio no senhor. Totalmente. Sem restrições. E olhe que, dez anos atrás, em 1932, o senhor foi preso pela segunda vez, por apoiar uma revolta militar e civil contra mim.
— Fiquei com a legalidade, presidente, como me cabia.
— O senhor conspirou contra mim.
— Não tenho esse hábito, presidente. Não sou conspirador. Existem sob suas ordens homens melhores do que eu nessa prática.
— É verdade, sei disso. E, por isso, o que desejo do senhor não são suas qualidades de conspirador; desejo para esta missão a sua firmeza de gaúcho e de homem de pequena estatura.
A máscara habitualmente impassível de Mascarenhas se sobressaltou. Getúlio percebeu e soltou sua famosa gargalhada, súbita e estrondosa, que assustava e maravilhava as pessoas.
— Me perdoe a intimidade, general, mas nós, baixinhos, nos entendemos.
Estendeu-lhe um charuto.
— Obrigado, presidente, não fumo.

— Eu sei. Tinha esquecido. Então vou pedir que preparem um mate pra nós. Acho que temos muito para prosear, porque, general, vou lhe dizer: quero que o senhor seja o comandante em chefe da expedição.

Examinou o impassível rosto enrugado de Mascarenhas, já recomposto da súbita intimidade que manifestara.

— A honra é minha, presidente.

— Vou lhe dizer o que penso antes de chamar o Dutra para nossa conversa. Eu lhe garanto uma coisa, João Batista: essa é a pior e mais difícil incumbência que eu já dei para alguém.

— Sim, senhor.

— Vai ser uma missão longe da pátria, sob um comando estrangeiro e, possivelmente e, mais ainda, com toda certeza, um comando arrogante e autoritário. O senhor vai receber as tarefas mais duras e até mesmo as irrealizáveis e vai sentir a inveja e o ciúme e a traição rondando por todos os lados.

Calou-se e ficou olhando o brilho do sol na janela. Conseguiam ouvir os ruídos da rua e da praça, buzinas, algumas vozes.

— Lá, seja onde for esse lá, vai conhecer uma coisa que eu conheço muito bem: a solidão. O senhor vai se sentir só, meu general, como nenhuma criatura já se sentiu na face da terra.

19

Mascarenhas falava como de hábito, pausadamente, olhando nos olhos seus dois interlocutores, os generais Cordeiro de Farias e Zenóbio da Costa. Ambos estavam sentados em poltronas diante dele, fumando.

Zenóbio fumava seu tradicional e enorme havana perfumado, e Cordeiro, um rústico cigarro de palha, um *palheiro dos nossos*, como disse para Mascarenhas quando lhe ofereceu, sabendo que o outro recusaria.

— O exército alemão já foi batido na União Soviética, disso não há mais dúvida, foram escorraçados da periferia de Stalingrado, estão refluindo para a Europa Central e Ocidental.

— Ou seja, a guerra chega ao seu ponto decisivo, disse Zenóbio.

— Qualquer brisa pode mudar o rumo das coisas. Todos são necessários no esforço final. No estágio em Washington percebi, várias vezes, membros do Alto Comando Americano expressarem a urgência da nossa presença como reforço imediato.

— Nós somos necessários, comandante?, disse Cordeiro de Farias em tom suave.

— Os americanos não me disseram isso com todas as letras, é claro, mas eu sentia a necessidade deles nas nossas conversas e nas aulas a que assisti.

— O senhor tem essa convicção?

— Eu tenho a convicção de que eles precisam desesperadamente de reforços, por menor que seja o contingente, por menos preparado que esteja. Eles precisam recompor o IV Corpo de Exército, que está reduzido à 6.ª Divisão Blindada Sul-Africana e algumas frações de tropa antiaérea americana, agindo como infantaria, vejam só que precariedade, com o rótulo de *Task Force 45*, sem qualquer eficiência ou combatividade. Eles precisam de gente para combater.

— Precisam é de carne para canhão, disse Zenóbio. — O que eu gostaria de saber é para onde pensam nos mandar.

— Carne de canhão, Zenóbio?, estranhou Cordeiro.

— Sim. E meu palpite é a Itália.

— Por quê?

— Eles já tomaram Nápoles e se preparam para avançar para o norte da península. A França vai ser invadida a partir da Inglaterra, disso não há dúvida; só resta saber quando será o famoso Dia D e em que parte da costa vai ser a invasão.

— Acho que você está certo, Zenóbio; não é por nada que o Rommel está montando uma linha de defesa impressionante na Normandia.

Cordeiro de Farias levantou-se da poltrona e se dirigiu para o mapa da Europa preso no cavalete. Era o mais jovem dos três generais, tinha 42 anos, e aparentemente o que possuía mais experiência em ação de combate, fruto de sua participação nas várias revoluções brasileiras das últimas décadas, incluindo a marcha da coluna Prestes.

Esticou a jaqueta com um rápido estirão e apontou o dedo para um lugar no mapa.

— A lenda do Afrika Korps acabou. Os alemães foram batidos na África. O aclamado Rommel está comandando a construção da linha de defesa da Normandia, mas ele agora é um fantasma, uma imagem gasta daquele herói que os alemães idealizavam.

— Exatamente. E é ali que a guerra vai se decidir, na França e na Itália. A invasão da Europa pelos Aliados será por esses países, disse Zenóbio.

— Sim, sim. O ataque terá que ser pelo Mediterrâneo e pelo Adriático, com os russos vindos do norte, continuou Cordeiro. — Os aliados vão tentar recuperar a França e a Itália em um intervalo pequeno de tempo. A Alemanha vai ficar encurralada.

— E aí chegamos nós, com nosso pequeno contingente, disse Zenóbio, com entusiasmo.

— General Mascarenhas, disse Cordeiro, nesse jogo de xadrez, onde é que nós entramos, no seu ponto de vista?

— O Zenóbio disse que nós vamos ser bucha de canhão. É deprimente conjeturar que aliados pensem assim de nós, mas vamos ter que encarar isso como uma possibilidade concreta, sem idealismo tolo, sem ressentimento. Se querem saber, acho mesmo que vão nos mandar para onde haja necessidade de boi de piranha.

— Isso não interessa, João Batista, essa é a guerra que nos coube. Graças a Deus vamos para uma guerra de verdade.

— Tem gente que pensa diferente, e Cordeiro de Farias estendeu para Mascarenhas um jornal com uma matéria assinalada em vermelho.

A manchete anunciava com estardalhaço a queda de Benito Mussolini, no dia 25 de julho de 1943, poucos dias antes do afundamento do U-199 pelos aviões da FAB.

Cordeiro indicou com o dedo uma sessão assinada por Adelaide Scoraro. A deslumbrante Adelaide escrevia artigos publicados em vários jornais do país:

Se é verdade, como dizem por aí, que o destino da imaginária expedição do Brasil à guerra será a Itália, então é bom guardar os tamborins e fazer o desfile por aqui mesmo, pois se nossos galantes futuros heróis forem para a Itália será para fazer turismo.

— A quinta-coluna continua ativa e fazendo graça.
— As coisas se precipitaram, senhores, e eu não tenho clareza, ainda, para dizer onde ficamos no meio dessa poeira toda. Hoje chegou um telegrama dando conta de que um comando alemão libertou Mussolini da prisão e o levou para uma reunião em Berlim com Hitler.
— Parece um folhetim, disse Zenóbio.
— Parece, mas foi assim que aconteceu. Vamos aguardar, senhores, vamos aguardar. Não podemos dar um passo em falso.
— Sabem o que andam dizendo por aí? Sabem por que não embarcamos logo?, perguntou Zenóbio.
— Não.
— Porque o comandante em chefe é De Moraes, o comandante da Infantaria é da Costa, e o comandante da Artilharia não é de briga, pois é Cordeiro.
Zenóbio jogou a grande cabeça para trás e deu a gargalhada que fazia a delícia de seus comandados.
— Essa é boa, essa é muito boa, mas a melhor mesmo eu ouvi...
Mascarenhas fez um ruído discreto com a garganta.
— Com licença, Zenóbio, mas preciso acrescentar um pequeno detalhe para encerrarmos a reunião, e é justamente a respeito dessa demora e dos entraves ao nosso trabalho que enfrentamos no dia a dia. A natureza da nossa missão é extremamente simples: junto com os Aliados, ajudar a derrotar o nazismo. O lado complexo, e delicado, e mesmo antagônico dessa premissa é que, e isso é uma ideia que circula em todas as rodas pensantes do país, é que derrubando o nazismo estaremos também derrubando o governo que nos manda para o Teatro de Operações. Todos nós sabemos disso.
— É um dos motivos de tanto entrave para nossa preparação e para nossa partida, disse Cordeiro.

— Exatamente. Portanto, senhores, seja lá o que cada um de nós pense a respeito desse assunto, e todos somos livres para pensarmos o que bem entendermos, vamos deixar a política de lado, e como muito bem disse o Zenóbio, vamos cuidar só da guerra que nos coube lutar.

20

No segundo domingo de maio de 1944, os praças Pedrinho, Atílio e João Wogler, que agora todos chamavam de Alemão, saíram cedo do quartel e pegaram o ônibus para Laranjeiras.

Estavam dominados por um entusiasmo quase infantil: iriam assistir Fluminense x Botafogo pelo campeonato carioca. Era a primeira vez que os três assistiriam a um clássico carioca. As equipes do Rio de Janeiro dominavam as imaginações jovens e tomavam um espaço enorme do afeto nos corações pelo Brasil todo. Os nomes dos craques cariocas retumbavam como tambores nas árduas discussões sobre futebol no quartel: Heleno de Freitas, Perácio, Barbosa, Biguá eram emblemas de uma alegria e glória que eles não sabiam definir. Em Imbituba e nas alturas geladas de Vacaria, ouvir o campeonato carioca pelo rádio era um rito que confortava a alma e acalmava a imaginação. O Alemão Wogler era um dissidente cauteloso nessas discussões, pois o futebol gaúcho era forte e competitivo, e ele alternava as escutas do campeonato carioca com o gaúcho. Mas seu clube, o Grêmio, não passava por um bom momento havia muitas temporadas. O Internacional montara uma máquina de jogar futebol, arrogantemente chamada de Rolo Compressor, e isso, para o Alemão, era uma triste verdade: o colorado simplesmente esmagava quem passava em seu caminho. Seus craques tinham nomes que ultrapassavam as fronteiras do Estado e despertavam a cobiça dos grandes do Rio, de São Paulo e de Buenos Aires. Carlitos, Tesourinha, Nena, Ruy e Villalba eram mais do que nomes e apelidos; revestiam-se da aura mítica dos invencíveis.

Numa parada da viagem entraram no ônibus três moças bonitas e queimadas de sol, com uniformes de enfermeiras do Exército. Os três se inquietaram e trocaram olhares coniventes, mas sem muito entusiasmo.

— Vamos convidar elas para o jogo, sussurrou o Alemão, que era o mais despachado.

As três enfermeiras passaram, altivas, e os pracinhas sentiram sua condição de provincianos na grande cidade.

Era verdade, e eles sabiam. Adoravam aos domingos e dias de folga pegar um ônibus e circular pelo Rio, olhando-o com seus olhos juvenis, fáceis ao espanto. Sabiam intuitivamente que entre eles e aquelas garotas havia um áspero e grosso muro social que os separava.

Dulce e Zoé estavam mais bonitas do que nunca, e sua amiga Virgínia tinha olhos verdes e os cabelos louros: sua mãe era inglesa, casada com um engenheiro carioca. Conheceram-se num carnaval, e a turista pálida e frágil ficou para sempre na cidade.

As três moças não olharam nem repararam nos três pracinhas. Seu destino era Copacabana, passear à beira-mar, dar uma recorrida no Cassino e voltar para casa. Na segunda-feira bem cedo recomeçaria a estafante rotina de treinamento.

Perto das Laranjeiras perceberam a agitação das torcidas chegando para o jogo, e os três pracinhas se levantaram precipitadamente. O casquete de Pedrinho caiu e quando ele foi levantá-lo, uma mão branca, pequena, apanhou-o antes e o estendeu.

Os olhos de Pedrinho encontraram os olhos de Virgínia.

— Obrigado.

E enquanto era arrastado por Atílio e Alemão, se perguntava se ela também tinha sorrido para ele ou fora apenas impressão. Já na calçada, olhou com ínfima esperança. Ela o olhava!

Deu um adeusinho, e o ônibus se foi no meio do trânsito e da multidão que chegava. Pedrinho ajeitou o casquete com cuidado, pensativo, no exato momento em que o major Brayner ajeitava seu quepe, entrando no elevador do Ministério da Guerra.

21

Outro oficial acelerava o passo para tomar o elevador, e Brayner segurou a porta, para esperá-lo. Reconheceu o tenente-coronel Castelo Branco, o Humberto de Alencar, considerado intelectual e influente em algumas áreas do Exército. Trocaram continências, mas não falaram. Quando foram apertar o botão de comando do elevador, os dedos de ambos procuraram o número 10. Curioso.

No décimo andar do Ministério ficava o Gabinete Secreto do Ministro da Guerra, e para ir até lá só com convite especial. Subiram em delicado silêncio até o décimo e, quando saíram do elevador encontraram, sentados nas poltronas do saguão, o general Mascarenhas de Moraes, o coronel Henrique Lott e o tenente-coronel Amaury Kruel.

Todos tinham recebido convites sigilosos e individuais. Não havia justificativa ou definição de finalidade. E nenhum sabia que o outro tinha sido convidado. Logo juntou-se a eles o general americano Hayes Kröner, adido militar dos Estados Unidos, acompanhado de dois tenentes-coronéis também americanos.

A porta do gabinete se abriu e o coronel José Bina Machado, chefe de gabinete do general Dutra, convidou-os a entrarem. Dutra cumprimentou um por um, e passou para seu lugar na grande mesa no centro da sala.

— Senhores, agradeço a presença e a pontualidade de todos. Este é um encontro totalmente sigiloso, como podem deduzir, e sem mais delongas vou passar a palavra ao general Kröner, com quem deliberei de convocar esta reunião.

Brayner mentalmente classificou o americano de "enigmático e autoritário". Era muito magro, e não conseguia esconder certo ar de superioridade. Não cumprimentou ninguém.

— Vários comunicados oficiais alemães, desde ontem, já anunciam ao mundo que o Brasil enviará tropas de seu exército ao Teatro de Guerra Europeu. Esses comunicados avisam, ou melhor, ameaçam, que nenhum combatente brasileiro tomará pé em terras da Europa.

Nenhum. Ou seja, o barco que os transportar será implacavelmente afundado por seus submarinos.

Fez uma pausa e bebeu um copo de água inteiro.

– Quero dizer aos senhores que o governo dos Estados Unidos afirma o contrário. O governo dos Estados Unidos assume a responsabilidade e o risco de transportar as tropas brasileiras para qualquer lugar do planeta a que ela seja destinada. Esse é nosso compromisso, senhor ministro.

– Agradeço por nos comunicar esse compromisso, general.

– Entretanto, senhores, isso exige outro compromisso, um grave compromisso de todos nós. E por isso, pedi ao senhor Ministro da Guerra que nos reunisse aqui, no mais absoluto caráter sigiloso. Os oficiais que aqui se encontram, neste momento, não podem transmitir a quem quer que seja o que se vai debater e decidir. Nem mesmo as esposas poderão ouvir confidências sobre o que aqui for tratado. Se alguma desgraça acontecer, na partida ou na travessia do Atlântico, a responsabilidade ficará conosco, pela inconfidência de algum de nós. A preparação final ficará a cargo do Estado Maior da Primeira Divisão de Infantaria Expedicionária.

Olhou para Brayner, que assentiu com a cabeça.

– O navio que transportará o Primeiro Escalão é americano. Seu nome, onde se encontra, quando chegará, nada sabemos, por enquanto. Mas esse dia, posso afirmar, está próximo.

22

Pela janela do seu quarto o major Brayner olhou demoradamente a rua silenciosa lá embaixo. Só estavam ele e a mulher na casa, os empregados foram dispensados nesse dia. Formavam um casal sem filhos, e talvez por isso conviviam numa espécie de redoma de melancolia, ou talvez fosse apenas o caráter introspectivo de ambos.

O carro chegou. Consultou o relógio, 1h30min da madrugada. Apanhou o quepe, colocou-o na cabeça. Tivera que ser muito carinhoso para que o choro dela fosse silencioso e digno. Trocaram um beijo rápido, como se fosse uma despedida de poucas horas.

– Vamos precisar de muita coragem, meu amor, nós dois.

Saiu e fechou a porta.

O ordenança o esperava no carro, trocaram continência, mas não falaram. O carro avançou pelas ruas desertas em direção ao porto.

Tinha sido uma semana intensa. As notícias ambíguas chegavam incontrolavelmente a cada hora, os boatos circulavam desencontrados, alguns afirmavam que o Dia D tinha sido uma farsa, que a invasão da Europa pelos Aliados tinha fracassado, que Hitler tinha sido morto num atentado.

Era preciso muito sangue frio, era preciso examinar com calma cada uma dessas histórias, porque agora o que se aproximava realmente de sua vida era a partida para a guerra, e ele, Brayner, como chefe do Estado Maior da FEB, fora o oficial designado para a missão de coordenar o embarque do 1.º Escalão. Por isso fora uma semana infernal, cheia de reuniões secretas e dúvidas amargas.

Quando o carro se aproximou do portão do cais, tornou a olhar o relógio: 2 horas em ponto. Hora de colocar os soldados no trem. E era o que acontecia, longe dali, na Vila Militar.

23

– Acorda, malandro.

A mão pesada do sargento Onda quase derruba Pedro Diax do seu beliche. Pedrinho esfrega os olhos, no susto do despertar, e então se dá conta:

– É hoje.

Sentou-se na cama e sentiu todo o corpo estremecer.

– Puxa vida.

Não precisavam dizer nada, ele sabia.

– É hoje. Não adianta choro nem reza.

Dia 29 de junho, madrugada, escuridão de dar arrepios. Sob o comando do general Zenóbio da Costa, espremidos nos vagões da Central do Brasil, as aberturas completamente lacradas, sete composições sucessivas seguem da Estação de Deodoro, na Vila Militar, para o cais do porto. Na quarta composição, apertados no segundo banco da direita, Pedro, Atílio e João Wogler espreguiçam os membros.

– Estamos indo para a guerra, disse o Alemão. Atílio interrompeu um bocejo.

O rancho tinha sido rápido, mal enfiaram na boca uma bolacha e engoliram o café preto.

Estamos indo para a guerra, pensou Atílio, e percebeu que estava com dores no corpo, com sono, com fome. Vou para a guerra, pensou; sou gago, podia ser dispensado, podia ficar em casa comendo rapadura e indo aos bailes da igreja no fim de semana.

Estou indo para a guerra, pensou Pedrinho. Posso ficar aleijado, posso ficar louco, posso morrer.

O trem sacudia levando milhares de homens entre 18 e 25 anos de idade, oriundos de Pernambuco, da Bahia, do Rio, do Amazonas, do Piauí, do Rio Grande do Sul e do Rio Grande do Norte, e de todos os recantos do Brasil, que pensavam a mesma coisa: estou indo para a guerra, posso ficar aleijado ou louco ou morrer. A metade dos que estão dentro deste trem vão morrer. Talvez mais da metade, talvez todos. O alemão Wogler ressonava de boca aberta. Vamos para a morte. Este trem está nos levando para a morte.

24

No carro que as levava para o aeroporto, Dulce, Zoé e Virgínia, apertadas no banco de trás, entrelaçavam seus dedos, olhavam a cidade do Rio de Janeiro, mais bela do que nunca, ir passando deserta e silenciosa, como se também estivesse adormecida.

— Todos estão dormindo.
— O quê?
— Todos estão dormindo.
— É claro, sua boba. É madrugada.
— Nossa partida é secreta?
— Ai, Zoé, tu me dá nos nervos com essas perguntas. E *secreta* é uma palavra muito idiota.
— Pela conversa do major Ernestino, é mais ou menos secreta.
— Ou é secreta ou não é secreta.
— Ontem eu perguntei para ele para onde a gente vai, e sabe o que ele me disse?
— É melhor não me dizer, começo a conhecer o major Ernestino e não estou gostando.
— Vamos para a base de Natal, depois para Dacar, depois só Deus sabe.
— O Marcos disse pra gente não confiar no major Ernestino.
— Eu não confio é no bonitão do capitão Marcos.

E as três deram risadas, o carro avançou um sinal vermelho na madrugada, enquanto o capitão Marcos olhava a roleta girar.

25

A mão de unhas pintadas da estupenda Adelaide acariciava as fichas sobre a mesa; ao fundo Dick Farney acariciava um piano.

— Soubeste do triste fim do nosso amigo gordinho?
— Nosso, vírgula. Teu amigo gordinho.
— Eu marquei outro encontro teu com ele.
— É, mas ele não apareceu.
— Apareceu. Morto na praia.

– Epa.
– Um tiro na cabeça.
– O Rio é uma cidade perigosa.
A roleta parou de girar.
– Bem, querida, perdi meu último centavo. Hora de partir.
– É cedo, meu capitão. Não é tua hora habitual.
– É que hoje vou pegar um avião, e o capitão Marcos deu seu sorriso mais sedutor.
Adelaide estudou-o inquieta, desconfiada.
– Um avião? Que beleza! E para onde, pode-se saber?
– Ah, minha querida, para um lugar maravilhoso, mas vou te deixar com esse gostinho de mistério na memória, pra tu ficar saboreando enquanto eu vou saindo. Tchauzinho!
E o capitão Marcos se afastou entre os homens de terno de linho branco e as mulheres de vestidos com profundos decotes, a melodia do *jazz* de Dick em seus ouvidos, no momento exato em que o trem do 1.º Escalão chegava no porto. Os cinco mil soldados ficaram trancados dentro do trem por quase duas horas, com as cortinas cerradas, numa espera ansiosa e desconfortável, até que um oficial abriu a porta e comandou:
– Em fila, em ordem e em silêncio!
Era um navio gigantesco, ancorado a poucos metros com sua enorme porta aberta, onde a fila de homens ia sumindo. Pedrinho, Atílio e João Wogler caminharam pela rampa carregando seus sacos, aproximando-se da boca escancarada, leram num costado o nome do monstro: *US Gen. Mann*.
Eram cinco mil homens, e ficariam amontoados na barriga do US Gen. Mann durante quinze dias, à mercê dos submarinos e dos aviões da Alemanha, viajando através do mar para um lugar do mundo que nenhum deles sabia qual era, pensando em mutilação, loucura e morte.

26

No segundo dia da viagem, Atílio descobriu a função da musculosa dupla de PMs americanos que ficavam de prontidão na porta do dormitório.

— S-s-se o na-navio f-for t-t-to-torpedeado, eles nos fecham aqui dentro.

Atílio era o melhor ouvido do batalhão. Ficava sentado quieto num canto, olho parado, e nem o mais leve sussurro a dez metros de distância passava despercebido. Porque assim como sua fala era truncada, sua inteligência era rápida e musculosa, capaz de acionar as mais diversas informações e organizá-las com precisão de matemático.

— N-no-nosso alojamento fica 5 metros abaixo da li-li-linha d'água. Os torpedos batem direto onde nós estamos, intrometeu-se uma voz na conversa, abrem um rombo do tamanho de uma porteira, e o compartimento se enche de água.

Atílio, Pedrinho e o Alemão olharam um tanto surpresos para o praça que se intrometera na conversa deles, com forte sotaque gaúcho.

— É por isso, continuou o praça, que botaram aqueles dois postes de vigia, para fechar a porta imediatamente.

— Mas, por quê?, perguntou Pedrinho, alarmado.

— Porque, índio velho, se eles fecham as portas, a água não passa para o resto do navio, e eles ganham tempo pra dar o fora.

— E nós?

— Nós morremos afogados.

Pedrinho puxa a coberta para o queixo. Escuta o navio. Está silencioso, flutuando no meio do oceano.

Constantemente lembrava a primeira noite a bordo. Depois que Getúlio foi embora cercado por uma corte de homens de terno e de farda que distribuía sorrisos e afagos, depois que todos estavam instalados em seus catres, depois que as luzes tinham se apagado e uma sombra melancólica descia sobre os cinco mil homens inquietos e cansados, a voz do capitão, em inglês, invadiu os corredores, os passadiços, os refeitórios, o convés, o navio todo através dos alto-falantes, seguida por uma voz em português, rápida, traduzindo.

— Soldados brasileiros! Sois a força sul-americana que primeiro deixou o seu continente para combater em ultramar, com destino ao Teatro de Guerra Europeu, constituindo um novo exército de homens livres, que se vêm juntar a tantos outros na luta pela liberdade dos povos oprimidos...

Atílio ouviu perfeitamente o soldado de sotaque gaúcho dar uma risadinha:

— Homens livres? Esse gringo tá brincando com a gente.

Atílio se mexeu inquieto:

— P-por quê? Vo-vo-você não é um homem livre?

O soldado sorriu no escuro.

— Boa pergunta, gago.

— N-n-não me chama de gago que eu não gosto.

— Tá bueno, desculpe. Não te chamo mais de gago. Como é teu nome?

— A-a-atílio.

— Atílio, certo. O meu é Quevedo. Não existem homens livres.

— O quê?

— Não existem homens livres.

— ... quem poderá avaliar da suprema importância que podereis representar no campo de batalha?, continuava o comandante. E sua voz rouca encerrou a mensagem, flutuando nas sombras: — ... não será a primeira vez na História que a adição de alguns homens a mais, num determinado setor da luta, fizesse pender definitivamente para ele o fiel da balança e os louros da vitória.

— P-p-por que você d-d-diz isso?

— Gato escaldado tem medo de água fria.

— E-e-eu n-n-não te-te-nho medo de nada.

— De nada nada nada mesmo?

— Bom, só de altura.

— Ah, tá certo. E tu vem de onde, chê?

— Imbituba.

— Nunca ouvi falar. Tu sabe de onde eu venho?
— N-n-não sou adivinho.
— De Uruguaiana. Modestamente.

Alemão Wogler, no catre em cima, deu um suspiro acintoso e murmurou em tom suficiente para ouvirem ao redor.

— Agora sim, vamos ganhar a guerra.

Quevedo deu uma risadinha:

— De pleno acordo, companheiro.

27

— Vai começar o noticiário, silêncio, por favor.

Era a segunda semana da viagem, e entre cafés e cigarros fumegantes, o general Mascarenhas e seu Estado Maior, confortáveis na ampla sala de oficiais do General Mann, prepararam-se para o noticiário da BBC. Várias notícias sobre o tempo, um resumo do campeonato paulista, e de repente o locutor anuncia: *Aproxima-se de Nápoles, navegando pelo Mediterrâneo, o comboio conduzindo o primeiro contingente de tropas brasileiras para participar da luta no Teatro de Operações Europeu.*

Mascarenhas achou que tinha entendido mal.

— O que esse sujeito disse?

Olhou para os outros oficiais que acompanhavam o noticiário e viu que eles também manifestavam espanto.

Um coronel americano esbravejou:

— Ingleses filhos da mãe! Nos entregaram aos alemães!

— Isso é um absurdo!, rugiu Brayner.

Era absurdo, mas verdadeiro. A operação mais secreta e sigilosa do Exército Brasileiro era anunciada aos quatro ventos pelos microfones da BBC.

Meia hora depois, o oficial de ligação do navio estendeu um telegrama para o major Brayner. Ele passou os olhos pelo papel e depois começou a ler em voz alta. *Um forte esquadrão de bombardeiros inimigos, oriundo do norte da Itália, devidamente protegido, voa na direção do comboio, que poderá ser atingido dentro de uma hora, caso não seja interceptado.*

– Uma hora?, exclamou Zenóbio. Ele disse uma hora?

– Tem mais: *Todos os meios de interceptação, das bases do norte da África, Sicília, Nápoles e Sardenha, foram acionados e deverão dar a cobertura ao comboio. Convém estar preparado para a luta antiaérea.*

Mascarenhas lembra o olhar atento dos americanos para a reação dos brasileiros. Ele e Brayner ficaram impassíveis, mas a notícia se espalhou. Alguém sussurrou que uma esquadrilha alemã perseguia o navio e que em breve seriam bombardeados. Um calafrio só percorreu a tropa amontoada nos porões.

– Estamos na guerra. Agora, sim, disse Quevedo.

A semana que ainda durou a viagem foi toda com os ouvidos atentos a ruídos vindos do céu e homens rezando sozinhos pelos cantos do navio.

Chegaram a Nápoles num dia em que a bruma cobria tudo. O navio parou num mundo viscoso, cinza e profundamente silencioso.

28

A bruma foi levantando bem vagarosa e Nápoles começou a aparecer ante seus olhos.

O US General Mann estava cercado de destroços retorcidos e queimados de navios, centenas de gigantescas embarcações transformadas em monstros disformes, flutuando na água oleosa, fruto dos ataques da força aérea aliada na batalha pela posse do porto.

Os pracinhas foram descendo a rampa, sacos às costas, olhando com perplexidade e medo para aquelas ruínas. Algo espantoso, algo enorme e terrível tinha acontecido ali.

No porto, pequena multidão silenciosa e em farrapos os examinava com desconfiança, descendo a rampa. Aqueles soldados não carregavam armamento, a cor de suas fardas era verde, na mesma tonalidade usada pelo exército alemão, e não tardou para que fossem confundidos com prisioneiros alemães.

A hostilidade começou com gritos de longe, *tedeschi!*, em seguida alguns mais valentes se aproximaram e gritavam rente a eles. Em sua maioria estavam sujos, barba por fazer, olhos no fundo e com expressões de nojo, rancor e fome, que assustou e espantou a fila de homens morenos, saco às costas, equilibrando-se no estreito caminho de tábuas sobre a lama.

Um deles cuspiu num pracinha. Depois outro. E outro. Uma pedrada voou de longe, batendo numa cabeça, que começou a sangrar. O sangue despertou a ira da pequena multidão, que começou a despejar pedras com fúria cada vez maior sobre os pracinhas estupefatos.

A intervenção dos PMs americanos foi rápida e brutal, avançando contra os esfarrapados e os afastando com golpes de coronha. Um oficial americano, falando italiano perfeitamente, gritava bem alto que os recém-chegados eram aliados, aliados do Brasil, que vieram lutar pela Itália contra Hitler!

Quando a compreensão se fez, os apupos mudaram em aplausos, em seguida se ouviam gritos de "bravo, bravissimo, brasiliani!"

29

Horas depois, sentado na calçada junto com os outros soldados, em fila, costas apoiadas na parede destruída do armazém, Pedrinho ainda relembrava o episódio e pensava como enquadrá-lo em seu entendimento. Então, viu, na sua frente, a poucos metros, várias mulheres com crianças de colo, olhando para eles.

Olhavam para eles buscando, captar suas atenções até sentirem que eram vistas, e então começaram a mastigar. Nada tinham para colocar na boca, porém mastigavam e mastigavam, caladas, olhando fixo para os soldados.

Aquilo foi surpreendente, e eles a princípio acharam graça. Mas as mulheres os olhavam nos olhos e moviam as bocas, salivando, num ritual silencioso. Pedrinho se levantou e se afastou para trás do armazém, nauseado.

Uma mulher o seguiu, colocou-se na frente dele, olhando-o nos olhos, um olhar duro e acusador, a boca se movendo.

Pedrinho afastou-se, a mulher o seguiu. Ele dava meia-volta, ela persistia, ela escorregou, quase caiu, equilibrando a criança em seus braços, Pedrinho aproveitou para afastar-se ainda mais e acabou no meio da lama pegajosa, e a mulher o seguiu, escorregando, buscando seu olhar, mastigando, mastigando, mastigando sem parar e buscando seu olhar com seus olhos famintos.

30

Zoé, Dulce e Virgínia voaram do Rio para Natal, de onde seguiriam imediatamente para Dacar. Mas, após uma série de confabulações misteriosas entre os oficiais da FAB e os comandantes do Corpo de Enfermagem, acompanhadas por elas com ouvidos atentos e olhos arregalados, souberam que deveriam ficar em Natal.

– Talvez por alguns dias.

Enquanto arrastavam suas mochilas para os alojamentos no outro extremo da pista, ouviram que um avião tinha sido abatido nesse mesmo dia na rota para Dacar. Foi o primeiro medo verdadeiro que a guerra trouxe para elas. Decolaram três dias depois e pousaram após doze horas de voo interminável numa faixa estreita de areia que tinha o nome de Ilha de Ascensão. Ficaram olhando pelas janelas a areia fazer voos caprichosos ao embalo do vento. Abastecido, o aeroplano levantou e rumou para Acra, capital da Costa do Ouro.

Pernoitaram em Dacar, mas, após novas confabulações misteriosas, foram para Atar, abasteceram, rumaram para Robert Field, onde? Robert Field, o que é isso? Sei lá, depois Marrakesh, onde foram atropeladas por um camelo na saída do aeroporto.

As 25 enfermeiras chegaram a Casablanca num final de tarde avermelhado. Puderam repousar três dias, encerradas em seus quartos, moídas, com princípio de depressão e ódio mortal por aeronaves, em meio ao calor infernal, o pó da rua onde ficava o hotel e o alarido dos vendedores. Finalmente levantaram voo mais uma vez e aterrissaram em Alger.

Era 12 de julho, havia festa e algazarra em toda parte, tinham saído do Rio na madrugada do dia 2 e todas estavam confusas e atemorizadas. Elza, a mais despachada e influente das novatas do Corpo de Enfermeiras, anunciou:

– Vamos para Nápoles. O Primeiro Escalão já está lá.

31

O primeiro Escalão já estava em Nápoles, mais exatamente nos arredores da cidade, no bairro proletário de Agnano, acampado na lama, sem barracas, sem cozinha, sem mantas para se cobrir.

Era pleno verão, mas a noite parecia de gelo. O Primeiro Escalão acampara na cratera do vulcão Astronia, abaixo do nível do mar, o que aumentava a sensação de frio. A maioria dos 5.800 homens não sabia desse detalhe. Estenderam-se no chão, cobriram-se com seus casacos.

Foi oferecido aos generais Mascarenhas de Moraes e Zenóbio da Costa hospedagem no luxuoso Hotel de Nápoles, mas eles recusaram. Montaram então duas barracas, onde eles passaram a noite com a tropa.

Seria uma longa noite. Ouviam-se tosses, gemidos, algum palavrão em voz contida. Os homens sonhavam com a devastação do porto de Nápoles, com os estranhos balões presos por cordas ao longo de todo o litoral, a fim de atemorizar voos rasantes de aviões inimigos.

Súbito, no meio da noite, irrompeu um alarido agudo e iniciou um corre-corre no lado direito do acampamento. Um oficial se aproximou da barraca de Mascarenhas.

— Tentativa de suicídio, já foi dominado.

— Quem era?

O oficial olhou para a tropa deitada na escuridão do chão enlameado.

— O tenente-médico Soares Silva. Ele teve um surto, algo assim, apanhou o revólver e tentou obrigar seu ordenança a atirar nele. Já está tudo sob controle, comandante.

— Muito bem, obrigado.

O oficial fez continência e se afastou. Mascarenhas procurou Zenóbio.

— Começamos mal, companheiro, disse Zenóbio.

— Não vou subestimar esse episódio, mas já esperava algo parecido. A viagem foi muito tensa, estamos parecendo um bando de mendigos, vamos ter muito trabalho, meu amigo.

Zenóbio apanhou um charuto.

— Um médico, hein? Quem diria.

— Nossos tenentes vêm da turma de aspirantes a oficiais que deixou Rezende três meses atrás, Zenóbio, às vésperas de partir. Foram promovidos a segundos-tenentes no dia do embarque. Tudo era festa de estudantes. A maioria desses oficiais nunca viu um corpo de tropa, nunca entrou numa caserna.

— E agora estão aqui.

— Numa terra estranha, numa noite escura, no chão enlameado. Vamos ter muito trabalho, meu amigo.

32

Já se passara uma semana do desembarque, continuavam amontoados no porto. Via com apreensão os homens se misturando às prostitutas e aos proxenetas, às crianças famintas, às mulheres desesperadas. E nada de o comando americano lhes fornecer as armas do acordo firmado. Protelavam, davam desculpas, Mascarenhas olhava os soldados vagando sem objetivo, tomou uma decisão, chamou Brayner.

– Major, vamos fazer uma visita ao órgão provedor. Temos um acordo, eles nos devem.

Rumaram de jipe para o antigo e imponente Palácio Real, no bairro de Caserta, onde funcionava a base de suprimento.

Esperaram mais de uma hora numa saleta barroca, olhando o quadro a óleo de um antigo e afetado monarca italiano. Enfim, apareceu o general Harris, comandante do órgão.

Denotava pressa, não fez continência, brandiu no ar a lista de petições.

– Afinal de contas, o que vocês brasileiros trouxeram para lutar?

O major tradutor se esforçou para amenizar a atitude do americano:

– General, permita lembrar que o general Mascarenhas organizou a defesa do nordeste brasileiro para a América.

– Para a América, não, – disse Mascarenhas, que entendia muito bem o inglês quando queria – para o mundo ameaçado pelo nazismo. E essa petição é produto do acordo firmado em Washington pelos nossos dois governos. Não é um pedido meu. É uma ordem para ser cumprida sem discussão. Apenas isso.

Harris se surpreendeu com o tom de voz de Mascarenhas, áspero e ameaçador. O rubor da fúria cobriu seu rosto. Mas enquanto ouvia a tradução, foi se acalmando. Respirou fundo.

– Bem, confesso que sei pouco sobre esse assunto. Vou me informar, senhores, e tomar as medidas convenientes. Os senhores serão avisados prontamente assim que eu tomar pé da situação.

O clima da reunião estava definitivamente abalado. Mascarenhas e Brayner se levantaram, fizeram continência e deixaram a sala, calados.

Embarcaram no jipe, calados, e permaneceram calados toda a viagem de volta ao acampamento, envoltos pelo rancor e a humilhação, que se grudava neles como um veneno, olhando a paisagem da cidade ferida, suas ruínas tristes e assustadoras, as pessoas vagando sem rumo como mortos-vivos.

33

Em Suffolk, Long Island, os aviadores brasileiros foram apresentados para o P-47 – Thunderbolt, avião de caça moderníssimo, de curvas elegantes, compacto e letal. Aí repetiram exaustivamente os treinamentos realizados com os P-40 em Aguadulce.

Em 10 de setembro chegaram em Patrick Henry, Virgínia, onde ficaram até o dia do embarque para a Itália, no dia 19 de setembro, no navio francês UST Colombie, quase na mesma hora que Brayner abriu o envelope do Comando com o canivete e observou que o texto era sucinto.

Mas teve de ler duas vezes para entender com clareza o conteúdo: *Substituir os elementos do II/370 Regimento de Infantaria, às 19 horas do dia 15 de setembro, na região Vecchiano-Massacinccali-Filetole. Manter contato com o inimigo e sondar seu dispositivo por meio de vigorosa ação de patrulha. Caso o inimigo se retire, persegui-lo mediante ordem deste IV Corpo. Manter contato com a 1ª Divisão Blindada que opera a leste.*

– Finalmente.

Brayner passou a palma da mão sobre o envelope quase com carinho. Depois de dois meses de instrução e exercícios, ofícios e solicitações, telefonemas confusos e contraditórios, chegara a hora do batismo.

Brayner reuniu o Estado-Maior. Solicitou a presença do comandante em chefe general Mascarenhas de Moraes. A coisa tinha que ter um viés de solenidade. Iam entrar em ação. Finalmente, finalmente.

Reuniram-se ao redor da mesa, Brayner fez pequena explanação e deu a palavra a Zenóbio, que abriu o mapa na sua frente.

Zenóbio tinha gotas de suor na testa. Zenóbio ia comandar. Aquilo era missão da Infantaria.

Zenóbio alisou o mapa, saboreando o momento. Brayner lembrou-se de sua mão sobre o envelope.

– Quem vai ter a honra de ser destacado para esta missão iniciadora é o Sexto Regimento de Infantaria, sob o comando aqui do nosso prezado coronel Segadas Viana.

O coronel Segadas fez uma vênia.

– Estudei a situação. O terreno é todo escarpado. O caminho é minado. E o inimigo não se apresenta. Vai estar o tempo todo à espreita.

– Que ninguém se engane, vai ser duro, disse Mascarenhas.

– Quem está lá é a 148. É uma Divisão famosa, com veteranos da Rússia. Eles não vão se expor, disse Zenóbio, só vão atacar quando for favorável a eles.

– O que significa que vamos avançar por um corredor de morte disse Segadas.

Zenóbio não gostou do comentário:

– É a guerra, coronel.

– Não estou reclamando, general. Só constatando.

– Quando substituirmos os americanos vamos ficar responsáveis por uma frente de nove quilômetros, disse Brayner.

– Se ficarmos apenas na defensiva já é muito, mas na ofensiva é simplesmente absurdo, disse Segadas, olhando para Zenóbio, que sustentou o olhar.

– Sei disso muito bem, mas essa é a nossa primeira missão nesta guerra, coronel Segadas Viana, e vamos começar imediatamente, sem queixas nem indecisões.

– Sim, senhor.

— Vamos atacar em três linhas.

Empurrou o mapa para a frente. Seu dedo grosso percorreu as linhas no papel.

— Olhem este mapa: o Primeiro Batalhão do 6.º inicia a marcha para tomada de contato com o inimigo na direção de Filetole e Monte Ghilardona, dois vilarejos, com poucas casas de pedra. É uma subida íngreme, e aí poderemos ter surpresas; o Segundo segue pela direita, na direção de Bozzano e Vecoli, deve haver resistência moderada, segundo os *partigiani*; e o Terceiro sai da reserva para avançar sobre Le Corti e Bozzano.

— Resistência moderada?, perguntou Cordeiro de Farias.

— Segundo os *partigiani*.

— O que eles entendem como moderada?

— Vamos saber quando isso acontecer, general.

Mascarenhas sentiu a tensão e interveio.

— Senhores, as populações desses povoados podem ser hostis conosco. Não sabem quem nós somos, têm medo de todos, dos alemães, dos americanos, dos *partigiani*, e agora chegam esses estranhos com caras de índios. Eles devem estar aterrorizados, fartos dessa guerra que não compreendem.

— Vamos ir com prudência, comandante, disse Zenóbio. — O terreno é todo minado, ainda segundo informação dos *partigiani*. Quem serão seus comandantes de batalhão, coronel Viana?

Zenóbio sabia perfeitamente quem eram os comandantes dos batalhões, mas estava um tanto solene e gostaria de ouvir isso da boca do oficial encarregado da missão.

— Os majores Gross, Silvino Nóbrega e Abílio Pontes. Oficiais de fé.

— Sem dúvida. Muito bem! Que todos saibam que essa estrada que vamos percorrer é a nossa entrada na História.

— E pela porta da frente, meu general.

Haveria ironia no tom de Segadas? Zenóbio o encarou.

— Ponha seus homens em forma. Vamos marchar de madrugada.

34

De madrugada, a porta da frente da História estava tomada por uma cerração que a encobria totalmente. Nada era visível da estrada. Os montes dourados de Toscana, que os rodeavam, eram apenas vultos.

O major Abílio Pontes pensava com certa ironia nas palavras do chefe da infantaria. Todos sabiam que Zenóbio era um amável fanfarrão, mas essa sua veia poética não era conhecida.

O major Abílio era homem de leituras, e os oficiais mais velhos estavam de olho nele porque dissertava com certo entusiasmo sobre as teorias de Marx, esse alemão judeu. Para piorar as coisas, o major Abílio tinha 30 anos e nenhuma experiência de combate, como a maioria quase absoluta dos oficiais de sua idade.

O 6.º RI avançava encolhido dentro dos caminhões e amontoado nos jipes. Formavam uma longa coluna de veículos, avançando sem pressa na estrada cheia de curvas.

Pedrinho, Atílio, o Alemão e Quevedo estavam encostados uns aos outros, apertando seus fuzis numerados. Cada um já sabia o número do seu fuzil de cor e a ordem era não largá-lo, não perdê-lo, não emprestá-lo, porque no último dia da guerra teriam de devolvê-lo mediante recibo ao órgão provedor. E enquanto sacudiam na carroceria, e vagamente sentiam enjoo devido a tantas curvas na estrada, enquanto acalentavam na memória o espanto das coxas das mulheres nos becos escuros de Nápoles, ouviram a primeira explosão.

Pedrinho fechou os olhos e num relance se viu a bordo do Baependy.

Mas o caminhão continuava intacto. A explosão foi longe. Abriu os olhos, e seus companheiros estavam um tanto pálidos, naturalmente angustiados, escutando. Nova explosão, mais forte.

— Começou a guerra, murmurou o Alemão.
— Já estava demorando, disse Quevedo.
— T-t-tá ch-che-chegando a hora.

O caminhão parou de repente, jogando uns contra os outros. A porta de lona se abriu e o sargento Nilson enfiou a cara para dentro do caminhão.

– Vamos desembarcar, macacada, e ir se postando em fila de um ao longo da estrada. Vamos, vamos, vamos!

Mas dentro do escuro da carroceria ninguém se mexeu.

– Temos uma subida a nossa espera e vamos fazer isso com nossos belos sorrisos de dentes cariados.

O sargento Nilson era um tanto barroco ao falar, e isso – mais o humor misturado de ironia – era legado açoriano dos legítimos manezinhos da Ilha de Santa Catarina. Deu uma olhada nos dois garotos de Imbituba.

– Quero ver vocês catarinas fazendo bonito.

– Sim, senhor, sargento.

– Quero ver vocês indo pra frente, sempre pra frente e nada mais do que pra frente, entendido?

– Sim, senhor, sargento.

Outra explosão sacudiu as paredes da montanha, uma sucessão de explosões colossais, demorada, foi mais do que uma explosão ao longe, foi um aviso do que os esperava, foi uma presença sufocante sobre o caminhão; os pracinhas se encolheram, se olharam, mas o gago Atílio deu um empurrão em Pedrinho, que empurrou Quevedo, e começaram a se apressar, a pular para fora do caminhão, atentos e ansiosos.

De todos os caminhões e jipes os homens começaram a saltar. Iam entrando em fila nos dois lados da estrada. Os capitães comandavam aos gritos, os tenentes corriam de um lado para o outro, os sargentos berravam e empurravam. Pedrinho olhou para sua frente, para a névoa que se desmanchava e permitia ver entre raios de luz a longa coluna de homens a pé, fuzis nas mãos, curvados, respirando com parcimônia, subindo a estrada estreita e cheia de curvas.

35

— A ponte que dá acesso à estrada para Camaiore está destruída, capitão, disse o sargento Nilson, olhando para o capitão Ernani com insistência.

— E essa agora, pensou o capitão Ernani, sempre que tem uma novidade ruim é esse sargento que vem me trazer.

— Destruída? Como, destruída? Uma hora atrás não estava destruída.

— Foi bombardeada, capitão, não temos como passar o rio.

O capitão Ernani sabia que Camaiore era uma cidade antiga, muito antiga. Do tempo dos romanos. E no latim ancestral queria dizer Campus Maior, como explicou o general Zenóbio.

Lá estava ela, Camaiore, do outro lado do rio. Era um conjunto maciço e cinzento, todo de pedra. Casas de dois andares rigorosamente iguais. Ruas estreitas e labirínticas.

— Recebemos ordens de tomar Camaiore dos alemães. E o senhor, capitão Ernani, vai ter a honra de comandar o ataque, disse Zenóbio.
— Eles ocupam a cidade há mais de um ano. Entrar lá é entrar numa arapuca mortal. Mas isso todos já sabemos.

O rosto insondável do capitão Ernani escondia a angústia de estar dividido entre dois sentimentos: a euforia de ser indicado para a primeira verdadeira missão da FEB e o pavor legítimo de avançar contra uma fortaleza totalmente blindada, onde se ocultavam membros da 148, a famosa divisão que combatera na Rússia, na África e agora estava na Itália para interceptar a invasão aliada.

— A ponte está destruída? Foi bombardeio, capitão.
— A nado é que não vamos atravessar.

Claro que não, pensou o sargento Nilson, olhando para o capitão Ernani.

A correnteza era muito forte, a profundidade ignorada e ali perto tinha acabado de explodir um projétil lançado por um canhão. Súbita sucessão de explosões assustou os brasileiros, que se encolheram contra o chão, atrás dos tanques, caminhões e jipes, atrás de árvores e de pedras.

A primeira missão difícil está começando difícil. O capitão mascava alguma coisa, o sargento olhava para ele.

Será que esse capitãozinho está com medo?

– Ligue para o pelotão de Engenharia, sargento, disse o capitão, preciso falar com eles.

O sargento Nilson ficou observando o capitão falar ao rádio. Parecia calmo e incisivo, mas terminou com certa petulância.

– Não sei como vão conseguir, mas consigam!

Quase uma hora depois três caminhões chegaram com barcos de borracha. Eram dez, e cabiam doze homens em cada barco.

A travessia começou no meio da tarde, quando o outono começa a ficar velho e a brisa mais fria. Os pracinhas desembarcavam e corriam para a estrada, postando-se agachados nos dois lados da via. Os bombardeios caíam mais ao longe.

– Acho que não perceberam ainda nossa presença nesta posição, murmurou o capitão Ernani para o tenente Molina, agarrados ao bote inflável, que sacudia nas águas da corredeira. O tenente parecia um adolescente pálido.

Desembarcaram e correram para a margem da estrada esburacada. Deste lado do rio a cidade de pedra parecia maior, mais ameaçadora. Parecia que tinha crescido de repente.

– Não vamos ficar parados, vamos indo, ordenou o capitão ao tenente. – Faça o pessoal se mexer.

– Mas não vamos ter a proteção dos tanques, capitão.

– Vamos sem proteção, tenente.

À medida que a tropa transpunha o rio, a fila na estrada ia se tornando cada vez maior. Agora subiam uma lomba acentuada, o cansaço começava, as pernas doíam. Das casas de pedra na margem da estrada apareciam cabeças de velhos, curiosas, tensas. Ouviam cantos de galos, algum balido de ovelha.

O sargento Nilson levantou a mão.

– Alto!

O capitão se aproximou.
– O que foi?
– Minas, capitão.
Deus do céu, gemeu para si mesmo o capitão. Minas. Minhas primeiras minas.

36

Foi necessário esperar um engenheiro de minas. Ele chegou sem pressa, acendeu um cigarro e examinou o terreno com certa indiferença. Todos de olho nele. *Esse cara tá fazendo pose demais...* Pacientemente, o engenheiro e dois ajudantes foram localizando as minas, marcando com fitas uma passagem segura.
– Pronto, disse, duas horas depois, sem perder a pose, dando pancadinhas na testa suada com um lenço branco.
A aproximação do objetivo recomeçou mais lenta ainda. Chegaram ao alto da lomba, olharam para trás. A fila estava enorme e desprotegida.
Mas o pior era o que estava diante deles. A descida da lomba terminava aos pés da cidade – e era abrupta, longa e toda esburacada.
Pedro Diax, Atílio e o Alemão olharam para o fim do declive com um arrepio de pavor. O capitão, o tenente e o sargento, sem abrir a boca, pensavam o mesmo: vai ser a coisa mais maluca que já fiz na vida, mas de um jeito ou outro vamos ter de descer essa lomba e ir bater na porta de Camaiore.
Foi quando ouviram o vozeirão de Zenóbio.
– Então, moçada, por que estão aí parados?
Antes que o capitão tentasse uma resposta, Zenóbio falou:
– Jipes. Quero jipes aqui, agora, todos os que puderem trazer.
Era um espanto um general estar ali, na primeira linha, prestes a avançar contra o inimigo entrincheirado. Mas Zenóbio tinha aque-

le estilo que era só dele, fazendo as coisas com um sorriso e mascando o charuto.

Os jipes foram chegando. Tinham atravessado o rio em barcaças que a Engenharia construiu.

– Já vai escurecer, disse Zenóbio, – e não vamos descer essa lomba a pé.

No primeiro jipe subiram Pedro, Atílio, Alemão, Quevedo, o esclarecedor do pelotão, o negro Bandeira, gaúcho de Caçapava do Sul, o sargento Nilson, o tenente Molina e o capitão Ernani. O motorista era o Cego Aderaldo, como começaram a chamar o rapaz com sotaque nordestino.

– A toda velocidade!, berrou Zenóbio, e ele mesmo sinalizou com o braço a partida.

O jipe arrancou. Pedrinho sentiu aquele frio inevitável no estômago quando se desce uma rampa em alta velocidade. Todos se agarravam e mordiam o grito. O capitão fechou os olhos.

– *Alea jacta est!*, dissera Zenóbio, que andava com fumos intelectuais nas últimas preleções.

Aí iam eles, como se estivessem num parque de diversões, numa desgraçada duma montanha-russa, descendo desamparadamente, ao encontro da mutilação, da loucura ou da morte. O Cego Aderaldo se agarrava ao volante e rezava.

Zenóbio comandou mais uma partida.

– De onde você é, soldado?, perguntou ao motorista.

– Cruz Alta, general.

– Onde fica isso?

– No Rio Grande.

– Ah, então tu te garante. Vai!

O segundo jipe partiu, com dez dentro dele. Depois o terceiro, o quarto. Iam chegando e se amontoando uns sobre os outros nas primeiras ruas, rolavam, deitavam-se no chão, ficavam imóveis, examinando se estavam com os ossos inteiros.

Um jipe perdeu a estrada bem próximo deles e virou, com os soldados saltando para todos os lados.

— Vejam se há feridos, gritou o capitão Ernani. — Chamem os padioleiros.

O capitão Ernani ficou de pé e empunhou seu rifle. Camaiore estava completamente às escuras. Nem uma luz havia em nenhum lugar.

— Vamos entrar na cidade, em fila, rente às paredes.

Constatou com susto que todos olhavam para ele.

— Os alemães têm grupos de combate espalhados pelas ruas, nos becos, nas vielas. Tanques, metralhadoras, obuses. Estão nos esperando.

Não conteve a vontade de fazer uma bravata:

— Vamos ver se esses alemães são tão bons como dizem.

E lançou um olhar aos homens sob seu comando. Era um grupamento misto composto da 2.ª companhia do 6.º Regimento de Infantaria, de um pelotão de Engenharia e de um grupo de tanques e carros de combate americanos, que finalmente chegaram.

O capitão pensou por um segundo de que adiantavam os tanques se eles não cabiam nas vielas estreitas. Sacudiu a cabeça.

Aquilo era assunto da Infantaria.

— Entrar nessa cidade é assunto da Infantaria. Então, é com a gente mesmo.

O capitão Ernani Ayrosa, 29 anos, disse, bem alto:

— Moçada, soldados do Brasil, venham comigo.

E deu o primeiro passo para entrar na cidade, coberta pela escuridão da noite.

37

Cada passo que davam era como pisar em areia movediça. Mas o chão era de pedra, irregular, as botinas escorregavam e havia alguns buracos traiçoeiros, onde se podia enfiar o pé e quebrá-lo. Estavam dentro daquilo que Zenóbio tinha chamado de arapuca mortal.

— N-n-não t-t-tô v-ve-vendo nada.

— Ninguém tá vendo nada, gago, resmungou Quevedo.
— Já disse pra não me chamar de ga-ga-go.
— Tá bom, desculpe, me esqueci.
— S-s-se me chamar de gago ou-ou-outra vez, n-n-não é só a-a-alemão que vai morrer hoje.
— Epa, ficou valente o catarina!
— Calem a boca vocês dois, rosnou o sargento Nilson.
— Es-es-esse ga-ga-gaúcho t-ta m-me chamando de ga-ga-gago, sargento.

O sargento Nilson suspirou. Estavam rodeados pela escuridão. Sabia que os alemães estavam ali, a poucos metros, atrás de alguma esquina, em uma janela, num beco, esperando por eles. Sabia que os alemães tinham ordem de atirar primeiro nos sargentos, por comandarem grupos de combate, depois atirar nos oficiais comandantes de pelotão.

Ele era um alvo preferencial, portanto. Ele e o capitão Ernani. Sabia que estava com medo. Ele, sargento Nilson, para ser honesto consigo mesmo, tinha que admitir que estava com medo. Com muito medo.

Nenhum daqueles homens que avançavam rente à parede, atrás dele, tinha entrado em combate. Nenhum deles tinha atirado em outro homem. Eram todos garotos, de 18 a 22 anos. Velhos ali, só ele mesmo e o capitão. E ele, sargento Nilson, com uma dorzinha súbita no fundo da alma porque sentiu no ar escuro cheiro da cozinha de sua casa em Saco dos Limões, Florianópolis, tinha 24 anos e um pressentimento de morte no peito quando a explosão da granada iluminou o escuro e mostrou os olhos aterrorizados dos soldados atrás dele.

Sucedeu-se uma rajada de metralhadora, depois outra, e logo outra granada caiu no piso de pedra. Ouviram nitidamente o baque e em seguida o ruído do artefato deslizando.

Todos imobilizados contra a parede. Os tiros pararam. A granada não explodiu. A rua estreita e em curva conduzia para uma escuridão ainda mais negra.

— Cuidado, disse o capitão Ernani, que ninguém pise na granada.

Por mais que olhassem, que forçassem os olhos, nada viam.

— Capitão, a gente precisa mesmo avançar?

Era a voz de Pedrinho, um fio de voz se desfazendo em medo.

O capitão entendeu nesse instante o que era ser capitão. Ele era pai, irmão mais velho, e mãe e amigo daqueles rapazes que estavam na rua escura, espremidos contra a parede, paralisados de medo, olhando para a escuridão, que escondia a morte. "Minha voz precisa ser calma, precisa ser ponderada, precisa ser enérgica, precisa ser voz de capitão e precisa responder duma só vez tudo o que eles querem ouvir".

– Garoto, precisamos avançar sim, mas não com pressa, entendeu?

– Sim, senhor.

– Vamos passo a passo, na malandragem, que a gente chega lá.

– Sim, senhor.

– Fica atrás de mim e do sargento Nilson, que a gente chega lá.

Lá onde? ressoou a voz dentro dele quando uma explosão iluminou o pedaço de rua e eles viram pela primeira vez os alemães, ou o que poderiam ser os alemães – vultos que atravessaram a rua do lado a lado, correndo e disparando as metralhadoras.

O capitão Ernani deu seu primeiro tiro na guerra. Apertou o gatilho sem raiva nem pressa, mais pela necessidade de praticar uma ação, e viu um vulto caindo e escutou o palavrão de júbilo do sargento Nilson bem em seu ouvido.

– Istepô! Pegou um, capitão!

O sargento Nilson deu uma rajada de metralhadora e soltou seu brado favorito:

– Avançar, macacada!

E os brasileiros avançaram em tropel pela escuridão, tropeçando, se empurrando, estremecendo com as explosões e as rajadas de metralhadoras, que tornavam a noite um pesadelo.

Pedrinho Diax e o Alemão, afoitos, avançaram demais e perceberam que não sabiam mais onde estavam os companheiros. A voz grossa do esclarecedor do grupo de combate, o soldado Bandeira, negro como a asa da graúna, disse:

– Aqui, moçada, tem um beco aqui, à direita, e eles entraram no beco onde tênue luz deslizava de uma janela entreaberta.

E ali no beco travou-se uma súbita e brutal troca de tiros quando uma porta se abriu e dois alemães saíram atirando como loucos, derrubando o esclarecedor Bandeira, que deu um grito, e dispararam para a rua, encontraram mais brasileiros e houve uma ininterrupta e assustadora troca de disparos de metralhadora, e os dois alemães caíram como bonecos de trapo. Pedrinho ficou ali olhando os corpos, mas foi empurrado para a frente pelo Alemão. Agora um jipe avançava pela rua e seus faróis mostravam as paredes de pedra que os sufocavam e constringiam naquele labirinto escuro, e então um artefato atingiu em cheio o jipe, causando uma explosão. Os soldados saltaram com gritos de pavor e em seguida o jipe pegou fogo. Pedrinho assistia estarrecido, foi derrubado por um dos soldados que escapavam do jipe, quando nova explosão aumentou as chamas, e a cidade de Camaiore apareceu nítida aos seus olhos: paredes cinzas, ruas estreitas, janelas fechadas.

Quevedo o tomou pelo braço e o levantou, e eles foram indo para a frente, empurrando-se, ouvindo tiros ao longe, explosões ao longe, gritos ao longe e percebendo que uma luz tímida, de um novo dia, começava a revelar a cidade.

Havia alguns corpos caídos no fim da rua. Um pracinha que eles não conheciam se arrastava no chão, a boca cheia de sangue. Pedrinho e o Alemão o recolheram e puxaram para trás de uma esquina.

O pracinha não falava nem gritava; tinha os olhos arregalados numa expressão de espanto.

A luz aumentava sobre Camaiore, e revelava uma névoa cinzenta, volátil, subindo lentamente.

O capitão Ernani apareceu de repente.

– Ninguém parado, ninguém parado, em frente!

Prosseguiram se atropelando, dobraram uma esquina; um tanque apareceu como um monstro irreal no centro de uma pequena praça.

– É americano!, gritou o sargento Nilson.

Não tinham ideia como aquele tanque havia entrado na cidade; devia haver ruas mais largas; Quevedo se abaixou sobre o chafariz no centro da pracinha e bebeu água das mãos em concha.

– Tá amanhecendo, disse.

— Passou tanto tempo assim?, perguntou o Alemão.

Pedrinho deu um passo, saiu da esquina e olhou ao redor. A névoa subindo revelava a grande curva da rua de pedra, as duras casas cinzentas com suas janelas fechadas. Havia um vasto silêncio de amanhecer.

Alguém passou correndo ao longe. Pedrinho olhou para Atílio e para Quevedo, que examinava as correias do tanque com ar de entendido.

— Acho que tomamos a cidade.

38

Zenóbio viu que estacionou um jipe diante do hotel onde funcionava o seu QG. O jipe levava escrito no para-choque, em letras brancas, a palavra *Liliana*. Abriram passagem para o general Mascarenhas, que chegou silencioso como sempre. O QG do general Zenóbio, numa sala do único hotel de Camaiore, estava cheio de oficiais, todos com os olhos brilhantes e grandes sorrisos.

Mascarenhas apertou mãos, concordou com a cabeça para uma quantidade de frases proferidas ao mesmo tempo, olhou Zenóbio nos olhos, e todos silenciaram.

— Baixas, disse Mascarenhas.

— Nenhuma baixa, general, disse Zenóbio.

Os oficiais bateram palmas.

— Alguns feridos, 15, ao que parece, nenhum grave. E 23 prisioneiros.

Novas palmas.

— Nossos soldados e oficiais estão de parabéns, general Zenóbio, e o senhor de modo especial.

Zenóbio fez uma inclinação modesta.

— Tomar Camaiore da ocupação alemã, nossa primeira missão, foi bem-sucedida, graças a Deus, mas isto é só o princípio. Avançamos um passo, agora precisamos avançar outro.

Zenóbio anuiu com a cabeça.

— Senhores: o Comando Aliado já nos deu a próxima missão: vamos nos mover para cerrar contra a Linha Gótica, que inicia aqui perto, nos contrafortes dos Apeninos. Para avançar, precisamos dominar o Monte Prano e silenciar os canhões que lá estão instalados. Eles têm um posto de observação de artilharia muito competente.

— Esses canhões estão nos dando trabalho, comandante, disse Zenóbio. — Mal terminamos a ponte para Camaiore, e ela já foi atingida por cinco projéteis, tiros de canhão disparados do Monte Prano.

— Eles dominam toda a região lá de cima, e os canhões têm longo alcance. Vai ser uma subida dura, general. O senhor precisa estudar esse assunto.

Zenóbio inflou o peito.

— Já estou pensando nisso, comandante.

Uma gritaria chamou a atenção de todos. Aproximaram-se da janela. Centenas de cidadãos de Camaiore tomavam a rua fazendo alvoroço, gritando e gesticulando.

Três mulheres eram empurradas e espancadas. Tinham as cabeças raspadas, vestiam sacos de estopa e estavam sem sapatos, pisando a rua de pedra. As cabeças raspadas mostravam cortes e sangravam.

— São colaboracionistas, disse o major Brayner. — Já impedimos dois linchamentos desde ontem.

— Isso é degradante, disse Mascarenhas. — Vamos impedir esses fatos a todo custo; quero reforço no policiamento. Se alguém tem de ser punido, que seja pelos tribunais.

Olharam durante alguns instantes a chegada de PMs, que tiveram muita dificuldade para separar as mulheres de seus espancadores.

Zenóbio se afastou da janela. Ele tinha dito a Mascarenhas que já estava pensando num plano de ataque, mas na verdade não havia muito em que pensar.

— Explique-nos seu plano, general.

— O Monte Prano tem 1.200 metros de escarpas rochosas, muito íngremes, cobertas de vegetação rala, onde ninguém pode se ocultar. A subida é praticamente de peito aberto.

— E isso é suicídio puro.

— Pensamos nisso, comandante. A única possibilidade é uma manobra envolvente.

No fim da manhã essa proposta já estava clara na Ordem do Dia despachada pelo Estado-Maior do Destacamento Zenóbio: *Inicialmente envolver Monte Prano, se possível capturar Monte Prano pelo oeste; conquistando em seguida a Linha Monte Valimona-Monte Acuto; finalmente, conforme as informações, retificar a linha de frente, na altura de Monte Prano.*

Zenóbio reuniu seus oficiais, apontou para o mapa no cavalete:

— Vamos envolver o Monte Prano com três batalhões justapostos. Estamos praticamente sem reservas, mas vamos fazer o que esperam de nós, sem lamúrias. O 1.º Batalhão faz o desbordamento pelo oeste, o 3.º Batalhão pelo centro, vai subir o Rondinaja...

— Um local medonho, cheio de minas.

— E o 2.º Batalhão vai pela direita, o Segundo vai se lançar sobre as vilas de Fabiano e Austiciana. Iniciaremos a manobra amanhã, 20 de setembro, às sete horas em ponto. E vamos nos encontrar todos lá em cima.

— Se Deus quiser.

39

O Destacamento Zenóbio, que a rigor era todo o 6.º Regimento de Infantaria, começou a manobra envolvente ao Monte Prano no início da manhã do dia 20 de setembro, em um dia mais frio do que o habitual para a época do outono e com nuvens cinzas cobrindo os contrafortes da cordilheira.

Os milhares de pracinhas brasileiros avançavam cuidadosamente, cobrindo uma frente de 12 quilômetros. Diante deles, o terreno a palmilhar era áspero, todo em aclive.

Passaram por localidades de poucas casas de pedra, onde os moradores, temerosos, abanavam para os soldados. A subida pouco a pouco ficava mais íngreme.

Passaram pelas localidades de Vado e Lombrici. À uma da tarde chegaram em Casoli, casas de pedra construídas ao lado da estrada. Fizeram uma parada para o rancho.

– Daqui pra frente não sobe nem jipe, disse o sargento Nilson, sentando no chão, costas contra uma parede, acendendo um cigarro.

Olhou ao redor: a cordilheira agora realmente começava. Onde ele estava, rodeado de seus soldados, podia ver as imensidões se sucedendo em gigantescos contrafortes de pedra. A única estrada era estreita, cheia de curvas, e na beira de um precipício que causava calafrios.

– Este lugar é bom para o turismo, disse Nilson, mas todos estavam muito cansados para conversar.

Cada um carregava em torno de 12 quilos, contando armas, munição, cobertor e a ração K. Essa ração era uma caixa embalada em papelão, que continha um tablete de pasta de carne, um pacote de bolacha, uma latinha com queijo, dois chocolates, uma caixa de chicletes, uma caixa de fósforos e três cigarros, palitos, balas, *band-aid* e papel higiênico.

Todos começaram a abrir suas rações K, todos mastigavam olhando as montanhas se desdobrando interminavelmente.

– Quanto tempo vamos levar até lá em cima, sargento?, perguntou Quevedo, sentado a seu lado.

– Pelo que ouvi falar só chegamos lá em cima depois de vinte horas de marcha.

– Então, só amanhã.

– Só amanhã. Por quê? Tá com pressa?

– Pressa não digo, mas tô curioso pra ver os tais canhões.

Nesse instante, ouviram o som dos canhões disparando para os alvos lá embaixo na planície. O ruído era assustador, e todos se olharam. Sorriram, escondendo os sentimentos, mas pálidos.

– Onde vamos dormir, sargento?, perguntou Pedrinho, procurando parecer natural.

— Num hotel de luxo reservado especialmente para ti, logo ali. Quartos de luxo, banho quente de luxo, camareiras de luxo especializadas em cantigas de ninar.

Ninguém deu risada. Os canhões tornaram a atirar. O som de morte se espalhou sobre os soldados sentados ao longo da estrada à beira do abismo.

— Calma que eu tô chegando!, gritou Quevedo.

O capitão Ernani passou por eles, parou um pouco, contemplou a imensidão.

— Sargento, vamos recomeçar a marcha.

O sargento se pôs de pé, os soldados foram todos ficando em pé, e em pouco a enorme fila estava a subir a estrada cheia de curvas, onde começava a açoitar o vento, agora frio.

40

Pedrinho parou numa curva da estrada e sentou-se numa pedra. Começou a descalçar a botina do pé direito. O sargento Nilson parou na frente dele.

— O que estás fazendo, estupor?

— Tô com os pés cheios de bolha, sargento, mal posso caminhar.

O sargento Nilson já ia despejar uma série de impropérios, mas conteve-se. Conhecia esse praça, sabia que ele não era dissimulado nem mandrião.

— Vais ter de aguentar. Logo vai escurecer e aí vamos parar. Não vamos subir essa montanha no escuro.

— E vamos dormir onde, sargento?

— No hotel de luxo que te falei.

Bolas. Esse praça não era dissimulado nem mandrião, mas às vezes parecia muito idiota. Dizem que ele foi levado pra dentro de um submarino. Deve ser por isso, devem ter injetado algum soro nele para ser tão bobo.

— Vamos lá, istepô, em marcha!

— Em marcha, em marcha, essas as palavras que mais Pedrinho escutava desde que saíram de Camaiore.

O tenente Mário disse que a caminhada até o cimo do Monte Prano iria levar umas vinte horas, mas já fazia dois dias que estavam nessa marcha e ainda não tinham chegado nem na metade do caminho. Isso porque os alemães não deixavam.

Desde o dia anterior caía sobre eles uma carga de bombas e metralhas incessante, que os obrigava a buscar abrigo atrás de pedras e árvores, sem verem sequer o vulto do inimigo. Passavam a maior parte do tempo abaixados e escondidos do que avançando. Era a tal manobra envolvente que ordenara Zenóbio.

— O fato é que ele tem razão, explicou o sargento. — Se a gente resolvesse subir de peito aberto, já estaríamos contando dezenas de mortos.

Milagrosamente, ou melhor, graças à manobra tática adotada por Zenóbio, até agora nenhum soldado brasileiro fora morto.

— Já estamos chegando nos cem feridos, disse o tenente Mário para o sargento. — Morto nenhum, graças a Deus.

— E ao general Z., disse o sargento Nilson.

Pedrinho calçou a botina do pé direito e deu o laço no cadarço, quando o soldado que passava na sua frente, na desordenada fila que subia a montanha, caiu com um grito, rosto coberto de sangue.

Pedrinho ficou estarrecido e sentiu-se erguido no ar. Era a mão pesada do sargento Nilson, que o agarrava pelo pescoço e o arrastava para fora da estrada, que estalava de estilhaços, pó e o cheiro nauseante de pólvora.

Padioleiros apanharam o corpo do pracinha ferido debaixo de uma torrente de explosões e o arrastaram para uma reentrância da parede rochosa.

O capitão Ernani apareceu na frente de todos:

— Em marcha, em marcha!

E eles continuaram a marchar, na beira do precipício de mais de mil metros de profundidade, de onde subia uma fina camada de nuvens.

Passaram por casas abandonadas. Entraram para conferir: as salas vazias davam angústia, tudo fora abandonado às pressas.

Quevedo brincou com um gato pardo que se enroscou em suas botinas. Bandeira sentou-se numa cadeira de balanço e fingiu que roncava.

— É igualzinha à de minha avó, só que ela roncava mais grosso.

41

A estrada tornava-se cada vez mais estreita, as curvas mais fechadas. Anoiteceu e a sensação de medo e desconforto aumentou. Como nas duas noites anteriores, formaram círculos para dormir, os comandantes dos grupos um pouco afastados. Agora a ordem era silêncio absoluto. Sabiam que o grosso dos alemães estava muito próximo, e eles podiam tentar um golpe de mão aproveitando a escuridão.

— *Golpe de mão* era a expressão da moda, e os enchia de pavor. Os alemães eram mestres em *golpes de mão*, uma manobra rápida feita por um grupo reduzido, cair sobre o alvo, metralhar, esfaquear e retirar, deixando mortos e feridos.

Dormiram sonhando com *golpes de mão*, envoltos por uma cerração que encharcou as fardas, os calçados e as armas, e os deixou enregelados.

— Não sinto minha mão, murmurou o Alemão para Atílio.

Já era de manhã e o sargento Nilson passava cutucando com o coturno e sussurrando:

— De pé, de pé, mandriões!

Em pouco estavam novamente naquela estrada que subia para as nuvens escuras, a estrada agora escorregadia e cada vez mais sem fim.

— Onde estamos, capitão?, perguntou o tenente Mário.

O capitão Ernani o olhou com profunda irritação:

— Isso eu gostaria de saber, tenente.

Prosseguiram em meio ao torpor da cerração gelada mais um dia inteiro, com paradas cada vez mais frequentes.

Numa curva da estrada, Bandeira ouviu vozes. Da cerração surgiu um vulto estranho.

Era um burro carregado com cestas, tocado por um homem e um menino. Ficaram paralisados, se olhando; Bandeira colocou o indicador nos lábios e fez sinal para eles seguirem. O burro, o homem e a criança passaram espremidos entre o exército que subia a montanha e o abismo.

E finalmente, no dia seguinte, com a cerração ainda mais densa e indevassável, o esclarecedor Bandeira tropeçou numa cerca de arame farpado.

Ficou sem mover um dedo, rezando para que não fosse ligada a uma mina. Afastou-se e chamou o sargento. Examinaram a cerca.

– Chegamos, sussurrou o sargento Nilson.

– Isto deve ser a primeira linha de defesa deles, disse Bandeira.

O capitão Ernani arrastou-se até eles. Tocou no arame como em algo nunca visto.

– Aqui começa a Linha Gótica.

Acostumaram os olhos, a névoa abriu uma brecha. Fortificações, maciços de concreto, um enorme canhão 105.

– É aquele o filho da mãe, diz o tenente Mário, procurando espaço entre os homens.

– São dois, diz o sargento, apontando outro mais adiante.

– São três, diz o tenente Mário, apontando o terceiro.

– E agora?, o sargento olha para o capitão.

– Agora um grupo de combate avança, dois dão cobertura.

– Vamos nos arrastar até lá e cair de surpresa sobre eles, duvido que pensem que estamos tão perto.

– Sargento, você vem comigo, diz o tenente Mário. – Traga seu Grupo de Combate.

E o tenente Mário Cabral de Vasconcelos, 23 anos, começou a se arrastar em direção ao posto de artilharia alemã, sem dar tempo de o sargento Nilson dizer sequer sim, senhor tenente.

Eram quinze homens se arrastando em silêncio. Suas únicas experiências de guerra até o momento tinham sido a tomada noturna de Camaiore e aquela subida penosa pela estrada da montanha.

Pedrinho, o gago Atílio, Alemão, Quevedo, Bandeira, com os dedos duros de frio, apertando os fuzis, agarrando as granadas, se arrastavam com o máximo de cuidado. O sargento Nilson colado no tenente Mário. Mal respiravam. Escorregaram por baixo de uma cerca de arame farpado. A farda do gago Atílio se prendeu e ele safou-se com um gesto nervoso, que fez um ruído de coisa rasgada.

A névoa se abriu por um momento, e eles viram os alemães a menos de 20 metros, com seus capotes cinzentos.

42

— Quem é esse tenente?, perguntou Mascarenhas, com a xícara de café bem quente na mão, olhos inchados de sono.

— Ainda não sabemos ao certo, comandante, respondeu Brayner. — Mas é bem moço.

— Todos os tenentes são moços, Brayner, mas nem todos fazem loucuras.

— Abençoada loucura, disse Brayner.

— Não me retruque, Brayner. Leia o relatório.

— O nome dele é Mário Cabral de Vasconcelos, 2.º tenente da 2.ª Companhia do 6.º Regimento de Infantaria, general. Ele e seu pelotão assumiram a vanguarda da manobra depois de galgarem 1.200 metros sob fogo contínuo, como se fossem uma tropa de montanha, especializada e adestrada, e sabemos que eles nunca subiram nada mais alto do que 500 metros.

— Conheço nossa preparação, major.

— Deram um susto nos alemães. A surpresa foi total. Tomamos Monte Prano e com isso ficamos senhores de toda a região. Agora somos nós que dominamos lá no alto e temos visibilidade de todas as estradas em torno.

– É uma grande notícia, Brayner.

– Até o momento contabilizamos 32 prisioneiros, e recolhemos todo material bélico abandonado.

– Muito bem. E baixas?

Brayner pareceu hesitar.

– Nada confirmado, comandante, mas há informes de três mortos por granada, três praças; os nomes estão sendo verificados para confirmação.

– Quero os nomes o mais rápido possível.

Arrastou a cadeira, levantou-se sentindo o corpo mais pesado, olhou o mapa na parede atrás dele. Monte Prano. Aproximou-se bem, procurou com o dedo. Não achou.

43

Ninguém nunca vai achar nada com esse nome. Mortos. Mortos em Monte Prano. Todos jovens. Quase garotos. Escrever cartas para os pais. Mandar despojos. Medalhas. Pequenas coisas inúteis para alguma cidadezinha perdida no interior do Brasil, ao pé de alguma montanha ou na beira de um rio...

– General.

Voltou a si. Não é bom um general divagar. Principalmente se é um general comandante de uma expedição de guerra.

– O senhor parece longe.

– Eu estava longe, Brayner, mas não estou mais.

– Precisamos terminar a documentação para a reunião com os americanos.

– Sim, Brayner.

– Os americanos estão nos levando na conversa, comandante. Prometeram carabinas 0.30 e chegaram fuzis Springfield, mais velhos que minha avó. Nem sinal dos Colt 45 para os oficiais. Vieram metralhadoras de mão, também antigas, muito usadas. Isso dificulta a instrução da tropa. Nos caixões não vem sequer uma nota explicando o conteúdo, e quando diz uma coisa tem outra. O 2.º Escalão está chegando aí, e ainda não temos...

— Eu sei, Brayner. Eu sei que eles estão chegando, mas vamos fazer o quê? Nos queixar para quem? Só se for a Nosso Senhor Jesus Cristo...

— Nosso orgulho, general...

Mascarenhas endureceu o olhar.

— Orgulho, major Brayner?

— Orgulho, general.

— Major, a primeira coisa que eu esqueci quando aceitei esta missão foi o orgulho.

— Sim, senhor.

— E se você quer ser um chefe de Estado-Maior competente, também vai esquecer o orgulho.

— Sim, senhor.

— Veja esses caixotes: artigos de inverno, capacetes, perneiras, capotes, jaquetas, japonas, cobertores, pijamas, roupões de hospital... tudo americano! Cigarros, chocolates, chicletes. Do general comandante até o último soldado recebem essas porcarias. Orgulho? Eu já faço força para não parecer um mercenário. Essa é a guerra que nos tocou lutar, major Brayner. E pode ter certeza: ela será bem mais difícil que imaginávamos.

— Sim, senhor.

— Vamos ter orgulho quando esta guerra acabar. Orgulho dos nossos rapazes, das missões que cumprimos sem queixas. Não podemos ter autocomiseração, não podemos mostrar sinais de fraqueza. Esta guerra, pelo pouco que pudemos ver, é a mais monstruosa invenção da raça humana até hoje. Mas nós podemos tirar daqui nossa parcela de dignidade.

— Sim, senhor, comandante.

— Vamos subir essa estrada agora, depois que eu beber este café que já esfriou. Quero ir lá em cima conversar com nossos praças e nossos oficiais.

44

O Alto Comando da FEB percorreu em cinco horas o caminho que a tropa levou seis dias para percorrer. Mascarenhas chegou lá no alto no meio da tarde, sentindo no rosto o vento cortante.

As marcas dos combates estavam por tudo. Crateras, árvores espedaçadas e calcinadas, rostos de camponeses perplexos e crianças assustadas nas pequenas janelas das casas rústicas.

Uma tropa de burros passava na estrada, obrigando o jipe de Mascarenhas a dar passagem.

— Para que tanto burro, Brayner?

— Foram cedidos para nós pelos guerrilheiros, comandante. Metade deles foi tirado dos alemães.

— Quantos são?

— Mais de vinte muares por pelotão. Os condutores são guerrilheiros da região ou membros de uma tropa de alpinos italianos. Sem os muares é praticamente impossível fazer o reabastecimento e remuniciamento da nossa gente. Agora nada vai nos faltar aqui em cima.

Numa curva da estrada, rente ao abismo, havia um olmo com sinais de que fora atingido por uma bomba ou canhoneio. Dele se despegava uma fumaça negra, mas o que fez o cabo Adão frear sem aviso foi o insólito fruto que pendia do seu galho principal.

O corpo ficou balançando a poucos metros do jipe, os pés sujos do enforcado parados no ar, logo acima deles.

— O que é isso?, rosnou Mascarenhas com repulsa.

— Era um colaborador dos nazistas, comandante, explicou o major Duílio, que ciceroneava o grupo.

— Foi justiçado pelos moradores e pelos guerrilheiros.

— Não quero saber dessa justiça na nossa área, major. Mande tirar esse corpo dali e enterrar decentemente.

O major chamou um sargento que passava e transmitiu-lhe a ordem. Pouco depois Pedrinho, o gago Atílio, Alemão e Quevedo estavam embaixo do enforcado, pensando um jeito de tirá-lo dali.

— Precisamos duma escada, disse o Alemão. — Vamos pedir numa dessas casas aí.

Mascarenhas observou um instante o grupo de pracinhas em torno à árvore, lidando para descer o enforcado.

— Isso é trabalho para os alemães que a gente aprisionou, disse Quevedo. — Nós não temos que enterrar ninguém.

— Isso é o que tu pensa, mandrião, disse o sargento Nilson se aproximando.

Um pássaro deu um grito agudo e fez um largo voo em torno ao abismo. Todos pararam para olhar, e depois ficaram um instante olhando a sucessão de cadeias montanhosas que se estendia sem fim, até tornar-se uma coisa cinza e nebulosa no horizonte.

— Vamos ter que atravessar tudo isso?, perguntou o Alemão.

— É claro, istepô.

E olhando para os soldados com um sorriso feroz.

— Isto é só o começo, moçada.

Quevedo tirou o capacete, coçou o cabelo sujo, sentou numa pedra.

— Então, se é assim, o distinto pendurado aí que me desculpe, sargento, mas vou fumar um cigarrinho porque temos muito tempo.

O sargento Nilson teve um impulso de autoridade, mas ponderou, acalmou-se e também sentou-se numa pedra. Os outros o foram imitando, e logo ficaram os quatro soldados sentados lado a lado, fumando, contemplando a imensidão a se desdobrar diante deles, o enforcado atrás, levemente agitado pelo vento cada vez mais frio da cordilheira.

45

Naquele mesmo fim de tarde de setembro, o major-aviador Nero Moura esperava com seus 32 pilotos no porto de Suffolk, Long Island, o UST Colombie, navio francês que os levaria para o Teatro de Guerra. Estavam todos ansiosos e cansados, e não era para menos.

A jornada do grupo já se tornava longa. O major Nero Moura tinha recrutado, para o 1.º Grupo de Caça, entre centenas de voluntários, 32 homens que embarcaram com ele, no princípio de janeiro, do Rio de Janeiro para os Estados Unidos. Destino: a Escola de Tática, em Orlando, Flórida. Dali foram para a base de Aguadulce, no Panamá, equipada com aviões de caça P-40, onde iniciaram os treinamentos. Em maio, o 1.º Grupo de Caça passou a operar no esquema de defesa do Canal do Panamá, realizando em torno de cem voos em missões de interceptação. Os brasileiros estavam começando a ficar familiarizados com os aparelhos. Em junho, um navio de transporte americano, atravessando as comportas do canal, os levou até Nova York. Dali, seguiram em barcaças pelo rio Hudson, até Camp Shanks, onde ficaram 48 horas de quarentena. Depois, um trem desconfortável e lento os levou até Suffolk, Long Island, onde conheceram os P-47 – Thunderbold, o avião de caça mais moderno e letal construído até então. Ficaram treinando obsessivamente até o mês de setembro, quando no dia 19, às 18h30min, partiram no navio UST Colombie no rumo do Teatro de Guerra. Para passar o tempo o capitão Fortunato bolou o símbolo do 1.º Grupo de Caça. Um avestruz. E tinha bons motivos para isso. Havia uma brincadeira a bordo, entre os pilotos, com respeito à alimentação. O cardápio era estranho, tinha até arroz com açúcar, e eles começaram a chamar uns aos outros de avestruz. Fortunato bolou um avestruz. O grito de guerra, *Senta a Pua!*, há muito já estava consolidado e era coisa do Rui Moreira Lima. Ele contava que quando servia na base de Ipitanga, em Salvador, tinha pegado uma gíria entre os oficiais de que, quando entravam numa condução para ir da base à capital baiana, sempre alguém dizia ao motorista: *Senta a Pua!* A expressão os acompanhou durante os treinamentos, e agora Fortunato a agregava aos desenhos que ia testando enquanto a viagem durava. Queria ter tudo bem definido para pintar nos aviões. Chegaram em Livorno, Itália, a 6 de outubro, seguindo imediatamente para a base aérea de Tarquínia. Às seis horas da manhã avistaram Tarquínia, vilarejo ao norte de Roma, incrustado num morro verdejante. Era uma vila antiga, com um passado de feitos que os moradores gostavam de recordar. Ali fora um antigo campo de aviação italiana. Havia festas nos fins de semana e os moradores tinham orgulho em mostrar aos visitantes os aviões e seus jovens e garbosos pilotos. A pista era bem curiosa, construída em lançante. Os americanos, quando chegaram, colocaram esteiras de aço nas extremidades, para evitar derrapagens. Agora, Tarquínia era a sede de três esquadrilhas de caça dos Estados Unidos e de um contingente de aviação da Inglaterra. Havia hangares destruídos por bombardeios e uma grande quantidade de aviões abatidos, formando um lúgubre cemitério, que era como um aviso.

Lá estavam também os letais caças dos americanos, brilhantes ao sol, compactos e esguios, feitos para o voo e a morte.

Um oficial americano se aproximou e mostrou uma enorme quantidade de material amontoado.

— Isso aí vai ser o acampamento de vocês.

46

— Então isto é o Hospital de Campanha, disse Zoé, largando a mala no chão.

Dulce olhou ao redor com desconforto. Já estavam há dois meses na Itália e aquele era seu primeiro Hospital de Campanha. Até agora tinham trabalhado e feito estágio em dois grandes hospitais montados em Nápoles, nas dependências onde foi realizada a Feira Mundial.

Peças arejadas, grandes corredores, pé-direito gigantesco e cheiro de éter e substâncias semelhantes pairando no ar. Virgínia postou-se ao lado das duas e também largou sua mala no chão.

— Que horror.

O que viam não era muito animador. A chuva tinha parado havia pouco, o barro tomava conta dos caminhos, a água empoçava no teto das centenas de barracas.

A noite se formava pegajosa, alguns relâmpagos estalavam abrindo claros na escuridão. Um jipe se aproximou. A enfermeira-chefe, Elza, desceu e foi direto a elas.

— Não fiquem aí paradas como baratas tontas. Guardem suas tralhas na barraca e se preparem, que vem aí grande confusão.

As três se olharam. Elza examinou-as um instante, carrancuda, e depois sorriu.

— Mas antes tenho uma surpresa para vocês.

Fez um gesto para o jipe. Um oficial desembarcou e se aproximou delas. Reconheceram o capitão Marcos. Zoé se pendurou no pescoço dele, trocaram forte e demorado abraço. Zoé chorava.

— Desculpem, eu sei que sou boba.

Marcos apanhou um lenço, ofereceu-o a Zoé.

— Pode chorar, prima. Eu sei que vocês estão sendo maravilhosas.

Marcos ajudou-as a levar as malas para a barraca, mas foi impedido de entrar pela enfermeira-chefe.

— Homem não entra nessas barracas, capitão, principalmente se for um oficial bonitão.

— Não sabia que era bonitão, tenente Elza.

— Sua fama corre pelas enfermarias, capitão Marcos, e eu tenho que zelar pela reputação das minhas moças. Diga-me uma coisa, capitão: como oficial de ligação, que inconfidência o senhor pode fazer a pessoas tão famintas de novidades?

— O Ministro da Guerra vem aí fazer uma visita ao *front*.

— Essa já sabíamos, capitão. Conte outra.

— Churchill manca da perna direita.

— O quê?

— Winston Churchill, o grande estadista, visitou nossas tropas na semana passada. Foi uma grande honra. Ele manca da perna direita. Ele passou nossas tropas em revista. O velhinho caminha apoiado numa bengala.

— Grande novidade, capitão, obrigada. E vá ver se estou na esquina, por favor.

E afastou-se em passos rápidos, sumindo no tumulto dos soldados e enfermeiras que iam e vinham no lusco-fusco.

– É bonitinha, mas não tem senso de humor, pensou Marcos, quando viu suas amigas saírem da barraca.

– Vocês estão muito bem, meninas, estão lindas. Parece que vão para um baile no Copa.

– Capitão Marcos, o senhor é um grande mentiroso, disse Dulce. – Estamos horrorosas.

– Acabamos de chegar de seis horas de viagem, por uma estrada que era um suplício, disse Zoé.

– Muito trabalho nos hospitais em Nápoles?

– Chegamos um dia antes do Primeiro Escalão e trabalho não faltou desde o momento em que ele desembarcou. Nada menos que 300 homens foram diretamente de bordo para os dois hospitais.

– Cruzes.

– E isso que um número enorme foi mandado para o Hospital de Venéreas.

– Mas lá não tem enfermeiras, disse Virgínia, corando.

– Ainda bem, disse Marcos, e todos riram.

– Onde você está, Marcos?

– Por enquanto, em Pisa, pertinho daqui, 40 quilômetros. Bom hotel, bons restaurantes. Vou sequestrar vocês um dia desses e vamos comer num restaurante fantástico que eu descobri.

– E visitar a Torre.

– Naturalmente.

– Tenho amigos lá. A Aviação vai se instalar em Pisa brevemente, e o tenente Torres, o Danilo e o Meirelles, todos os bonitões por quem vocês suspiram, estão lá, organizando a chegada. Mas isso é segredo militar, gurias; é só para saberem que o queridinho das moças, o heroico capitão aviador Torres está por perto.

As três riram com prazer, lembrando o tenente Torres, do Danilo e do Meirelles, mas a inquietação que pairava sobre o Hospital, com a ameaça de chuva e os relâmpagos distantes, pareceu de repente desabrochar num tumulto de ruídos e buzinaços e ordens em voz urgente. Aproximava-se um comboio de ambulâncias. Elza apareceu.

— São feridos de um regimento de infantaria americano, o 370.

A enfermaria de choque se preparou para o desembarque dos feridos, e à medida que as portas das ambulâncias eram abertas o ar começou a se saturar do som de gemidos e gritos de dor.

Marcos percebeu a transformação nas suas três amigas. Elas rapidamente adotaram atitude profissional. Com rapidez, mas sem alarme, posicionaram-se para receber as macas. Tiveram uma surpresa.

— Todos os feridos são negros.

— O 370 é um destacamento só de soldados negros.

Elza falava com o médico americano. Parecia contrariada. Aproximou-se de Marcos, com a expressão contraída e um tanto pálida.

— Idiota, grandessíssimo idiota.

— Quem? Eu?

Encontrou o olhar de Marcos e procurou se recompor.

— Não. Aquele médico. A coisa foi feia. São mais de 60 feridos, e talvez a metade já sem vida.

Tomou o pulso de um soldado que era desembarcado numa maca, olhou para Marcos e sacudiu a cabeça.

— Este se foi.

Marcos notou que a enfermeira-chefe era bonita, uma beleza nordestina, morena e com olhos de onça.

— O que há com o médico?

— Sabe o que esse idiota me disse? Que estes soldados são covardes, que bateram em retirada, que mereceram o que aconteceu.

Estava chocada, ainda pálida, e não escondia mais a raiva. Marcos tentou dizer alguma coisa.

— Os americanos são um povo racista, tenente Elza, sabemos disso.

— Sabemos, mas é repugnante falar assim de feridos.

— Tenente Elza, chamou Virgínia, temos um brasileiro aqui.

Elza e Marcos aproximaram-se. Numa maca estava um negro enorme, com a calça rasgada e uma bandagem na coxa. Curvaram-se sobre ele.

— Praça Bandeira, disse o negro, fui atingido, mas o sargento Nilson me resgatou. Devo minha vida para ele.

— Muito bem, soldado, vamos tomar conta de você, disse Elza. — Tá sentindo dor no ferimento?

— Não, senhora, não está doendo mais, me deram uma injeção e eu tô leve como uma pluma.

— Onde você estava, soldado?, perguntou Marcos.

— Monte Prano, senhor. Fiquei cara a cara com os alemães, levei o maior susto da minha vida, mas acho que eles também levaram. Nunca viram de perto um negrão tão feio como eu.

A enfermeira Elza disse:

— Você é um negrão muito bonito, soldado, e nós vamos tomar conta de você. Levem ele para a enfermaria.

Dulce e Zoé acompanharam a maca entrando na grande barraca de lona, Elza voltou-se para Marcos.

— Pois é, capitão, os americanos são racistas, como o senhor disse, mas os feridos deles, quando desembarcam no Hospital, já vem com a Purple Heart no peito. Os nossos, se querem uma medalha, tem que requerer por escrito. Isso não é uma humilhação?

Marcos puxou o capuz para a cabeça. Foi se afastando dos gemidos e da sensação de dor, sentindo a chuva apertar. A enfermeira-chefe Elza, além de bonitinha e carrancuda, era mulher de caráter. Seria interessante tornar a vê-la.

47

Finalmente aconteceu a esperada distribuição dos aviões. Na barraca de reuniões o major Pamplona, chefe de operações, tomou a palavra depois da saudação protocolar do coronel Nero Moura.

— Amanhã vamos decolar, senhores oficiais. Vamos iniciar nossos voos de reconhecimento do terreno, disse o major. — Como sabem, há um código de identificação do Esquadrão, seguido de uma cor para cada esquadrilha. Nosso código é Jambock e estamos divididos em quatro esquadrilhas, a Red, a White, a Yellow e a Green, assim mesmo em inglês, para os americanos entenderem. A denominação técnica fica sendo A, B, C e D, acompanhado do número do avião.

O ronco de uma esquadrilha passando em rasante assustou a todos, que correram para espiar. Os americanos voltavam de uma missão aparentemente exitosa, pois faziam acrobacias sobre o acampamento. De volta à reunião, o comandante Nero Moura tomou a palavra.

— Isso que os americanos fizeram é muito bonito, mas nós não vamos fazer nada parecido. Eles são veteranos de combate, podem brincar à vontade. Nós não fizemos nem ainda nosso batismo. Fica proibido qualquer ato de exibicionismo de nossa parte.

Depois, na barraca do Red, Ricky segredou para Torres:

— Betinho, amanhã teu amigo aqui vai ser preso.

— Preso? Por quê?

— Vou desmanchar a barraca do comandante com um rasante.

Ele era maluco de cumprir a fanfarronada. Torres chegou a recordar o fato de madrugada, quando levantou para urinar. Nero Moura era um gaúcho bonachão e sabia levar com calma uma brincadeira mais pesada, mas sua advertência tinha marcadamente cunho ético, que Ricky aparentemente não percebeu. Na manhã seguinte, ao final dos exercícios, Ricky deu um rasante atrevido e extremamente perigoso sobre a barraca do comandante Nero Moura, passando a poucos centímetros dela.

A pena que ele tomou nunca ninguém ficou sabendo de fato, porque houve uma breve e evidentemente áspera conversa com o comandante, e desde aí Ricky afastou-se dos demais oficiais. Não falava com ninguém, não jogava futebol nos finais de tarde, fazia as refeições longe dos colegas. Lia constantemente um pequeno volume encadernado com a imagem de Buda na capa, que tinha trazido do Rio. As animadas conversas nos fundos da barraca da Yellow Flight perderam as opiniões agudas e bem-humoradas do jovem tenente.

48

– Após as vitórias de Camaiore e Monte Prano, avançamos em perseguição aos focos nazistas no Vale do Serchio, e tomamos Fornachi, Barga, Gallicano, Monte São Quirico e Lama di Sopra, todos pequenos vilarejos, sempre combatendo e vencendo o inimigo.

Os seis jornalistas tomavam notas, a chuva pingava no teto de lona da barraca. Zenóbio estava imponente diante da mesinha de madeira. Acendeu o charuto, fazendo uma pausa satisfeita.

– Em Barga, tivemos a honra de receber a visita do senhor Ministro da Guerra, general Eurico Dutra, que oficializou o emblema da Força Expedicionária Brasileira para esta campanha, a cobra fumando.

Deu um tapa no braço, mostrando a faixa onde estava bordada a cobra fumando.

– Como os senhores sabem, o Brasil só viria para a guerra no dia que cobra fumasse. Bom, senhores, a cobra fumou e continua fumando. Neste exato momento, o 6.º Regimento de Infantaria avança em direção a Castelnuovo di Garfagnana, acho que é assim que se pronuncia. Um reduto nazista importante. É uma fortaleza fincada num terreno íngreme e escorregadio, que com esta chuva com certeza estará muito pior.

49

A 2.ª Companhia do 6.º Regimento de Infantaria se arrastava por terreno íngreme e escorregadio sob o comando do capitão Aldenor, a chuva caindo sem parar em suas costas. O sargento Nilson conhecia o capitão Aldenor de vista, lá de Floripa. Ele tinha casado com uma moça da família Cardoso, família amiga da sua.

O sargento Nilson recostou-se numa rocha e olhou ao redor.

Na paisagem cinza, os homens se moviam quase imperceptivelmente, num silêncio temeroso: os alemães não estavam longe, e mais uma vez guardavam posição favorável. Lá de cima, naquele castelo medieval, atrás daquelas paredes de pedra com centenas de anos, era fácil defender a posição.

A 2.ª Companhia do 6.º tinha começado a marcha de manhã bem cedo, com chuva leve, que foi ficando mais pesada, e tinham envolvido a vila La Rochette sem grandes problemas. Perto do meio-dia se aproximaram desse lugar, Lama di Sotto, e foram recebidos com forte canhoneio, o que interrompeu o avanço. Travou-se uma feroz e ininterrupta troca de tiros durante duas horas, até que o Grupo de Combate do sargento Nilson, que circundava o muro da cidade colado a ele, descobriu um buraco.

Espiaram, avaliaram e se enfiaram pelo buraco.

Pedrinho, o gago Atílio, Quevedo e Alemão rastejaram num pátio de pedras, cheio de tonéis de madeira gigantescos, e deram de cara com um alemão urinando na parede.

Uma rajada de metralhadora, e o alemão se dobrou e caiu de braços abertos.

– Última mijada, alemão, murmurou Quevedo.

Outro alemão apareceu no pátio e foi recebido à bala. Sumiu atrás dos tonéis. Pedrinho correu atrás dele, dez segundos depois voltou correndo.

– São mais de trinta!

Dois alemães apareceram e foram varridos por disparos simultâneos das cinco metralhadoras. O sargento Nilson subiu numa escada de pedra num ângulo do pátio e desferiu várias rajadas. Viu que os alemães aparentemente entraram em pânico, pois desataram a correr.

– Estão fugindo!, gritou para seus homens.

Pelo buraco no muro apareceram mais pracinhas, que foram buscando posição atrás dos tonéis. Pouco depois apareceu o próprio capitão Aldenor com uma bazuca. A arma foi acionada e um potente tiro derrubou uma porta de madeira no outro lado do pátio.

Outro grupo de brasileiros entrou correndo pelo portão estilhaçado. Os tiros foram cessando, e em breve o silêncio desceu sobre o antigo castelo. Apenas a chuva caía sem parar. Todos buscaram abrigo sob as marquises.

O capitão Aldenor fez um sinal para o sargento Nilson se aproximar.

– Nosso objetivo é Castelnuovo di Garfagnana. Vamos tomar um pouco de fôlego aqui e depois vamos prosseguir. Pelo mapa estamos a dois quilômetros do lugar.

– Com essa chuva vai parecer dez, disse Nilson. – Sargento Cabral, aqui, disse o capitão Aldenor

O sargento Cabral se aproximou.

– Sargento, está vendo aquela casa de pedra, com três andares?

– Tô vendo, sim, senhor.

– Vai tomar aquela casa, sargento, e estabelecer um posto de observação. Leve seu Grupo de Combate e mais quantos homens precisar.

– Sim, senhor. Santos, Hamilton, Bigode, reúnam os homens, que temos um servicinho.

O sargento Cabral era baixinho e de fala grossa. Os homens gostavam dele porque era divertido e muito mentiroso. Em breve dezesseis homens se aglomeravam em torno dele e saíram rastejando em direção ao casarão. Viram um rebanho de ovelhas sair em disparada detrás do casarão.

O soldado Santos se benzeu. Aquelas ovelhas eram um sinal. Vai ser duro sair de lá.

O capitão Aldenor ordenou para a Segunda Companhia retomar a marcha, e eles avançaram abaixados, escorregando na lama.

– O Cabral chegou lá na casa, mas pelo jeito vai ficar cercado, capitão disse o sargento Nilson para o capitão Aldenor.

Olhou pelo binóculo e viu os alemães rastejando em torno do casarão, metralhando e jogando granadas.

– Vão morrer todos, murmurou Nilson.

O capitão olhou para ele, pálido e com raiva, quando ouviu o curto grito a seu lado. Pedrinho feriu a mão numa pedra. Quando tentava colar um *band-aid* no corte, viu os capacetes de vários alemães mal ocultos pela vegetação rala. A uns 300 metros de onde estava.

– Eles estão perto, avisou ao sargento.

– Epa, o que é isso?

– Parece que eles estão vindo, sargento.

– É isso mesmo, estão vindo pra cima da gente!

Naqueles seus trinta dias de guerra como soldado de infantaria, o sargento Nilson ainda não tinha a experiência de ser atacado por outro grupo de infantaria. Nenhum deles tinha. E era isso que estava acontecendo.

Puxou o praça que manejava o rádio.

– Avise o comando que estamos sofrendo um contra-ataque.

Olhou para a massa que se movia diante dele e entendeu que os alemães eram centenas e avançavam com cautela, mas avançavam.

– São centenas, disse para o praça do rádio.

– Não, sargento.

– Não, o quê?

– Não são centenas. São milhares.

Para a esquerda e para a direita, até onde seus olhos alcançavam, o praça do rádio e o sargento Nilson viam os capacetes cinzentos reluzindo à chuva que caía.

– Diga que é uma Divisão inteira e que vamos ser cercados.

– C-cer-cados?

– Diga que precisamos de uma barragem de artilharia com urgência, para impedir o avanço deles.

O capitão Aldenor se aproximou.

– Estou pedindo uma barragem de artilharia, capitão.

– Eu já pedi. A 3.ª Companhia está sendo envolvida. Falei com o capitão Ramagem. Eles não têm mais munição, e os alemães já estão em cima deles.

– E estão em cima de nós também, capitão.

– Todo mundo de granada na mão. E dê a ordem de calar baionetas. Nós vamos aguentar o tranco, sargento.

Calar baionetas é uma ordem que dá calafrio em qualquer um.

— Calar baionetas!

O sargento viu Pedrinho calçando a baioneta na ponta do rifle, e viu o gago Atílio, e Quevedo e todos os outros soldadinhos estirados no chão molhado, com a interminável chuva escura caindo sobre eles como uma maldição, e sentiu seu coração contra a lama fria batendo, batendo, e viu que os alemães estavam a menos de 20 metros e eram na proporção de cinco para um, e o sargento Nilson pensou friamente: vou morrer.

— Caralho! Vou morrer aqui neste lugar desgraçado, enquanto lá em Floripa deve estar um dia de sol, e ao meio-dia é bom demais ficar olhando a Lagoa da Conceição, sorvendo um caldo de cana.

Os alemães não se moviam, a 2.ª Companhia parou de se mover. Desceu sobre o terreno uma vasta calma, molhada e tensa.

De repente surgem de um barranco o cabo Waldemar e o soldado Eliseu, dando um susto no capitão Aldenor e no sargento Nilson.

— Com licença, capitão, disse o cabo Waldemar. — O sargento Cabral manda perguntar se é para sustentar a posição. Estamos quase cercados lá no casarão.

— Como vocês chegaram aqui?

— Descobrimos um canal de irrigação da lavoura. Viemos rastejando por dentro dele.

— Vamos manter a posição. Foi a ordem que recebemos.

O cabo Waldemar olhou para o soldado Eliseu.

— Capitão, a coisa tá feia lá.

— A coisa tá feia em toda parte, soldado. Volte para lá e espere pelas ordens.

— Sim, senhor.

O cabo Waldemar e o soldado Eliseu sumiram na vala e se afastaram rastejando. O cabo Nilson pensou com desgosto que o capitão deu uma ordem equivocada. Olhou para o casarão com o binóculo e viu que o tiroteio era intenso. O capitão Aldenor, sentindo o desconforto do sargento, já ia dizer algo quando o praça estendeu o rádio para o capitão Aldenor.

— É o capitão Ramagem, senhor.

— Alô, Aldenor, estamos totalmente cercados.
— Já pedi ação da artilharia.
— Aldenor, agora eu sei, não é uma Divisão, nem duas. São três Divisões e vindo pra cima da gente.
— Eu pedi a ação da artilharia.
— Aldenor, estou sem munição, vamos entrar num corpo a corpo em alguns minutos.
— Nós também, Ramagem. Estamos sem saída, e esses filhos da mãe não acionam a artilharia.
— Não estou entendendo. Passei a manhã toda pedindo munição, e nada.
— Vou aguentar o quanto puder.
— Eu também, Aldenor, mas sabe do que eu tenho medo?
— Não.
— É que matem todos os meus rapazes, Aldenor.

50

— A ordem é aguentar, sargento. Garantir a posição.
— Mandar é fácil.
— O que você disse?
— Com todo respeito, sargento, o capitão não sabe qual é a nossa situação real aqui.

O comentário foi do soldado Piolim. O sargento Cabral o encarava com dois olhos fumegantes.

— Piolim, é bom você entender de uma vez por todas: isto é uma guerra. A primeira coisa a fazer numa guerra é ficar de boca bem fechada. A segunda, é cumprir as ordens sem retrucar.
— Sim, senhor.

O soldado Müller se aproximou com expressão de alarma, fazendo gestos para se calarem. Colocou o dedo indicador sobre os lábios e apontou para o teto. Todos escutaram. Havia ruídos de passos no telhado.

Segundo anotações do soldado Santos, descobertos muitos anos depois em gavetas do seu escritório (João Muniz dos Santos, de São Gabriel, Rio Grande do Sul), o grupo do sargento Cabral matou alguns alemães e feriu outros tantos até chegar na casa de pedra. No caminho perdeu o soldado Vicente Batista, com um tiro na cabeça, e mais o soldado Toledo, ferido no joelho direito e, ainda, mais dois soldados que o levaram para a retaguarda, arrastando-o pela vala de irrigação. Agora eram doze dentro da casa.

Ficaram todos imóveis ouvindo os ruídos cautelosos acima deles. E então, outro ruído, bem baixo, mais alegre e saltitante, e foram invadidos pelo pavor. Estavam rolando granadas pelos degraus da escada.

Todos olharam para o início da escada de madeira, que sumia no segundo andar, e viram a primeira granada aparecer, e logo viram a segunda e depois a terceira, e todos se jogaram para os lados, cobrindo a cabeça com as mãos, e o inferno começou com uma sucessão de explosões, gritos e descargas de metralhadora.

Instintivamente todos os brasileiros atiraram na direção da escada, e o corpo pesado de um soldado alemão desabou na frente deles. Não pararam de atirar contra a escada, até que Cabral gritou:

— Chega, chega!

A fumaça foi saindo pelos espaços dos vidros quebrados das janelas e viram Gambá caído, com o rosto coberto de sangue. Noronha se aproximou da escada e foi subindo bem devagar. Espiou, avançou mais um passo.

— Era só um, parece.

Nova explosão, e Noronha desaba escada abaixo, o uniforme em tiras fumegantes, borbotões de sangue jorrando pelos buracos na farda. Santos arrastou-o pelas pernas para o canto embaixo da escada. A casa foi entrando num silêncio doloroso, enquanto a nova nuvem de fumaça se extinguia.

— Rebentaram com o Noronha.

O silêncio por fim se estabeleceu completamente e até a chuva fina caindo puderam ouvir.

– Estamos numa ratoeira, disse Piolim. – Eu sabia.

– Todos sabíamos, seu idiota, disse o sargento Cabral.

– O Gambá está mal, disse Santos.

– Todo mundo nas janelas, de olhos neles, a ordem é manter a posição. Santos, examina o Gambá e o Noronha. Eu vou lá em cima ver se tem mais alguém.

O sargento Cabral se aproximou da escada, olhou para cima já arrependido do que dissera, mas começou a subir pisando demoradamente cada degrau.

Santos tirou o capacete do soldado Gambá e endureceu a contração no estômago para não fraquejar. A explosão arrancou a bochecha inteira de Gambá. Ele ficou com o osso da face e os dentes todos descobertos.

O sargento Cabral encontrou um alemão dobrado em dois, montado na metralhadora. Apontou o fuzil para ele e se aproximou da janela. Dali se observava bem toda a extensão do terreno. A 50 metros dali podia ver os capacetes cinzentos aparecendo brilhantes. O alemão no chão moveu os dedos da mão direita. *Acho que é só um reflexo.* Cabral cutucou o alemão com a ponta do fuzil.

Quando desceu foi ver os dois feridos. Santos derramava sulfa em pó no ferimento de Gambá, mas como ele não tinha mais a bochecha, a sulfa ia para a boca. Gambá estremecia com o gosto ruim.

– Não temos gaze nem algodão, disse Santos.

– E o Noronha?

– Estilhaço das granadas. Contei 43. Mas parece que nenhum em lugar vital.

– Vamos tirar um a um. É só ir arrancando com um canivete, disse Waldemar.

– Como tu sabe?

– Eu tinha um vizinho que estudava Medicina.

– Tu qué levar um tiro, seu palhaço?

— Calem a boca e contem a munição. Pelo que eu vi, parece mesmo que estamos cercados. Mas a ordem é aguentar, e é isso que vamos fazer.

— Quer dizer que a gente não vai se entregar?

— Não enquanto a gente tiver munição.

As palavras do sargento foram ouvidas com sentimentos estranhos. Era loucura resistir, mas era algo especial aguentar até a última bala.

— Bom, disse Piolim, então vamos tacar bala neles e acabar logo com isso.

— Ninguém vai gastar munição à toa. Só atirem para acertar alemão. Ninguém desperdiça bala, entenderam?

— Eles estão vindo, sargento.

O tiroteio durou mais duas horas. Os alemães trouxeram um carro-tanque que bombardeou a casa e derrubou o telhado, mas ela estrava encravada numa saliência do terreno.

Por fim o sargento Cabral disse, encolhido embaixo de uma mesa cheia de detritos:

— Minha munição acabou.

— Eu tenho dois pentes e mais nada, disse Santos.

— A minha acabou, disse Piolim.

— Eliseu, disse o sargento, arruma um pano branco e acena pela janela. E atenção, cambada, não quero ver ninguém se lamentando nem fazendo feio. Entenderam?

Os alemães aproximaram-se cuidadosos, fazendo sinais para jogarem as armas. Em pouco havia mais de trinta alemães em torno deles, arrancando as armas, apalpando, olhando nas mochilas. Os brasileiros foram saindo um a um com as mãos sobre a cabeça. Foram levados para os fundos da casa e postos em fileira contra a parede.

— Eles vão nos fuzilar, sargento, vão nos fuzilar! Posso rezar, sargento?

Os alemães ficaram em formação diante deles, um tenente começou a comandar a execução; nesse instante surgiu um major que gritou:

— Brazilianisch nicht caputi!

— Os brasileiro não devem morrer!, traduziu Müller.

Os soldados alemães no pelotão de fuzilamento tiveram uma reação negativa, mas nada podiam fazer. Estavam com raiva, tinham perdido muitos companheiros e afinal era apenas meia dúzia de brasileiros. Não entendiam a ordem do major.

— Façam eles transportar os nossos feridos.

— Quer saber, disse Piolim, estamos a 40 horas sem dormir, sem comer, sem beber água, e agora vamos ter que transportar feridos.

— Pra onde vamos?, perguntou Waldemar.

— Só o Diabo sabe, respondeu o sargento Cabral.

51

— O Ramagem bateu em retirada.

— Bater em retirada, o Ramagem?

— Foi a única coisa que ele pode fazer para salvar seus homens.

— Não aconteceu um massacre porque o capitão Ramagem mandou o pessoal retrair. Ele fez o certo.

O refeitório do hospital estava lotado; era hora do jantar, e todos falavam em voz baixa.

— Mas o que houve mesmo?, insistiu Elza, com seu olhar penetrante. – Ouvi falar que houve desleixo, tinham tomado as posições e não fizeram o mínimo para se precaver de um contra-ataque.

O capitão Marcos estava sentado entre Virgínia e Dulce, com Zoé e Elza no outro lado da mesa, à sua frente.

— Eu não estava lá para saber exatamente o que houve, tenente Elza.

— E onde você estava, capitão?

— Em meu quarto de hotel, com fogo na lareira e uma taça de vinho na mão.

Houve um começo de risos, que logo se transformou num silêncio constrangido.

— Falar vão falar muito e inventar uma série de medidas que deveriam ser tomadas, mas só os que estavam lá, debaixo da chuva e no meio do fogo, é que sabem exatamente o que aconteceu.

— O que eu sei, disse Elza, é que cabeças vão rolar. Depois do capitão Ramagem, outras companhias o imitaram e bateram em retirada.

— Não foi uma retirada, tenente Elza, os homens voltaram às suas posições de origem.

— Qual a diferença?, perguntou Virgínia. — Retirada é abandonar tudo e...

Marcos interrompeu a fala porque alguém batia palmas com força na entrada do refeitório.

— *Attention, please, attention, please*!

Era um major americano, e havia certa pressa na sua voz.

— Todos os oficiais em reunião urgente no Posto de Comando. Os demais comecem a preparação para evacuar o hospital imediatamente.

— O que está acontecendo?, perguntou Zoé, olhos assustados.

— Vamos evacuar o hospital imediatamente, disse Elza, que falava um excelente inglês. Por quê, não sei, ele não disse.

Com pressa, mas com um sincronismo perfeito, as longas mesas foram ficando vazias.

— Acho que vão nos bombardear, gemeu Zoé.

— Posso fazer alguma coisa?, perguntou Marcos para a tenente Elza.

— Pode voltar para sua lareira no seu quarto de hotel, capitão, aqui atendemos mais de mil pacientes e não precisamos de ninguém para atrapalhar.

Marcos não esperava a dureza da resposta, mas conseguiu sorrir e fez uma breve continência.

— Vamos tornar a conversar, tenente Elza, olho no olho.

Afastou-se depois de abanar para as suas três amigas, que se paralisaram estupefatas.

— Comecem a preparar para evacuar, disse Elza para as três enfermeiras. — Eu vou ao PC saber o que está havendo.

Dulce, Zoé e Virgínia correram para a enfermaria dos brasileiros. O hospital abrigava mais de mil pacientes, a maioria deles americanos, e com os médicos, enfermeiras e pessoal de apoio, a sua população somava mais de três mil pessoas.

Por uma das alamedas dos hospitais aproximava-se um comboio de caminhões enormes, as luzes acesas, buzinando sem parar para abrir caminho.

— O que está acontecendo?, exclamavam as pessoas.

Eram caminhões-anfíbios, usados pelas tropas para atravessar rios.

— Levem os pacientes para os caminhões!, gritavam vozes.

Algumas luzes se apagaram e ouviram-se as vozes de susto. Elza apareceu de repente.

— Meninas, vamos trabalhar com pressa, mas sem correria! Não quero ver ninguém histérica!

— O que está havendo afinal?, gritou Dulce, o que eles disseram?

— Os alemães explodiram a represa nas montanhas, abriram as comportas do caminho e o rio está descendo em direção a nós, vem levando tudo pelo caminho, precisamos sair daqui senão também vamos ser levados.

— Nossa Senhora!

— O rio já arrasou várias aldeias; disseram que vai levar pelo menos meia hora para chegar até nós, mas temos que colocar nossos pacientes nesses caminhões e salvar tudo que pudermos de medicamentos e roupas e tudo que for útil. Mexam-se, suas vacas grã-finas!

Elza estava há dois meses na guerra, tinha padecido nas mãos das instrutoras americanas e aprendera com muitas lágrimas escondidas à noite na barraca que aquele era um negócio duro, onde o trabalho delas era neutralizar a dor, motivo daquele jogo sinistro, e não podia dar moleza nem ser sentimental ou sofreria ainda mais, e os que dependiam dos seus serviços também.

Adotar a postura de durona foi apenas uma espécie de maquiagem na sua personalidade, pois sabia que já era assim desde criança, e agora precisava mais do que nunca desse atributo.

Os caminhões anfíbios foram se enchendo de feridos, mutilados e doentes. Havia uma grande enfermaria só com casos graves de soldados com distúrbios psicológicos. Alguns desses se recusavam a entrar nos caminhões.

A retirada organizada às vezes estremecia com surtos breves de tumultos e empurrões, mas pouco a pouco os caminhões foram se enchendo e começaram a se afastar.

Tudo era transportado para um prédio em construção distante quatro quilômetros dali, num lugar alto, onde as águas não chegariam.

Pouco a pouco, sobre o rumor do hospital em retirada, sobre o ronco dos motores dos caminhões e dos jipes e das vozes e dos lamentos, começou a se ouvir um surdo e assustador coro de fantasmas, uma espécie de ladainha de mortos, uma sinfonia que por um instante paralisou a todos e dirigiu os olhares para o mesmo ponto.

As águas do rio Arno chegavam.

Com uma força e uma rapidez que ninguém ali esperava, as águas escuras avançavam com avidez, levando de roldão barracas, camas, cadeiras, armários, explodindo contra os veículos, derrubando pessoas e arrastando-as, gerando um medo e um pânico que ainda não conheciam.

Elza e suas três enfermeiras se enfiaram dentro de um jipe onde já estavam quatro soldados. As águas bateram neles com força, o jipe sacudiu e estremeceu, mas resistiu, e as águas foram passando.

— A correnteza está perdendo a força, disse o cabo na direção do jipe.

— Me disseram que lá na encosta da montanha ela arrastou casas e caminhões; graças a Deus o hospital está bem longe.

Sapatos, panelas, bolsas, guarda-chuvas passavam boiando. Todos estavam encharcados e agora tomados de violento frio.

— Não vamos ficar paradas, comandou Elza. — Vamos recuperar tudo que for possível. A documentação do hospital ficou lá dentro e nós vamos voltar lá e salvar o que for possível salvar.

As quatro enfermeiras saltaram do jipe. A água chegou até acima de seus joelhos, sentiram nas coxas a força e o ímpeto que queria arrastá-las, mas elas enfrentaram a correnteza e avançaram tropeçando, de mãos dadas, em direção a sua enfermaria.

52

A fome torturou os brasileiros da 2.ª Companhia, no local em que estavam presos, um curral de cabras, até que uma italiana trouxe pão preto e marmelada alemã em doses minúsculas. A mulher era gorda e maternal. A sede era cruel, mas conseguiram um pouco d'água graças à generosidade de um camponês. Outra italiana, que veio trazer alimento para os italianos ali também aprisionados, se encantou com a pose do sargento Cabral e distribuiu a todos uma xícara de sopa rala, prometendo um cafezinho depois. Foi nessa altura que os alemães trouxeram também o Piolim e o soldado Anézio. Os dois haviam conseguido ocultar-se, por ocasião da rendição. De Castelnuovo os prisioneiros seguiram para Serrizoli, levando em uma maca o soldado Noronha, ainda com os estilhaços no corpo e sofrendo horrivelmente. Dias depois o médico alemão encheu-lhe a boca de gaze e extraiu a sangue frio os 43 estilhaços do seu corpo. Segundo relato do soldado João Muniz dos Santos, que amparou Noronha segurando-o firme a pedido do médico, Noronha não gemeu nem se lamentou, só ficou com os olhos cheios de lágrimas.

Em Serrizoli, no Posto de Comando alemão, os prisioneiros receberam alimentação boa, sobra do que comiam os oficiais alemães e, ali, foram interrogados por um tenente que falava o português. Nas anotações do soldado dos Santos ele conta que o soldado Müller conseguiu esconder sua descendência alemã (o Müller falava o alemão corretamente) e isso foi de grande valia para os brasileiros presos, traduzindo todas as conversas em que os alemães mofavam dos brasileiros. Santos conta que em Serrizoli os brasileiros tiveram de trabalhar na conservação de estradas, quando a neve já ameaçava começar a cair, e nada ou quase nada de alimentação.

Dali seguiram para Parma, no norte da Itália, onde os brasileiros, juntamente com os alemães, foram bombardeados por avião americano quando o comboio se deslocava.

— Ficamos alojados (conta dos Santos) na escola da cidade e escrevemos nossos nomes nas paredes, para deixar pista de nossos paradeiros aos que viessem a tomar a localidade, pista que teve muito valor quando tropas da FEB entraram ali. De Parma fomos para San Giovanni e, no trajeto, fomos insultados por italianos tiroleses que nos atiravam pedras, diziam palavrões, faziam gestos obscenos, chamando-nos de *braziliani, raça de cani*. Tivemos de voltar a Parma, onde passamos a carregar caminhões de tábuas, que machucavam nossas mãos. Por fim, seguimos para Mântua, recebendo bombardeio aéreo pelo caminho e, numa das vezes, tivemos de nos abrigar atrás de um prédio de luxo, onde os moradores nos deram boa comida e vinho espumante. Em Mântua passamos fome. As refeições constituíam-se de pequenas porções de pão preto, marmelada alemã, sopas de carne de cavalo apodrecida, ou pedaços de salsicha, servidos uma vez ao dia, algumas vezes em intervalos de dias de jejum absoluto. A água era escassa. Um oficial alemão descendente de português, chamado Armando, nos dizia para ter paciência, pois seríamos transferidos para a grande Alemanha, onde não havia fome.

— O campo de prisioneiros de Mântua era cercado de arame eletrificado, e os soldados defecavam numa lata dentro das barracas. A cidade era constantemente bombardeada por aviões aliados. Ali fomos convidados a falar pelo rádio, concitando os elementos da FEB a se renderem. Recusamos terminantemente, é claro, embora ameaçados de represálias. Dividíamos as celas com um grande número de prisioneiros das mais distintas nacionalidades. O frio era constante, e não tínhamos agasalhos adequados para enfrentá-lo. Para sobreviver, dormíamos todos juntos; apenas o calor humano nos permitia sobreviver. De Mântua partimos de trem cargueiro lacrado para a Alemanha. O trem estava superlotado e trancado a sete chaves. No caminho o comboio foi atacado por aviões. A viagem durou três dias, dois deles sem alimentos e sem água. Só no segundo dia deram pão preto em pequena quantidade e um pedaço de salsicha. Nesse trem chegamos a Munique e fomos para o campo da localidade de Mösberg. Na viagem para Mösberg, amontoados nos vagões do trem, os prisioneiros dividiam uma caixa forrada de palha e areia como sanitário. Durante o trajeto, os prisioneiros se amontoavam no campo superior do vagão, pois a caixa transbordou de fezes. O Noronha, muito fraco pelos ferimentos, vomitava sem parar. Com o tempo todo o vagão ficou repleto do charco de fezes, que chegou até nossos tornozelos, tornando o ar irrespirável.

53

Como dizia o tenente Torres com sua sabedoria de garoto de praia, toda onda tem seu dia e o dia dos tenentes entrarem em ação chegou.

Havia um alvoroço no ar, na madrugada de 6 de novembro de 1944. Os oficiais mais graduados, como o comandante Nero Moura, o major Pamplona, Fortunato, Lagares, Kopp, Horácio, Assis e Ismar já tinham voado em ações de combate, junto com os americanos, mas os tenentes esperavam ansiosamente sua vez. Dessa vez convocaram os tenentes para completar as esquadrilhas americanas.

John Richardson voou como ala de uma esquadrilha do 345.º Esquadrão de Caça americano naquela manhã gelada de 6 de novembro.

Cada piloto apanhou sua caixinha de matéria plástica com os mapas, dinheiro e alimentos concentrados. Cada um abriu o bolso que tinha na perna direita do macacão, na altura da tíbia, e guardou a caixinha. Cada um juntou o paraquedas, o salva-vidas, o capacete e a máscara de oxigênio, e se dirigiu às caminhonetas e jipes que esperavam por eles e os conduziram à linha de voo.

Antes de subirem em seus P-47, Rui Moreira Lima e Ricky trocaram um abraço. Estavam emocionados e não dissimulavam.

Depois cada um foi até a cauda do seu avião e deu uma mijadinha na roda. Nem todos faziam isso, mas diziam que dava sorte e nessa madrugada gelada o sistema nervoso pedia urgentemente qualquer coisa que propiciasse sorte.

Colocaram as máscaras, apertaram cintos e correias. O comandante da esquadrilha movimentou seu aparelho em direção à pista e todos o seguiram, rolando, na ordem de colocação. Oito aviões em linha. Cada avião com dois mil e oitocentos cavalos, puxando sete toneladas de peso, soma de dois mil litros de gasolina, duas bombas de quinhentas libras, trezentos e cinquenta tiros ponto 50 para oito metralhadoras, quatro de cada lado. E havia o *belly tank*, reservatório de combustível na barriga do P-47.

Roncam os motores, reunião em cima do campo, o comandante dá o rumo: Bolonha. O alvo então era a cidade de Bolonha, fortemente defendida pela artilharia antiaérea do vale do Rio do Pó. Ricky apertou com força o manche. Tinham falado muito sobre a defesa antiaérea de Bolonha, tinham alertado para os canhões de quarenta milímetros, duas bocas, de explosões sincopadas, que formavam uma cortina explosiva de grande precisão.

Voaram com elegância, penetraram em nuvens densas, saíram das nuvens, e começaram a descer quando viram ao longe a massa cinza da antiga cidade. Mais baixo, já veem ruas, trilhos, pátios, edifícios, as casas já mostram as telhas, as cercas, os carros e gente em pânico correndo para todos os lados, e o horror agora era uma bateria da mais odiada arma antiaérea alemã, o quatro bocas de vinte milímetros, que cuspia balas uma ao lado da outra em intervalos de três metros.

Ricky deu o rasante sobre a Estação Ferroviária e soltou as bombas, sentindo os projéteis dos canhões explodirem em seu entorno, a barragem escura e rosa dos canhões 88 e 105 relampejavam como uma tempestade em seu redor, e súbito o P-47 deu um estremeção e Ricky sentiu que algo grave havia acontecido.

Não era apenas a dor que sentia no ombro direito e no tórax, mas as chamas que cresceram rapidamente no motor e a fumaça escura que subiu diante de seus olhos.

— Capitão, disse em inglês para o líder da esquadrilha, fui atingido. Perdi potência do motor.

— OK, tenente, use o paraquedas.

— Entendido, mas agora é tarde. Perdi altura, não dá para saltar.

— Mantenha a calma, tenente, e procure um ponto para aterrissar. Breve estaremos em território amigo.

— Estou calmo, capitão. Avistei um vale entre duas montanhas. Vou tentar pousar.

A dor deu uma chicotada do ombro ao pescoço e chegou ao cérebro, cegando-o por segundos, a clareira cresceu na frente dele, mostrando pedras e árvores verdejantes, e Ricky teve um pequeno devaneio, sorriu para o livro de Buda que surgiu em sua mente, e enquanto as pedras e árvores aumentavam cada vez mais de tamanho, a dor passava para todas as partes do corpo e o cheiro de fumaça invadia seu olfato, lembrou palavra por palavra quando o Abençoado entrou no primeiro transe; e, saindo do primeiro transe, entrou no segundo; e, saindo do segundo transe, entrou no terceiro; e, saindo do terceiro transe, entrou no quarto; e, elevando-se do quarto transe, penetrou no reino da infinidade do espaço; elevando-se do reino da infinidade do espaço, entrou no reino da infinidade de consciência e, saindo do reino da infinidade de consciência, entrou no reino do nada; e, saindo do reino do nada, penetrou no reino onde não há percepção nem não percepção; saindo do reino onde não há percepção nem não percepção, alcançou a suspensão da percepção e da sensação.

O Thunderbolt P-47 do segundo-tenente-aviador John Richardson Cordeiro e Silva bateu violentamente contra o chão e explodiu, transformando-se numa bola de fogo.

54

Os três generais ficaram um bom tempo olhando para a cadeia de montanhas meio encoberta pela névoa, apoiados no jipe, taciturnos.

— O Monte Castelo é aquele bem no centro, o mais arredondado. Os outros são pontiagudos, disse Zenóbio, estendendo o binóculo para Cordeiro.

— Percebe-se muito bem, disse Cordeiro, passando o binóculo para Mascarenhas.

Era de manhã bem cedo. O frio, a cada dia, se tornava mais intenso. O major Brayner aproximou-se deles com um binóculo pendurado no pescoço. O local onde estacionaram o jipe era uma espécie de mirante, com uma cerca de pedra rente ao precipício.

— Foi dado a entender que é uma espécie de presente de Natal antecipado para nós, disse Mascarenhas.

— Mas o major Brayner acha que está mais para presente de grego, disse Zenóbio.

— Nossa missão é um ataque frontal ao Monte Castelo, disse Brayner. — Isso é um presente?

Cordeiro de Farias apanhou o binóculo de Brayner e olhou demoradamente o Monte Castelo.

— Ataque frontal nesse terreno é suicídio, disse Cordeiro.

Brayner fez cara de eu-não-disse.

— Esse Monte Castelo, que os americanos chamam de Cota 970, é a nossa parte na operação, disse Mascarenhas. — Os americanos vão atacar pelos flancos e nos dar cobertura.

— O general Cordeiro de Farias acha que é suicídio, disse Zenóbio.

— Eu ouvi. O general Cordeiro é um oficial de bom-senso, eu respeito sua opinião, mas esta é uma determinação do comando do V Exército Americano.

Mascarenhas de Moraes olhou com seus olhos mansos os três homens sob seu comando.

— Estamos, como sabem, sob as ordens do V Exército e como soldados nos cabe cumprir a determinação.

— Vamos cumprir a missão, general, disse Zenóbio, endurecendo a voz.

— Vamos mostrar para americanos e alemães nossa capacidade como soldados.

— Eu desconfio dessa missão, disse Brayner.

Zenóbio ficou sombrio.

— Desconfia, Brayner? E desconfia de quê?

— Desconfio, general Zenóbio, de que não haverá teto para os aviões decolarem, e, consequentemente, desconfio de que não haverá cobertura para uma operação desse tipo.

— Esta operação é responsabilidade da Task Force 45, sob o comando do coronel Truscott. Nenhuma responsabilidade é nossa, disse Mascarenhas. — Os americanos tomarão o Monte Belvedere na direita e o Monte de la Torraccia na esquerda, e nos darão cobertura adequada para avançarmos pelo centro.

— Se eles não tomarem essas posições, estaremos no mato sem cachorro, disse Zenóbio.

— Exatamente. Como chefe do Estado-Maior é minha obrigação alertar para os riscos desta missão, comandante, disse Brayner, com cautela. — Nossa tropa está em combate há 70 dias praticamente sem parar, não teve tempo suficiente para descansar e recuperar as forças, e, principalmente, as baixas não foram repostas. Há claros evidentes nas nossas fileiras.

— Precisamos ter confiança na ação de nossos aliados, Brayner. É difícil estar sob o comando de outro país; é uma experiência nova para todos nós, mas precisamos nos acostumar, como todos que estão nesta guerra. Vamos voltar para o PC.

Entraram no jipe e o motorista arrancou. Brayner olhou com amargura para a cadeia de montanhas.

— Amanhã vai estar chovendo.

55

Houve missa na madrugada do dia 24, e a chuva caindo sobre o teto de lona da capela deixava todos taciturnos. Assistiu à missa o comando da FEB inteiro, mais um bom número de oficiais, sargentos, praças e enfermeiras.

Fora da capela havia uma enorme agitação. Caminhões passavam cheios de soldados, e carros-tanques esmagavam o barro e esparramavam água suja.

– Vamos pedir a Deus que nos ilumine nesta hora de provação, disse o capelão, porque vamos enfrentar as forças do ódio e da maldade, e vamos pedir a Deus Nosso Senhor que nos dê coragem para a batalha que se aproxima.

Vários oficiais comungaram, o capelão lançou uma bênção e a tensão que pairava no ar frio da capela de lona pareceu assomar. Todos apertaram as mãos, desejaram sucesso, deram palmadas nas costas.

– A cobra vai fumar!, gritou alguém.

Deram risadas e repetiram o grito:

– A cobra vai fumar!

56

Quevedo levantou a lona do caminhão e espiou.

– Não tem nem estrada aqui. Ei, vamos ter que subir essa montanha toda?

O Alemão, o gago Atílio e Pedrinho também espiaram.

– Vai ser fogo, disse o Alemão. – Só nos dão pedreira pra subir.

– Menos mal que a chuva parou, disse Pedrinho, mas mesmo assim não se vê nada com essa cerração.

– Não precisa ver nada mesmo daqui de baixo, disse Quevedo. – Nós vamos é lá em cima ver os tedescos bem de pertinho.

– Só de olhar essa subida já me doem as pernas, disse o Alemão.

O sargento Nilson saiu lá do fundo da carroceria do caminhão.

– Descendo, macacada, descendo!

Os soldados foram saltando para o chão enlameado.

– Ve-ve-jam o chão, disse o gago Atílio.

– Ge-ge-gelo! T-t-tá tu-tu-tudo gelado!

Escarvaram com a ponta das botas o chão, arrancaram pequenas lascas de gelo.

– O frio está chegando.

– Em fila, em fila!, gritava o sargento Nilson.

Todos olhavam para o maciço paredão a sua frente com um peso na alma.

– Como vamos subir isso tudo?, era a pergunta em todas as mentes.

– Sabe o quê, disse Quevedo, nem uma caneca de café nos serviram.

– É verdade, disse o Alemão. – Estou começando a sentir um buraco no estômago.

– Ei, sargento, gritou Quevedo, esqueceram do rancho?

– Não é hora de perguntar isso, praça, vai entrando em fila e batendo os pés para não encarangar.

– Mas, sargento, saco vazio não fica em pé.

– Anda, estupor, começa a se mexer, em frente, vamos.

Começaram a se mexer no escuro, avançando sem saber para onde; apenas iam em frente.

– Dizem que é uma operação conjunta com os americanos, disse o Alemão.

– Então vai ser barbada. Vamos tomar esse morro sem sofrer muito.

– E os americanos, será que tomaram café?

Alguns deram risadas, outros responderam com palavrões.

– Como é mesmo o nome do morro?, perguntou Pedrinho.

– Monte Castelo, disse o Alemão.

– Lá em cima a vista deve ser bonita, disse Pedrinho.

– Em frente!, gritava o sargento Nilson.

– Em frente, molengas! Vamos chegar lá em cima antes do sol aparecer! Vamos tomar esse morrinho antes dos americanos, pra eles verem a força do carvão de pedra!

Eram mais de dois mil soldados tiritando de frio, escorregando no chão enlameado, com os dedos duros aferrados aos fuzis, subindo lentamente a montanha escura.

57

Da janela do Posto de Comando do 6.º RI, Mascarenhas observava o início da operação Monte Castelo. Percebia com nitidez os pracinhas subindo passo a passo, tentando ignorar a chuva fina nas costas e a massa de neblina que dificultava a visão. Estava acompanhado de Cordeiro de Farias e de um oficial de operações do IV Corpo, um certo major Harrisson, calado e hostil. Todos munidos de binóculos, telefones e rádios, planilhas e códigos secretos.

Mascarenhas e Cordeiro estavam evidentemente tensos. A presença do oficial americano não os ajudava em nada para relaxar. Brayner falava simultaneamente ao telefone e por rádio, e a cada minuto parecia que ia perder sua fleumática paciência.

Zenóbio estava lá adiante, comandando a largada dos pelotões, observando os grupos subindo a montanha. Pelo binóculo ele via os pracinhas escorregando, se agarrando, aguentando a chuva fininha caindo nas costas.

Mascarenhas atendeu o telefone que lhe estendiam.
— General, aqui é Zenóbio.
— Fala, Zenóbio.
— O avanço continua sem interrupções.
— Que Deus os abençoe. Traga uma vitória, Zenóbio.

Essa frase o preocupou. Pensou que fora injusto. Estava dando uma responsabilidade para Zenóbio que na realidade não era dele. A operação fora planejada e conduzida pelo comando americano.

Os brasileiros não foram consultados e não deram uma palavra a respeito da missão que receberam. Brayner e os oficiais do Estado Maior estavam apreensivos e irritados.

— Onde eles estão?, perguntou Mascarenhas.
— Na cota 750, general.

Exatamente na cota 750, e nesse mesmo instante, Pedrinho, o gago Atílio, Alemão e Quevedo se jogaram atrás de um renque de pedras redondas, lisas pela chuva, onde a água escorregava.

Estavam exaustos, precisavam duma pausa. Subiam na esteira dos tanques americanos, usando-os como escudo. Quevedo consultou o relógio. Dez da manhã.

— Estamos subindo esta lomba há mais de quatro horas e de barriga vazia, disse. — Sabem no que estou pensando? Não é numa picanha malpassada, nem numa costela gorda. É coisa bem mais modesta. Tô pensando numa caneca de café bem quente, com açúcar mascavo e uma bolacha daquelas comprada em Libres.

— Deus me livre, disse Pedrinho. — Eu penso é num pastel de banana, como só minha mãe sabia fazer e a gente levava para a feira depois da missa, nos domingos.

Olharam os tanques americanos passando ao lado deles, patinando na lama, escorregando, mas avançando com lentidão.

— Esses bichos me dão medo, disse o Alemão.

— Espero que ele dê mais medo nos teus parentes que estão nos esperando lá em cima, disse Quevedo.

— Meus parentes não moram lá em cima, disse o Alemão. — Lá em cima mora uma princesa loirinha, com uns cabelos que vem até o meio das costas.

— Um dragão mora lá em cima, idiota, e vai engolir vocês todos, mandriões, se não levantarem e começarem a andar, berrou o sargento Nilson.

Nesse instante acontece uma explosão embaixo de um tanque americano, a dez metros de onde estavam.

As lagartas do tanque rebentaram e saltaram em pedaços. O tanque ficou imobilizado. E como se fosse um movimento orquestrado, os canhões de 88 mm dos tanques alemães começaram a despejar fogo na posição em que estavam. O grupo se encolheu junto às pedras redondas.

— Atrás dos tanques, atrás dos tanques!, ordenou Nilson.

Todos correram para a proteção ordenada, enquanto as explosões aumentavam.

— Já estava demorando pra começar o baile!, disse Quevedo.

— Os tanques pararam!

O capitão Uzeda apareceu ao lado de Nilson.
– O que há, sargento? Por que estão parados?
– Alguma coisa impede o avanço dos tanques, capitão.
– Vou falar com eles.

Nilson viu o capitão Uzeda subir num tanque e falar com um tenente americano. Pouco depois pulou para o solo, aproximou-se de Nilson de cara amarrada.
– Eles não vão prosseguir, o terreno é minado.
– E nós, o que vamos fazer, capitão?
– Estamos perto do cume, mais quatrocentos metros e estamos lá, vamos tentar dar a volta nos tanques alemães e subir até lá em cima.
– Sem proteção?
– Vamos ter a proteção dos americanos da 370 de Infantaria, a Divisão dos negros. Eles também devem estar chegando.
– Muito bem, capitão.

E Nilson reuniu-se ao seu Grupo de Combate.
– Vamos tentar escapar aos tanques alemães e chegar lá em cima, macacada! Vamos!

Com o capitão Uzeda à frente, a tropa brasileira foi se afastando dos tanques americanos e se deslocando em direção ao cimo do Monte Castelo, enquanto o fogo das armas aumentava cada vez mais de intensidade.

Pedrinho sentiu que alguma coisa grande começava a acontecer.
– Vamos tomar o Monte Castelo, vamos ser os primeiros a chegar lá em cima!

Havia uma energia eletrizante que se propagava com o olhar, uma ferocidade alegre que lhes dava força, e havia aquele capitão de bigode fininho que olhava bem dentro do olho de cada um quando falava, e isso fazia todos esquecerem a barriga pedindo comida, as pernas pedindo descanso; só havia o ritmo da subida e os pulmões chegando ao limite da capacidade.

E de repente estavam numa esplanada.

Com um sentimento de esplendor, viram as casamatas alemãs na beirada dos precipícios, os canhões molhados, as metralhadoras sobre os sacos de cimento, os capacetes alemães reluzentes de chuva e neblina.

Atacaram com fúria, jogando as granadas e ocupando as primeiras casamatas. Os alemães, surpresos e atarantados, saíam com as mãos para cima ou corriam, metendo-se no bosque de árvores ralas e machucadas pelos bombardeios.

O grupo avançou tomado pelo frenesi da vitória, gritando e jogando granadas. Depois, foi uma longa pausa, quando olharam para os lados.

– Cadê os americanos?, perguntou o sargento Nilson.

– Era para estarem aqui antes de nós.

O capitão Uzeda olhou perplexo para todos os lados, até escutar um rumor surdo de tanques avançando.

– Aí vem eles, disse.

Os tanques surgiram em formação de três, com os canhões de 88 mm apontados para os brasileiros, e não eram tanques americanos.

– Alemães!

Começaram a despejar fogo, uma barragem ensurdecedora e mortal. Os brasileiros se jogaram no chão ou se enfiaram nas casamatas.

O capitão Uzeda lançou um olhar de esperança ao redor, mas não havia sinal dos americanos.

– Os malditos nos abandonaram, exclamou com um sentimento de rancor crescendo no peito.

58

No observatório do Posto de Comando, Mascarenhas olha de binóculos a figura de Zenóbio, agitado, gesticulando sem parar. Algo ruim aconteceu...

– O que está havendo?, pergunta a Brayner.

– A informação que temos é de que o capitão Uzeda chegou lá em cima, general.

— Graças a Deus, sabia que podia confiar nesses rapazes!

— Mas não temos como nos defender de um contra-ataque de blindados, se houver.

— Não me irrite, Brayner. Não seja derrotista.

— O Uzeda disse que está sozinho, sem cobertura, general.

— O quê? Como? E a cobertura dos americanos?

— O capitão Uzeda comunicou que não viu nem sinal da 370. Simplesmente não apareceram.

— Eles não nos deram nem um aviso?

— Nada. Nossos rapazes estão lá expostos a um ataque de blindados que já começou. Liberei o capitão Uzeda para dar ordem de retrair, mas eles ainda estão na cota 800, bem vulneráveis. Convém dar a ordem de retrair até nossas linhas, pois não sabemos nada dos americanos.

Mascarenhas deu alguns passos a esmo e parou de repente.

— Avise o Zenóbio. Diga para ele dar a ordem de retrair até nossas filas.

Zenóbio atendeu com os dentes rangendo.

— Entendi, Brayner, já me comuniquei com o Uzeda; eles estão flanqueados lá em cima. Vou mandar retirar antes que sejam cortados pelo meio.

Nilson passou o rádio para Uzeda.

— Positivo, general, vamos retirar enquanto dá.

Uzeda se ergueu um pouco e olhou ao redor. Toda a tropa estava em posição defensiva, granadas e morteiros explodindo ao redor, os tanques alemães avançando sem vacilar e atirando com os canhões 88 mm.

— Retrair!, berrou Uzeda. — Retrair, retrair!

A ordem foi passando ao longo das filas e a grande massa de soldados começou a descer a montanha em acelerado, protegendo-se nas dobras do terreno, atrás de pedras e de troncos de árvores.

— Brayner, a quem interessa isso?, gemeu Zenóbio. — Uma ação inimiga exatamente no flanco abandonado pelos americanos! Que interpretação podemos dar, Brayner? Me diga!

59

Na cozinha aquecida daquela casa de pedra, estavam cinco homens: os generais americanos Mark Clark e Willis Crittenberger, os generais Mascarenhas de Moraes e Cordeiro de Farias, e o major Brayner, mais o major Vernon Walters, oficial de ligação e tradutor.

Mark Clark era um homem de mais de dois metros de altura, sutil e refinado no tratamento com seus colegas. Crittenberger tinha o temperamento germânico; era rude e direto.

– Senhores, disse o general Mark Clark, a tentativa foi satisfatória, chegamos a conquistar posições dos alemães. Mas o contra-ataque foi muito forte. É evidente que não vamos desistir. Vamos fazer uma nova tentativa. Imediatamente.

– Se me permite, general, disse Crittenberger, antes precisamos fazer uma avaliação realista do que aconteceu no ataque.

– Seja breve.

– Na minha opinião os brasileiros não mantiveram as posições conquistadas. E isso criou um efeito em cadeia que resultou no fracasso de toda a operação.

Mascarenhas olhou para o tradutor como se não tivesse entendido. Ele repetiu as palavras. Mascarenhas fez um breve aceno com a cabeça, ergueu os olhos para Crittenberger:

– Discordo do senhor.

– Por quê?

– Pelo que pude observar, o motivo do fracasso da operação foi a falta da cobertura encarregada ao vosso 370.º Regimento de Infantaria, que simplesmente não apareceu no local combinado.

– Pelo que sei, general Mascarenhas, os seus soldados nem sequer procuraram uma forma de se estabelecer com firmeza no local onde chegaram.

– Fomos atacados por tanques, tínhamos o flanco desguarnecido, porque o 370 não apareceu.

– Acho que faltou vontade de fincar o pé e enfrentar os alemães.

– Senhores, senhores, interveio Mark Clark, vamos ter tempo de analisar isso. Tenho ordens lá de cima para não deixar a coisa esfriar, e iniciar imediatamente um novo ataque.

– Imediatamente, general?

Mascarenhas consultou o relógio.

– Meia-noite. O senhor quer dizer agora?

– As ordens são claras. Imediatamente.

– Me desculpe, mas isso não faz sentido.

– Precisamos chegar em Bolonha antes do Natal, faltam exatamente trinta dias. As pressões são enormes. Eisenhower, Churchill, Stalin, até o Montgomery, todos eles, querem ver a Linha Gótica cortada ao meio, e essa é nossa missão. Cortar a Linha Gótica. Vamos tornar a atacar dentro de uma hora.

– General, disse Mascarenhas, compreendo sua posição, mas vamos cair na mesma armadilha.

– Que armadilha, general Mascarenhas?

– Não tivemos cobertura pelos flancos nem cobertura aérea. Com essa neblina os aviões não levantarão voo e eu me questiono se as tropas estarão recompostas para voltar a subir, sem descanso e sem uma preparação melhor para o ataque. Soube que o rancho dos meus homens atrasou e eles entraram em combate sem se alimentar.

Vernon traduziu. Crittenberger começou a esboçar um sorriso. Cordeiro, calado até então, inclinou o corpo na direção de Crittenberger e disse com uma voz controlada, mas onde a fúria assomava em cada sílaba:

– O senhor acredita que uma tropa do tamanho da nossa, mesmo que tenha os melhores soldados do mundo, possa tomar Monte Castelo? Temos uma frente de 18 quilômetros, quando uma frente normal para uma divisão tem de seis a sete quilômetros. E à medida que formos avançando vamos ser bloqueados sem nenhum trabalho, como já foi comprovado, pois eles terão sempre a vantagem de estarem no alto, nos esperando. Essa, general Crittenberger, é a verdade da missão que está nos dando. É impossível, nessas condições, tomar esse monte.

Mark Clark elevou a voz.

– Também compreendo sua posição, general Cordeiro, e pode ter certeza a respeito, mas a decisão não é nossa. Temos ordens a cumprir. Vamos preparar o ataque.

60

Mascarenhas, Zenóbio, Cordeiro de Farias e o major Brayner falaram durante muito tempo em voz baixa ao redor da mesa de madeira, olhando o mapa amassado diante deles.

– Tudo que podemos fazer, disse Mascarenhas, é cobrir nosso flanco esquerdo com gente nossa, para não termos outra surpresa dessas.

– Vamos mandar para o setor uma Companhia do 6.º, ela nos dará a cobertura que os americanos não deram.

– As tropas estão exaustas, disse Brayner. – Um novo fracasso vai ser nocivo para o moral.

– Não temos mais tempo para divagações, major. Vamos com o que temos, vamos incentivar os homens, dar aos capitães ordens precisas, mas vamos subir essa montanha e cumprir a missão.

E assim, às 2h30 da madrugada fria e escura, os pracinhas receberam ordem de tomar posição para novo ataque.

Lentamente foram se posicionando atrás dos tanques americanos, foram se deslocando ao longo da estrada esburacada pelas bombas, buscando proteção nas casas de paredes destruídas das fazendolas do caminho.

Às três da madrugada foi chegando reposição de balas e granadas. Às cinco, o rancho foi distribuído: café preto, bolachas e duas barras de chocolate. Os homens sentiram uma ponta de conforto.

Às sete horas da manhã, uma cerração escura ainda cobria tudo. Às oito da manhã foi emitida ordem de avançar contra o inimigo. Os tanques começaram a se mover.

Pedrinho abriu os olhos quando levou um empurrão do gago Atílio. Quevedo acendeu um cigarro:
– Pode ser meu último.

Todos olharam para ele com censura, mas o Alemão apanhou um cigarro e acendeu-o.

Deu uma risadinha, soprou a fumaça para o alto.

A tropa brasileira, pela segunda vez, começou a caminhada tensa e dura para o cimo do Monte Castelo.

61

Os vultos foram chegando no escuro, abaixados, bem devagarinho, em silêncio. Pedrinho olhou para eles com espanto.
– Quem são vocês?
– Somos o Onze de São João del Rey. Nosso batalhão veio substituir o Sampaio.
– O Sampaio somos nós.
– Então, aqui estamos.
– Ora, ora, já era tempo, parceiro.
– Onde estão os alemães?

Pedrinho examinou o rosto do pracinha que fez a pergunta. Era quase um menino, e parecia com medo.
– Onde estão? Bem pertinho.
– Bem pertinho? Onde?
– Logo ali. Duzentos metros no máximo.

O pracinha se abaixou instintivamente.
– Duzentos metros? Estamos ao alcance das balas.

Quevedo deu um risinho maldoso.
– Mas dadonde vocês vieram, pelo amor de Deus. Estão ao alcance é das baionetas deles.

Quevedo passou o dedo indicador no pescoço e deu um assobio que arrepiou o pracinha.

— Alemão gosta de degolar, nisso ele é meio parecido com castelhano.

O pracinha olhou com desconfiança para Quevedo, e o gago Atílio e o Alemão.

— Acabamos de chegar, disse o pracinha. — Somos do segundo escalão.

Pedrinho examinou o soldado e seu olhar de desamparo, sua absoluta fragilidade no meio da lama, da chuva e do escuro, e de desconhecidos sarcásticos, e pensou com um misto de orgulho e susto: somos veteranos. Estamos nesta guerra maldita há setenta dias e somos veteranos.

Um oficial que não conheciam apareceu ao lado deles. Todos fizeram continência.

— Onde está o capitão Uzeda?
— Aqui.

Uzeda rastejou para o lado do recém-chegado. Fizeram continência. O oficial se apresentou.

— Capitão Almeida, do Onze de São João. Viemos substituir vocês.

— Já entendi.
— Mas há uma coisa que eu não entendi, capitão.
— O que é?
— Vou ser franco. Esta é nossa primeira missão, saímos do navio há menos de um mês, sem preparo, sem instrução e já nos jogam no fogo.

— Com a gente foi assim também. As coisas aqui são assim, Almeida, é melhor ir se acostumando.

Nesse instante uma luz intensa se abateu sobre eles e se enxergaram bem próximos, e o que viram foi rostos pálidos e barbudos, olheiras de sono, vincos de cansaço nos rostos jovens e tensos.

A claridade vinha de uma *very-light*, uma granada de iluminação jogada pelos alemães.

E eles não perderam tempo. Iniciaram o fogo, uma barragem de morteiros, granadas de mão e bazucas, acompanhadas pelo som alucinado das metralhadoras. Os soldados recém-chegados pareciam à beira do pânico, tapando a cabeça com as mãos, se abaixando o mais que podiam na lama fofa.

O mais jovem tirou o capacete e enfiou o rosto dentro dele. A intensidade dos bombardeios e o modo como estavam sendo operados denunciava que os alemães estavam na iminência de um ataque.

– Não faz sentido, disse Almeida. – Eles não têm por que nos atacar, estão no alto, em posição melhor.

– Eles viram vocês chegando, disse Uzeda, e acharam que vamos atacar. Estão só dando um recado, tentando desorganizar o ataque antes da partida. Eles não são loucos. Venha comigo, capitão, vou lhe mostrar nossas linhas.

A escuridão tinha voltado e os dois oficiais sumiram dentro dela. O sargento Nilson se aproximou.

– Vamos começar a descer, bem quietos e sem pressa.

Pedrinho olhou para o praça, que tinha os olhos arregalados de pavor.

– Como é teu nome?
– Paraguassu.
– O meu é Pedro. Olha aqui, Paraguassu, só uma coisa: não tira nunca o capacete. Você vai precisar dele mais do que pensa.

E então viram uma multidão em tropel descendo o morro na escuridão, tropeçando, caindo, levantando e tornando a correr. O impulso deles foi começar a correr, mas Nilson sentiu uma antiga voz vibrar dentro dele: não ceda ao pânico!

Reconheceu o major Jacy transtornado, agarrando e derrubando os fujões a seu alcance, e viu-o sacar a pistola e a erguer bem alto.

– Parem, parem! Voltem, voltem! Vocês são soldados!

Deu dois tiros para cima, Nilson se colocou ao lado dele.

– Sargento, temos de segurá-los, sargento, isto não pode se propagar!

Deram mais tiro para o ar, agarravam os soldados e os atiravam ao chão.

– Parem, parem!

62

Uma semana depois, Uzeda encontrou o capitão Almeida no rancho dos oficiais, de madrugada. Havia quase uma centena de oficiais e o burburinho de uma conversa sonolenta.

Uzeda estendeu uma xícara de café para Almeida.

– Como vão as coisas?

O capitão Almeida deu um sorriso amargo.

– Há boatos de corte marcial.

– Já ouvi.

– E o que estamos fazendo aqui a esta hora?

– Já vamos saber, mas parece que é outro ataque.

– Meu Deus, gemeu Almeida.

E enrubesceu.

Perceberam um movimento na multidão de oficiais dando passagem. Mascarenhas, Zenóbio e Cordeiro de Farias entraram na barraca acompanhados pelo Estado-Maior inteiro. Todos tinham os rostos graves.

Vai ser uma reunião tensa, pensou Uzeda.

– À vontade, senhores, disse Brayner, vamos dar início ao nosso trabalho. Estamos aqui para planejar e discutir novo ataque ao Monte Castelo.

Ninguém se entreolhou nem comentou nada. Uzeda e Almeida olharam pela abertura em direção da montanha desgraçada, enorme e escura, onde estalavam relâmpagos.

63

Antes de começar a reunião com o Estado-Maior, o general Mascarenhas de Moraes se recolheu por instantes à cozinha da casa mais próxima, que estava abandonada, como todas as outras do vilarejo na subida da montanha. Ali era onde costumava se reunir e discutir os planejamentos das ações.

No momento, tudo o que queria era estar alguns momentos a sós. Ainda repercutiam em seus ouvidos as palavras ásperas de Crittenberger, meia hora atrás, traduzidas pelo oficial de ligação, o major Vernon Walters:

— Esta é nossa última chance antes do inverno de cruzarmos os Apeninos, disse Crittenberger. — A sua divisão terá mais uma oportunidade para redimir-se dos insucessos dos dias 24 e 25, general Moraes.

O diálogo entre os dois foi numa sala aquecida com lareira, no Hotel Continental em Porretta Terme, quartel-general da FEB.

— Redimir-se? O senhor me desculpe, mas nesses termos não posso aceitar a crítica.

— Como não pode?

— O insucesso não foi só da minha divisão, como o senhor diz, general Crittenberger.

— Não?

— Não. Foi do conjunto da operação. Ela não funcionou como um todo.

— Como não funcionou? Pode me explicar isso?

— O apoio da Divisão Blindada, a *sua* Divisão Blindada, general, não aconteceu. E a aviação, onde andava? Ficamos isolados, general, e diante de um inimigo fortificado.

— Pois desta vez o planejamento é seu. Poderá usar sua artilharia e sua aviação como achar melhor.

— General, nós não somos uma tropa de montanha. Ainda estamos esperando uniformes compatíveis para operar naquele terreno. Também não recebemos todas as armas prometidas. Precisamos de mais tempo para preparação.

— General, a ordem foi dada. Dentro de cinco horas vamos atacar mais uma vez.

E Mascarenhas lembra com mal-estar o americano se dirigindo para a porta, parando e olhando-o com dureza:

— Nas próximas dez horas queremos cruzar a Linha Gótica e iniciar a marcha para Berlim.

Fez uma pausa.

— Com os brasileiros ou sem os brasileiros.

Saiu, fechou a porta e assim estavam as coisas, Mascarenhas diante de uma janela que dava para a escuridão da madrugada, uma caneca de café frio na mão.

Sentiu a presença nas suas costas, mas não se virou. Sabia que era Brayner.

— Estamos esperando pelo senhor, general.

— Já vou, Brayner, já vou.

Despejou o café na pia.

— É uma pena que esfriou. Temos que ser econômicos.

— Sim, senhor.

— Eu o vejo taciturno, major.

— O estado das coisas me preocupa, general.

— Tudo nesta guerra me preocupa, Brayner. Fale.

Brayner fica calado, olhando pela janela para a noite escura, como ele fizera havia pouco.

— Você está sofrendo por mim, Brayner. Isso me deixa lisonjeado.

Aproxima-se dele e busca seu olhar.

— Mas você acha que eu estou sendo covarde.

— Não, mestre, nunca.

— Ou estão acha que eles me humilham e eu não reajo. Eu não reclamo o suficiente das condições que eles nos impõem. Brayner, raciocine comigo: para quem eu vou me queixar? Para Deus? Estamos na guerra, Brayner, e não escolhemos o jeito que esta guerra é. Podia ser uma guerra simples, como as nossas lá em casa, mas não é. Nossos chefes são de outros países e sabemos que eles nos menosprezam. Eu posso alegar, está no meu direito como soldado profissional, que não aceito essas condições para entrar em ação. Minhas razões seriam bem aceitas, preciso defender os meus homens. E desconfio que é isso que esperam de mim, daquele general velho e baixinho com cara de tonto.

Brayner apanhou um cigarro, pediu licença com um gesto, colocou-o nos lábios.

– Agora me diga, Brayner: você quer que eu faça isso?

Brayner ficou com o isqueiro aceso bem próximo do cigarro.

– Você acha que eu devo recusar a missão porque não temos a plenitude dos meios, major Brayner?

– Não, senhor.

– Você conhece alguém que queira que eu aborte o ataque, Brayner?

– Não, senhor.

– Os praças, Brayner. O que você acha que eles pensam? Você acha que eles vão gostar de ir para a retaguarda e ficar ouvindo para o resto de suas vidas que não lutaram porque não tinham boas condições para isso? Não. Não vamos nos subestimar, Brayner. Não vamos acreditar no que a Quinta-Coluna diz de nós. Nós sabemos quem somos. Sabemos muito bem de onde viemos. Vamos fazer mais sacrifícios, meu amigo... vamos fazer muito mais sacrifícios, mas vamos tomar esse morro. Agora, para a reunião.

64

O Posto de Comando fora improvisado num galpão, que também funcionava como estrebaria no inverno. A um canto vários burros dormitavam junto a três vacas, aquecendo-se mutuamente.

Havia uma mesa improvisada com pranchões de madeira e um posto de rádio, com os operadores a postos. Aquele galpão fora escolhido porque dali, com a grande porta aberta, podia-se, quando o sol iluminasse a região, ver perfeitamente o objetivo.

Cercado de nuvens e de raios e trovões que continuavam a estalar, o Monte Castelo parecia um grande monstro imperturbável, ignorando o inimigo e suas preocupações.

– Senhores, mais uma vez recebemos a missão de tomar o Monte Castelo. Desta vez o comando do V Exército confiou em nós e nos deu plena autonomia para planejarmos a investida. Se vencermos, acho que poderemos passar o Natal em casa. O próprio general Mark Clark virá ao clarear do dia para nos dar as ordens finais de batalha.

– Que venha, disse rispidamente Cordeiro de Farias. – Ele sabe muito bem que não tomaremos Monte Castelo.

Os olhares se cravaram no pálido rosto de Cordeiro.

– Por que o senhor diz isso, general Cordeiro?, perguntou Mascarenhas com imensa cautela.

– Porque acabamos de receber a notícia, comandante, de que os americanos foram desalojados do Monte Belvedere.

– O quê? Quem deu a notícia? Quando foi isso?

– A notícia acaba de chegar, comandante. Foi do próprio comando aliado que veio a informação. Mas eles mantiveram a ordem, e foram bem claros: vamos atacar quando clarear o dia.

– Perderam Belvedere?

– Positivo, senhor.

Os homens ao redor da mesa ficaram calados, olhando para o comandante.

– Bem, disse Mascarenhas, pausadamente, sem a cobertura do Belvedere, o Castelo é inexpugnável.

– Isso todos sabemos.

– Mesmo assim eles mantiveram a ordem?

– Sim, senhor.

Mascarenhas mergulhou num silêncio profundo e saiu dele com a voz ligeiramente alterada.

– Vamos pensar como proceder para um ataque frontal funcionar sem a proteção do flanco esquerdo.

– Não tem como funcionar. É suicídio, disse Cordeiro de Farias.

Zenóbio deu um tapa na mesa.

– O comando desta operação é meu, e eu penso que, se tivermos um bom apoio de artilharia, um apoio maciço e contínuo da sua artilharia, general Cordeiro, para nos dar cobertura, e se tivermos um ataque aéreo simultâneo nas posições deles, a infantaria sobe, ah, eu juro pelo meu saco roxo que sobe.

Zenóbio resplandecia de fervor.

— Senhores, eu li num livro, não faça essa cara, major Brayner, li num livro, sim, um romance, *Beau Geste*, onde um personagem diz: existem muitos soldados e poucas batalhas. Senhores, nós temos a nossa batalha, isso é um acontecimento sublime. Nós somos privilegiados.

Tomou fôlego, olhou para os rostos espantados e abrandou a voz:

— Eu estudei este mapa tanto que já sei ele de cor. Vejam: tomando os vilarejos de Abetaia e Fálfare, que ficam bem próximos do topo do Monte Castelo, pelo lado esquerdo, aqui, ó, poderemos suprir a falta de cobertura que esperávamos do Belvedere. Essa missão cabe à Terceira Companhia do Onze de São João del Rey, a Companhia do capitão... do capitão...

— Capitão Hézio, disse Brayner.

— Isso. Me falaram bem desse rapaz.

— O capitão Hézio é um oficial correto. Ele não vai falhar.

— Espero que não, desta vez. O Onze já nos criou um constrangimento internacional.

— Desculpe, Zenóbio, mas não vamos discutir o Onze nesses termos, disse Mascarenhas. — O melhor para todos é entendermos com clareza esse quebra-cabeça, porque agora sim estão todos de olho em nós, aliados e inimigos.

— É um quebra-cabeça simples, comandante. Vamos mandar o Primeiro Regimento de Infantaria tomar a iniciativa do ataque, num escalão avançado. O Primeiro Regimento vai estar desfalcado do seu Primeiro Batalhão e da Companhia de Obuses, que ainda não se recompuseram inteiramente dos danos. Na reserva, o Terceiro do 11.º Regimento de Infantaria. E na cobertura de flanco teremos a volta à ação do Onze de São João del Rey, menos a Companhia do capitão Hézio, que vai executar a missão especial, especialíssima, de limpar a região de Abetaia e Fálfare.

Zenóbio soprou a fumaça para o ar e esperou. Ninguém parecia convencido. Zenóbio percorreu os olhares.

— Naturalmente conto com a aviação, a *nossa* aviação, para bombardear o topo do morro enquanto subimos.

– Não há garantias de aviação, Zenóbio.

– Isso eu sei, mas se o comando do V não abortar a missão, não importa se temos ou não aviação, ou munição ou seja lá o que for. Teremos que subir na marra e da melhor maneira que a gente puder. Não pensem que eu não sei onde estão nos metendo. Vamos tentar algo improvável, que é pegar os alemães de surpresa; para isso vamos determinar que não haverá preparação de artilharia, ouviu, general Cordeiro? Deixe quietos seus canhões, nem sequer sinal para marcar o início da operação. Às seis horas da manhã, cada pelotão, cada batalhão começa a subida, em silêncio, sem demorar um minuto, sem esperar ordens. E isso é tudo.

– Muito bem, senhores, para seus postos, disse Mascarenhas, e que Deus nos ajude.

65

O Capitão Hézio percebeu que o capitão Almeida estava tenso. Como está o ânimo, Almeida?

– Forte.

– Muito bem, vamos tomar um café antes da subida. Depois, só se for cortesia do inimigo.

– Vou lhe contar o que aconteceu lá.

– Não precisa.

– Acho que vai haver uma corte marcial, Hézio; eu estava lá e quero contar o que sei antes de ouvir alguma versão tendenciosa. Aliás, versões tendenciosas não vão faltar para o resto dos tempos.

Hézio fez um gesto de deixa pra lá, mas Almeida endureceu a voz.

– Em primeiro lugar não era nem para a gente estar naquele lugar, mas fazendo exercícios, se preparando. Uma loucura mandar um batalhão cru, sem a menor experiência, subir uma montanha na noite escura, num terreno minado e escorregadio para substituir outro batalhão esgotado e desmobilizado como vocês estavam. Quando vocês foram embora, passei o resto da noite e todo o dia percorrendo as linhas e encorajando os homens, mas ao anoitecer aconteceu um alarma falso no flanco esquerdo, o capitão da Primeira Companhia entrou em pânico e desceu correndo, com a tropa atrás dele, mas foram interceptados pelo major Jacy e por mim, e demos ordem de voltar para as posições, mas o capitão da Primeira estava tendo um colapso nervoso, e se rebelou, não quis obedecer às ordens. Voltar?, ele berrou, o major está alucinado, não sabe o que faz, e o major Jacy tirou o revólver do coldre e disse: vai voltar sim, capitão, imediatamente, vamos todos voltar quantas vezes for preciso, e o major Jacy, o doce, o suave major Jacy ergueu a arma e apontou para o meio da testa do capitão, que se ajoelhou e começou a chorar. Até eu fiquei com pena dele. Depois foi diagnosticado estado ansioso, sentimento de inferioridade, vários oficiais se aproximaram para apoiar, os praças foram parando e se reorganizando, mais oficiais acudiram e fomos levando os homens de volta para as posições. E isso foi tudo, mas foi um inferno. Pregaram no nosso batalhão a pecha de covarde. Viramos chacota, Hézio, estão nos chamando de Laurindo.

– Laurindo?
– Conhece o samba? Laurindo desce o morro. Quando passa um dos nossos, alguém cantarola Laurindo desce o morro. É um inferno. Já deu briga por causa disso e vai acabar dando em morte.

66

Há dois dias o capitão Hézio tinha conhecimento da missão, embora de maneira não oficial.

Fora notificado para começar a se preparar interiormente (espiritualmente, disse o Zenóbio, comentou o major Jacy com um risinho) e procurar conhecer os caminhos da região de Abetaia, vilarejo com quinze ou vinte casas, todas esburacadas pelos bombardeios.

Na verdade, todos achavam que o ataque seria abortado. Continuava chovendo sem parar, os caminhos pareciam riachos despencando lá das alturas, e era quase impossível ficar em pé, tão escorregadia estava a lama.

O major Jacy procurava esconder o nervosismo da melhor maneira que podia, servindo cafezinho para seus oficiais e contando novidades que tinha recebido do Rio de Janeiro.

– O campeonato carioca seria decidido neste domingo, Flamengo x Vasco.

– Vou fazer a cobertura do flanco esquerdo, disse Hézio.

– Do flanco esquerdo? Aquilo lá é um inferno. Hézio, abre o olho. Como está o moral da turma?

O capitão Hézio deu um sorriso triste.

– Agora é que vamos saber. Depois da tropelia do dia 2, ficamos acantonados em Granaglione. Foram bons dias por lá. Fomos bem recebidos pela população, vi soldados comendo nas cozinhas dos moradores, sendo tratados como *liberatori*. A autoestima melhorou um bocado, mas, agora, na hora da onça beber água, é que vamos ver mesmo como é que eles estão. Tenho o coração na mão, Uzeda.

– Não é para menos, todos estamos assim. Vai ser fogo.

Uzeda bebeu seu café, deu um tapinha nas costas de Hézio e saiu para a chuva fina e a escuridão.

– Um italiano me disse que se a chuva parar pode começar a nevar, disse o major Jacy.

– Nunca vi neve na minha vida, disse Hézio.

Jacy consultou o relógio.

– Está chegando a hora, senhores, vamos para nossas posições, os caminhões já estão carregados com as tropas, vamos partir.

Apertaram-se as mãos.

Hézio ainda deu uma olhada para o interior da barraca, onde havia calor de corpos e dos fogões com café e sanduíches. Para sair dali era importante não pensar no que os esperava. Um novo desastre? Ou a reabilitação, que era o desejo de todos, dos oficiais mais graduados ao pracinha mais jovem. A humilhação do dia 2 atingira a todos, e agora, dez dias depois, era dada a segunda oportunidade.

Subiram nos caminhões, vozes davam ordens ríspidas, alguém deu uma gargalhada ali perto, um tanto desproporcional, alguém tossiu e o comboio começou a se mover na madrugada escura.

— Para onde vamos, sargento?, perguntou Pedrinho para Nilson.

— Para a base da partida, vamos nos integrar ao Onze, são cinco horas, às seis em ponto começamos o ataque.

— O Onze agora é o Laurindo, disse o Alemão.

— Esqueçam essas palhaçadas, não riam do que não conhecem.

— Mas, sargento...

— Cala a boca e pensa no que tu vai fazer quando chegar lá em cima.

Os caminhões pararam, os pracinhas começaram a saltar para fora, a formar uma fila comprida na beira da trilha, a chuva caía sem parar, fina e gelada, nas suas costas e nos capacetes, e eles começaram a subida, afundando as galochas na lama macia, escorregando, praguejando, olhando para cima, e tudo o que viam lá em cima era a escuridão, a escuridão densa e doentia, de vez em quando estilhaçada por raios silenciosos.

Apertavam os fuzis com os dedos gelados, respiravam fundo fazendo sair fumaça das narinas, procuravam se equilibrar para não levar tombo e, passo após passo, pela terceira vez, os pracinhas foram subindo a montanha.

67

O General Von Gablenz contempla suas mãos brancas e longas e sussurra.

— Há muitos negros?

— Boa parte deles são negros, general, mas nem todos, respondeu o coronel Pfeffer. — A maioria são mestiços.

O general Von Gablenz suspira.

– Agora, em plena Europa, lutamos contra mestiços... que guerra! Chegou o relatório?

– Neste momento, general.

– Algo interessante?

– O ataque foi entregue aos brasileiros. Como previmos.

– O Mark Clark é um comandante previsível. É lógico que entregariam o comando aos brasileiros, agora que não têm mais o Belvedere.

– Temos também o dossiê dos brasileiros.

– Alguma novidade?

– Não, senhor. Tudo que está aqui já sabemos. Diz que o Moraes tem o desprezo dos americanos, e, ao que parece, também dos brasileiros. Acreditamos que os americanos esperavam um tipo de caudilho de bigodão, espalhafatoso. Diz que o Moraes é tímido, pequeno, sem carisma. O Crittenberger riu dele. Chamou-o de velho, mas o Vernon, diplomaticamente, não traduziu.

– Esse folclore não me interessa, Pfeffer. E sobre os outros?

– Aqui diz que o Zenóbio é voluntarioso, vaidoso e ambicioso.

– Parece a descrição de um dos nossos.

Os doze oficiais em torno à mesa riram polidamente. Cada um dos doze oficiais tinha um medo particular e profundo do general Von Gablenz.

– O perfil do general Cordeiro é mais complexo, general. Organizou, preparou e comandou o apoio de fogo brasileiro. Ele é do tipo cerebral, gosta de intrigas, foi diversas vezes conspirador. Tem vocação de político. Foi inclusive governador nomeado de uma província do sul.

– Estado, Pfeffer, no Brasil chamam de Estados. O Rio Grande do Sul. Tenho parentes lá.

– Tanto Zenóbio como Cordeiro são soldados experimentados em guerras, pelo menos em guerras civis, dessas que abundam por lá.

– Nossa Inteligência presume que o ponto principal do ataque será no flanco de Abetaia, Zolfo e Fálfare. Se eles se estabelecerem nesses lugares, poderão tentar uma manobra mais contundente contra nós, comandante.

— Eles não vão se estabelecer por lá, coronel Pfeffer, porque não vamos permitir.

— Sim, senhor.

— Agora vou descansar um pouco. Me chamem se houver novidades. E vamos fortalecer a artilharia contra Abetaia. Não podemos perder o controle de Abetaia.

68

— Já ouviram falar de Abetaia?, perguntou o capitão Hézio, abaixado contra o barranco, trêmulo de frio, observando com certa surpresa, mas sem comentar, que a chuva tinha parado.

O tenente Roberto e o sargento Amílcar negaram com a cabeça.

— Abetaia agora é um aglomerado de casas miseráveis. Um dia foram lares confortáveis e aquecidos, mas agora quase todas as casas foram destroçadas pelas bombas, e para a gente chegar lá vai ter que passar por uma espécie de vale, uma depressão funda no terreno, e esse é nosso calcanhar de Aquiles.

— Nosso o quê?, estranhou o sargento.

— Nosso ponto fraco. Aquiles era um deus grego cujo ponto vulnerável era o calcanhar.

— Conheço essa história, tenente, não sou tão burro assim, o senhor me desculpe, mas o que eu estranhei é porque esse lugar tem que ser nosso calcanhar de Aquiles se a gente pode muito bem dar uma volta maior e evitar esse corredor.

— Não temos como evitar esse corredor, sargento.

— Não?

— As ordens são claras. Ou tomamos Abetaia ou o flanco esquerdo fica desguarnecido, e aí toda operação vai por água abaixo.

— Não podiam inventar uma tática mais flexível, capitão? O bombardeio já tá forte e nós ainda nem começamos a subida de verdade.

— Quando a gente voltar, você tem minha permissão para ir questionar o Estado-Maior sobre a flexibilidade de suas táticas, sargento, mas por enquanto vamos seguir a hierarquia sem discussão e subir por essa trilha o mais rápido que a gente puder, porque o bombardeio vai ser fogo. Entendido?

— Entendido, capitão. Tô sentindo o bombardeio. É fogo mesmo.

— Então mande a tropa se mover, sargento.

E o capitão Hézio deu o exemplo e galgou o barranco escorregadio, olhando o relógio, 6h30min.

— Onde andará o pessoal da Primeira?

69

O pessoal da Primeira Companhia rastejava na lama a 800 metros dali, totalmente silenciosos, e o capitão Bueno, que detinha o comando, pensava que precisava afastar esse pressentimento sombrio que persistia em se agarrar em alguma parte de sua coragem.

Pressentimentos sombrios são o mais comum e o pior inimigo do soldado antes de uma batalha, e o capitão Bueno sabia disso e estava no comando e não podia sucumbir numa armadilha tão banal dessas, principalmente depois do fiasco da debandada do Onze.

O fiasco da debandada do Onze ia ficar grudado nas suas vidas para sempre. Isso era totalmente injusto e soava como aquelas frases idiotas com que os cadetes eram bombardeados na academia, mas era a pura verdade. Era injusto, mas a honra do regimento só seria lavada com sangue. Outra frase idiota, outra pura verdade.

Eles debandaram não foi só por medo. O medo e a coragem são separados por uma linha fininha que quase não se vê. Atacar ou fugir é quase a mesma coisa, só muda o ânimo. Naquela noite o ânimo era uma boa bosta. Estavam mal preparados. Psicologicamente mal preparados. Além de que estavam mal preparados *de fato*. Pronto. Começou a se justificar. E ele nem estivera lá na debandada. Não pode começar a se justificar.

— Capitão.

Estremeceu. Ao lado dele, o praça Quevedo. Esse praça tinha sido manejado para sua companhia com centenas de outros do Sampaio para ajudar a dar estabilidade moral para a Primeira. Outra humilhação.

— Sim?
— Estamos indo direto para o corredor.
— Que corredor, praça?
— Bueno, o pessoal chama de corredor da morte.

O capitão Bueno tornou a estremecer, de súbita raiva contra esse rapaz desconhecido, que o encarava com um olhar dissimulado, entre o deboche e a seriedade.

— Que palhaçada é essa?
— É como chamam o lugar, capitão.
— Qual é teu nome, praça?
— Quevedo, capitão.
— Olha aqui, Quevedo, escuta bem: se tu abrir a boca outra vez pra fazer comentários idiotas como esse, eu vou dar um tiro bem no meio da tua testa, ouviu? Sem avisar. E se por acaso tu ficar vivo, eu te mando a conselho de guerra por covardia, ouviu?
— Sim, senhor, capitão, ouvi, mas por covardia vai ser difícil me condenar, porque eu sou de Uruguaiana.

Uma mão poderosa agarrou o soldado Quevedo pelo pescoço e quase o ergueu no ar. O sargento Nilson aproximou seus olhos fuzilando do rosto do praça Quevedo.

— Olha aqui, estupor, cala a boca e sobe quieto ou eu juro pela minha mãe como vou te ferrar.

No Posto de Comando, o general Mascarenhas de Moraes procurou o foco certo do binóculo e viu vultos se arrastando no meio da neblina que crescia.

— Estão subindo, Brayner, estão subindo.
— Estou vendo, general.

— A cerração aumenta cada vez mais.
— Não vamos ter apoio da aviação.

70

A chuva gelada tinha parado, e no lugar dela ocupara as montanhas uma cerração cinzenta, que dissolvia tudo. No visor do binóculo do general Mascarenhas os homens subindo a montanha eram apenas vultos escuros.

Às vezes a cerração abria uma brecha e lá estavam eles, subindo, lentamente, penosamente, coração na boca, cheios de *paura*.

Lá vão eles, o general os vê, encharcados, transidos, respirando mal, dois mil moços brasileiros, o sargento Nilson, o capitão Bueno, o Alemão João, o gago Atílio, Francisco, Miguelim, Antônio, Ivo, Saulo, Tavares, Lucas, Pedrinho, Tiago, o negro Bandeira, vão abaixados porque obuses explodem ao redor, o negro Bandeira se levanta de repente e berra:

— É mais pra cá, alemão batata!

O general não ouve o grito nem as risadas que ele desperta em meio às explosões, mas já conhecia a piada e sempre se surpreendia com a capacidade de sua gente ironizar inimigo e desgraça e a própria morte.

Mas seu chefe de Estado Maior tinha pouco senso de humor e murmura com gravidade:

— As ordens de batalha não foram cumpridas à risca, general.

— Não?

— A artilharia americana se precipitou na abertura de fogo. Começou a atirar às 6h em ponto, quando o combinado era meia hora mais tarde.

— O que aconteceu?

— O Terceiro Batalhão começou a avançar assim que ouviu a artilharia americana.

— E?
— E agora está isolado lá no alto.
— Meu Deus. E o Segundo?
— O Segundo Batalhão foi atrapalhado por uma série de contraordens. Primeiro diziam que Belvedere era nosso, depois que era dos alemães, e assim atrasou a partida, mas agora está avançando dentro das possibilidades, porque o fogo alemão se concentrou nele, já que o Terceiro está praticamente cercado.
— Começamos mal, Brayner, muito mal.
Zenóbio aproximou-se, lívido.
— Meus homens estão expostos lá em cima, e onde está nossa artilharia?
Com o telefone colado ao ouvido, o general Cordeiro o olhou calmamente:
— Estou fazendo o possível, Zenóbio, mas não temos visibilidade.
— O quê? O que você está me dizendo?
— Que não temos visibilidade. Que não posso mandar a artilharia atirar às cegas. Vou massacrar nossos próprios soldados. Você não está vendo a cerração fechando tudo?
— Eu preciso de cobertura lá em cima; o Terceiro está caindo numa ratoeira.
— E o Segundo está impedido de avançar porque o fogo do Belvedere está todo concentrado nele, disse Brayner. — Nossos dois batalhões estão em apuros, general. O pior em que já estivemos até agora.

71

Uma da tarde em ponto quando a cerração começou a se desfazer, e um grupo de pracinhas se amontoou em um canto e buscou avidamente as rações nas mochilas.

— É bom comer com essa música, disse Quevedo para Pedrinho, abre o apetite.

O capitão Bueno rastejava no barro e pensou *meu Deus, estou chegando ao tal corredor da morte*.

Ali estavam as casamatas dos alemães. A menos de quinze metros.

Pereira, seu ordenança, tirou uma granada da mochila e apontou a casamata para o capitão Bueno. Piscou o olho para o capitão. O ordenança Pereira idolatrava o capitão Bueno. Se tinha um oficial que merecesse respeito era o capitão Bueno. Estendeu a granada para o capitão Bueno.

Uma hora da tarde em ponto. O capitão Bueno apanhou a granada, olhou para o céu, viu uma nesga azul.

— Vai nevar, sussurrou alguém. — O Paolo me disse que hoje com certeza vai nevar.

O Paolo era um italiano de dois metros de altura, chefe dos guerrilheiros de Gaggio Montano. Ele sabia o que dizia.

O capitão Bueno jogou a granada na casamata e ergueu ligeiramente o corpo, e viu a explosão e o alemão se dobrando sobre a metralhadora que soltou sua carga bem na direção do capitão Bueno.

À uma hora da tarde a bala rasgou a coxa de Pedrinho, quando ele dizia para Quevedo que na terra dele caçavam baleias no mês de julho, quando era pleno inverno. O praça Pedrinho tinha dito que lá em Imbituba caçavam baleias com arpões, enormes e negros arpões bem afiados, que entravam na carne das baleias e tingiam o mar de vermelho. Ele contava isso com um certo desespero, como se fosse culpado e como se a dor das baleias o acompanhasse ali, naquele lugar cheio de explosões e gritos inumanos. Todos os invernos as baleias chegavam e os homens as esperavam em seus barcos compridos, afiando os arpões e olhando o mar com ansiedade de caçador.

Pedrinho se contorceu de dor e não gritou, mas fez sinal para o Alemão pedindo um torniquete, no momento em que a bala se aproximava do peito do capitão Bueno e este pensava que tinha tudo para finalmente nevar.

À uma da tarde a bala da metralhadora fincada na casamata perfurou o pulmão do capitão Bueno e ele sentiu a dor como se tivesse sido fisgado por um arpão de caçar baleias. Todo seu corpo estremeceu e o capitão Bueno sentiu um pingo gelado no nariz; era o primeiro floco de neve daquele inverno que começava. Sua mulher costumava dizer: *a neve é tão bonita, se Deus quiser um dia eu vou conhecer a neve.*

À uma da tarde o ordenança estendeu uma xícara de café para o general Mascarenhas, quando o telefone tocou e Brayner atendeu.

— Bem, se não houver o apoio da aviação, e isso está sendo confirmado, estamos definitivamente ferrados.

Brayner disse as palavras entre dentes, com uma mal disfarçada ferocidade, que surpreendeu Mascarenhas. O general comandante já estava por dizer para seu chefe do Estado Maior: contenha seu pessimismo, Brayner, quando viu o grupo entrando galpão adentro (Posto de Observação adentro, corrigiu mentalmente), e na frente do grupo, com ares de dono da casa, vinha o general Crittenberger e, ao lado dele, quem diria, o Ministro da Aeronáutica, um dos homens de confiança de Getúlio, o doutor Salgado Filho em pessoa.

Era uma grande comitiva e apresentava certa pompa de pintura renascentista, com as capas encharcadas brilhantes da água da chuva e da neblina, e não tinham pudor de esconder o ar curioso, quase festivo: havia nos olhares deslumbramento com a proximidade do combate, e todos procuravam afetar familiaridade com as explosões assustadoras e os estremecimentos das paredes, a fuligem que caía do teto e os rostos pálidos e cansados dos oficiais que estavam ali desde as duas horas da manhã.

72

O comandante do Terceiro Batalhão consulta o relógio de pulso: 1h30min, e nada da cobertura da artilharia. Arranca o telefone do sargento das comunicações e brada enfurecido:

— General Zenóbio, e a cobertura da artilharia? Isto aqui vai ficar insustentável.

— Aguenta um pouco mais, major.

— Estamos flanqueados e no meio do fogo!

— Os americanos acabam de nos informar que tomaram Mazzancana.

— Mentira deles!

— Já, já vamos nos colocar lá para proteger seu flanco.

— Mazzancana, general? Mas é de lá de Mazzancana que estou recebendo bala sem parar. Os americanos não tomaram Mazzancana coisa nenhuma.

— Vou checar isso, major. Enquanto isso, sustente a posição e procure avançar o mais que puder na direção de Mazzancana.

— Sim, senhor.

E o major Franklin, comandante do Terceiro Batalhão, olhou para Mazzancana com ódio. Mazzancana: aquelas altas casas de pedra, duras como fortalezas, de onde descia sobre seu batalhão uma torrente de fogo e de projéteis explosivos.

— Alô, major Franklin, é o Zenóbio. Os americanos me confirmaram, tomaram Mazzancana, sim.

— Positivo, general.

— Leve seu batalhão para lá.

— Sim, senhor, general.

O major Franklin olha para o capitão Otávio. Dois olhares perplexos se encontram.

— O Zenóbio diz que os americanos tomaram Mazzancana. Diz que isso foi confirmado. Vamos para lá.

— Tomaram? Tomaram uma ova.

— O Zenóbio confirmou.

— Com todo o respeito, ele não está aqui.

— Os americanos confirmaram.

— Então por que continuam a atirar contra a gente? Será fogo amigo? Com todo o respeito, major, não podemos dar um passo fora deste barranco; vão nos varrer. Se os americanos tomaram Mazzancana, por que não param de atirar de lá?

— Isso eu não sei. Vamos nos mover, capitão, essa é a ordem do general.

— Sim, senhor. Sargento Gutierrez, vamos em frente, abaixados, vamos sair deste buraco e avançar.

— Avançar, capitão?

— Ficou surdo, sargento?

— Não, senhor.

O sargento Gutierrez pensou: minha pressão vai subir e explodir meu cérebro dentro do capacete, mas ordens são ordens e não vou dar parte de cagão. Não tô surdo, mas vou acabar ficando com tanto rojão rebentando nos meus ouvidos.

Olhou para os homens amontoados no chão uns sobre os outros, pálidos, molhados, e disse, procurando um tom de voz que motivasse:

— Agora vocês vão conhecer a força do carvão de pedra.

O sargento Gutierrez era de Joaçaba, mas foi criado em Criciúma e tinha trabalhado nas minas quando era adolescente.

— Vamos, macacada, que aqui não tem mais nada.

Saltou para fora do buraco e começou a correr abaixado, sentindo que os homens vinham atrás dele quando as balas começaram a pipocar ao redor, levantando postas de barro e pedaços de pedra e viu cair o negrinho Peralta segurando a barriga, e logo viu o galego João Maria cair segurando a perna direita, e logo viu o cabo Jeovânio cair segurando o braço e rastejar buscando seu fuzil, e o sargento Gutierrez entrou em desespero:

— Major, major, assim não vai dar, vem bala de tudo que é lado e estamos sem proteção nenhuma.

— Voltem para o barranco, voltem para o barranco!, gritou o major Franklin no momento em que Mascarenhas apertava a mão do ministro Salgado Filho, observado pelo general Crittenberger.

73

— Que honra para nós, ministro.

O general Mascarenhas, o sisudo general Crittenberger e o ministro Salgado Filho foram para um canto, onde estava uma mesa servida com café e sanduíches.

— Um lanche para as ilustres visitas.

Salgado Filho aceitou o café com evidente prazer, mas Crittenberger parecia desconfortável. Foi direto ao ponto.

— Quais são as novidades, general?

O major Vernon Walters se aproximou para fazer a tradução da conversa.

— Está sendo um dia duro, general. As primeiras iniciativas não saíram bem como esperávamos.

— E por quê?

— O sigilo do ataque foi quebrado.

— O sigilo foi quebrado? Como o senhor pode afirmar isso?

— Porque estamos recebendo fogo antes mesmo de iniciarmos a subida.

— Não é possível.

— Vossa artilharia se precipitou e abriu fogo bem antes do combinado, chamando a atenção do inimigo para nossa movimentação.

— Discordo, general, Mascarenhas. Os tiros de nossa artilharia foram fogos de inquietação. Não prenunciavam um ataque.

— Então algo mais grave aconteceu, porque é evidente que os alemães começaram a disparar sobre nós com pleno conhecimento de que era um ataque em massa. O fogo deles não deixa dúvidas.

Os dois homens ficaram se olhando num silêncio incômodo.

— Algo mais grave? O quê, por exemplo?

— É exatamente isso que me inquieta, general.

— Onde está o general Zenóbio?

— Em seu posto de combate.

74

O general Zenóbio ouvia cada vez mais lívido as palavras do major Franklin ao telefone.

– Meus homens estão morrendo às chusmas, general, na minha frente vi pelo menos vinte tombarem, estamos num maldito corredor, com fogo dos dois lados e de frente, e não temos cobertura. Onde está a maldita artilharia, onde está a maldita aviação?

– Controle os nervos, Franklin, comece a retirar seus homens.

O general Zenóbio chamou o tenente-coronel Castelo Branco.

– Coronel, o que me diz da aviação? Ela vem ou não vem?

O Castelo Branco falou nervosamente ao telefone, durante minutos que pareciam não acabar, sob o olhar duro de Zenóbio.

– O quê? Como? Tem certeza?

Castelo Branco largou o telefone.

– Desligaram os motores. Eles não têm condições de decolar.

– Não vou deixar meus homens serem massacrados. Coronel, avise o comando que ordenei a retirada.

75

Mascarenhas Atendeu sob o crivo dos olhares de Salgado Filho e Crittenberger.

– Zenóbio ordenou a retirada.

Crittenberger pareceu se contorcer dentro do uniforme.

– Quem ordenou a retirada?, disse com voz abafada, no exato momento em que o capitão Bueno, lá em Abetaia, percebia que estava completamente imóvel, percebia que os flocos gelados caíam no seu rosto, provocando leves cócegas que lhe davam vontade de rir, percebia que havia algo muito estranho ao redor dele, e custou a descobrir que era o silêncio.

As explosões tinham cessado, os tiros de metralhadora tinham cessado e os gritos em língua estranha tinham cessado. Estava completamente imóvel, caía no seu rosto essa pequena coisa gelada que lhe dava cócegas, e o mundo estava mergulhado num silêncio assustador.

76

— Os batalhões estão regressando à base de partida, confirmou o coronel Castelo Branco. — Era uma decisão inevitável.
— Inevitável?
O general Crittenberger mostra um tênue sorriso de desprezo. E dirigindo-se diretamente a Mascarenhas:
— O senhor empregou sua reserva?
— Não. Nem poderia, sem sua permissão direta.
— Como assim?
— Está escrito na Ordem Geral de Operações emitida por seu comando.
O general americano olhou para o major seu secretário, que confirmou com a cabeça.
— Qual cotação de munição que lhe foi fornecida para esta operação?
— Recebi 12 mil tiros de todos os calibres, de artilharia e morteiros.
— Quanto gastou até este momento?
Mascarenhas olhou para Brayner, Brayner consultou sua caderneta de anotações.
— Pelo informado, gastamos cerca de 4 mil tiros, general.
Crittenberger não conteve um largo gesto de impaciência, que alertou todos em redor. Sua voz se elevou:
— Se o senhor não empregou ainda sua reserva e dispõe de um saldo de 8 mil tiros de artilharia e de morteiros, e sendo ainda menos de 15 horas, decide renunciar a continuar a atacar, outras razões mais fortes devem existir para que desista do cumprimento da missão.

No silêncio da sala se ouviram os ruídos distantes das explosões, esporádicas mas ainda assustadoras.

O ministro Salgado Filho depositou sua xícara de café na mesa rústica e ficou olhando para ela um instante antes de erguer a cabeça e ver a face crispada de Mascarenhas.

– General Crittenberger, disse o general Mascarenhas pausadamente e num tom de voz contido, de fato, uma sequência de fatores negativos, inesperados e de alguma maneira ainda não explicados, está influindo para que o moral de certa parte da tropa se sinta abalado, e acredito que com tendência para piorar.

Nesse instante a figura enorme de Zenóbio entrou no recinto, trazendo ainda no uniforme o cheiro e a sensação física da batalha que estava comandando.

– De minha parte, general Mascarenhas e meus senhores, posso afirmar que o moral de minha infantaria não sofreu qualquer arranhão. Peço permissão para discordar quanto a sua afirmação, comandante, de que não se cumpriu a missão por fracasso moral da infantaria. Outros fatores podem e devem ser encontrados, menos este.

O general Cordeiro de Farias acabara também de entrar, exalando frio do seu capote molhado, dirigiu-se à mesa de café e se serviu.

– De minha parte, senhores, também posso garantir de que o moral da artilharia está intacto. Aconteceu muita coisa que necessita ser explicada antes de se falar em perda de moral.

Os três generais brasileiros se entreolharam, surpresos com eles mesmos. O general americano apontou com o dedo seu relógio de pulso.

– Muito bem. Vamos nos reunir às 17 horas, no QG avançado do IV Corpo, em Taviano, para retomar a discussão deste assunto. Com licença.

Saiu pomposamente, talvez mais do que o necessário. Os americanos tinham generais teatrais e espalhafatosos como Patton e MacArthur, entretanto Crittenberger era controlado, e os brasileiros sentiram que estavam na borda de um abismo. Os americanos não admitiam dividir fracassos.

O ministro Salgado Filho se aproximou de Cordeiro de Farias e apertou sua mão, no momento em que o capitão Bueno olhava ao redor tentando descobrir onde estava.

77

O capitão Bueno desconhecia o que estava acontecendo com o ataque principal. Onde estariam os dois pelotões de primeiro escalão que tinham obrigação de lhe dar apoio? Onde fora atingido? A dor ainda era apenas uma ameaça e só o de que tinha certeza era que respirava mal, algo acontecera com seu pulmão esquerdo. Lembrava que o rádio de mão fora inutilizado pelo deslocamento de ar causado por uma explosão logo que chegaram naquele corredor, o corredor como dissera aquele soldado atrevido, o corredor da morte, e é onde estava, no tal corredor da morte, sem comunicação, cabos telefônicos partidos, vários corpos caídos ali perto, e a sensação de algo molhado na barriga, levou a mão trêmula até ali, olhou para ela, sangue, a vida ia se escoando devagarinho daquele buraco em sua barriga, e em volta o silêncio e essa farinha bem fininha que cai do céu e faz cócegas em seu nariz e vai deixando tudo delicadamente alvo; sua mulher ia gostar de ver.

E ali no observatório a 600 metros do corpo imóvel do capitão Bueno, precariamente protegidos, o major Jacy e o coronel Almeida apontam o binóculo e vão contando os corpos, cinco, seis, oito, dez, doze...

— Que desastre, Almeida, o que deu errado?

— Muita coisa, major, mas eu acho que o sexto corpo à direita é do capitão Bueno.

— Sim, é ele mesmo.

— Eu tive a impressão de que ele está se mexendo.

— Me parece imóvel, completamente imóvel.

— Eu vi sua mão se mexer.

— Então está vivo. Não podemos deixar ele lá. Vai congelar. Está caindo essa saraiva, ele vai congelar se não for resgatado.

O major comandante e o coronel rastejaram na lama para fora do abrigo e se aproximaram da trilha por onde descia cautelosa a longa fila de pracinhas, abatidos, receosos, esperando os obuses que tinham temporariamente cessado.

O major Jacy fez um gesto para o soldado mais próximo, ele se aproximou. Era negro e forte, com ombros largos de estivador.

— Soldado, disse o major Jacy, teu capitão está caído ali na terra de ninguém, está vivo, dá uma olhada.

O soldado se surpreendeu, mas apanhou o binóculo e olhou com vagar.

— Sim, disse ele, é o capitão Bueno. Ele está se mexendo?

— Me parece que não, major.

— Eu vi ele se mexer, soldado, disse o coronel Almeida, eu sei que ele está vivo.

O soldado negro baixou o binóculo e olhou para os dois oficiais, com desconfiança.

— Soldado, disse o major, tens coragem de voltar à terra de ninguém e puxar o capitão para uma vala onde possa ser resgatado mais tarde?

O soldado sorriu sem jeito.

— Coragem eu tenho, major, só não sei se consigo.

— Mas você quer tentar?

O soldado coçou o rosto, mostrou os dentes brancos, alargando o sorriso.

— Bom, acho que mal não faz.

— Vou providenciar cobertura, disse Almeida, vou mandar fogo cerrado pra cima deles enquanto você se aproxima.

— Sim, senhor.

— Então, vai. E boa sorte.

O soldado negro fez uma continência vacilante, olhou para o corpo do capitão Bueno lá longe, caído entre vários corpos, com aquela coisa fininha, fria e leve derramando sobre ele, e suspirou fundo.

Merda, pensou, merda, merda e merda. Estava quase salvo, quase salvo, quase salvo. Estava voltando para a base. Estava salvo.

O soldado negro sentiu o tapa do coronel no seu ombro, vai e mergulhou na direção da terra de ninguém, abaixado, rastejando, procurando as reentrâncias do terreno, as valas e os barrancos.

— Como é o nome dele, Almeida?

— Não perguntei.

Olharam para o soldado, que se afastava cada vez mais na direção do corpo caído do capitão Bueno.

78

O soldado negro rastejava com uma agilidade de atleta; não parecia que tinha escalado centenas de metros escorregadios debaixo de fogo cerrado e que com certeza seus músculos doíam, tensos e machucados.

O soldado negro de quem o major Jacy e o coronel Almeida sequer o nome sabiam avançava com um ímpeto e uma coragem sem exaltação que os emocionou por um momento, até que, quando ele já estava bem longe e era mais um contorno do que uma figura humana, começou a desabar a seu redor uma carga de fogos e explosivos que levantavam terra e o obrigaram a jogar-se no barro e ficar ali, quieto, esperando que o pior passasse.

— O pior ainda nem começou, meu amigo, posso sentir isso, e seria um idiota se não sentisse: o pior vai ser essa reunião com o Crittenberger; ele parece um cabra difícil, durão.

— Ele é durão, ministro, disse Brayner para Salgado Filho. — Ele é um osso duro de roer, parece sofrer de síndrome de *cowboy*, e não sei se é nosso amigo.

— Bem, eu sou seu amigo, major, e posso lhe garantir que não estou aqui como espião ou fiscal do governo. Simplesmente sou o ministro da aeronáutica; é natural que eu esteja aqui. Percebo que fatos pouco agradáveis estão ocorrendo e que os senhores estão procurando desviar do meu conhecimento, o que eu entendo. Mas discordo dessa atitude. Em hipótese alguma eu me solidarizaria com quem quer que fosse, contra os senhores, oficiais brasileiros. Sei quem os senhores são, e eu, aqui, sou um brasileiro a mais, para defendermos, em conjunto, o nome e os interesses do Brasil.

— Obrigado, ministro. Na guerra, sabemos agora, nem sempre as coisas acontecem como são planejadas.

— Há dias menos felizes, se se pode dizer que há algum dia feliz na guerra.

— Hoje é um dia infeliz; aconteceram fatos imprevistos que modificaram nossas expectativas.

— Eu entendo, major, eu sei como é.

— Mas não vamos afundar no pessimismo. Um dos meus trabalhos, ministro, no Estado Maior, é pôr a razão acima de todos os sentimentos.

— É um trabalho duro, major. Bem, vou voltar a Porretta Terme. Deixo os senhores para preparar a reunião com o *cowboy*. Mas tornaremos a falar antes de eu voltar para o Brasil.

Não vou voltar para o Brasil, não vou voltar para o Brasil, agora sei, as balas não atingiram meu estômago, foi o pulmão direito e agora sei que arrebentaram um bom número de costelas e agora sei que mal posso respirar e estou quase em estado de choque mas com uma lucidez que me assusta; o pior foi que o alemão não atirou em mim, ele já estava morto, foi um acidente; ele caiu morto sobre a metralhadora e ela disparou na minha direção, não acertou a barriga, acertou mais acima e perfurou o pulmão; olhou o relógio, o mostrador estava coberto pelo sangue, fechou os olhos e escutou o silêncio daquela farinha branca gelada caindo sobre seu rosto e ouviu então vozes; trata-se de consolidar o saliente existente na direção de Bolonha, dizia uma das vozes, e fazer ações limitadas em seus flancos, tentando melhorar as posições, e outra voz se infiltrou e se tornou mais clara, e era o Pereira, que, como o habitual, falava sem parar com seu sotaque de caipira paulista.

— Eles podem praticar tiro ao alvo em quem estiver lá embaixo, capitão, é uma diversão. O senhor sabe que alemão gosta de caçada. Então os americanos montaram uma máquina de fumaça para manter a região mais baixa, permanentemente nublada, tem uma em cada cabeceira da ponte; eles bolaram isso para encobrir a ponte de Sila; a ponte de Sila é vital para nós, sem ela a frente brasileira fica sem suprimentos. Os alemães bombardeiam a ponte todos os dias, nas horas mais diferentes; a engenharia já reconstruiu a ponte umas cinco vezes desde que eu estou aqui. Quando chego perto da ponte eu acelero, todo mundo passa com o pé no fundo pela ponte, porque, mesmo coberta de fumaça, os alemães ouvem o barulho dos motores e mandam bala. Quem trabalha na operação fumaça é o Magro, da dupla o Gordo e o Magro.

— Essa não.

— Pura verdade. Tá todo mundo indo lá dar uma olhada nele, mas ele não gosta. Não dá uma risadinha. Ele nunca dá risadinha, nem nos filmes, só faz chorar. Ele é assim.

— Eu sei.

— Mas quando eu fui lá e fiz sinal de positivo com o polegar, assim ó, ele achou engraçado e tirou o capacete e coçou o cabelo, como faz nos filmes, e fez cara de choro, e aí eu me animei e peguei uma rapadura que tinha chegado lá de Pirapora e dei pra ele, e ele pegou, cheirou, deu uma mordidinha e fez sinal de positivo, depois meteu a mão no bolso da túnica e tirou uma barra de chocolate e me deu.

O soldado negro sentiu o impacto da bala em sua perna quando calculava que estava a apenas 20 metros do corpo caído do capitão Bueno, e instantaneamente pensou que outra vez estava quase salvo, estava salvo e então um *obus* explodiu bem ao lado dele, e com o impacto o corpo do soldado negro de quem o major Jacy e o coronel Almeida sequer o nome sabiam partiu-se em três pedaços sanguinolentos.

O major Jacy e o coronel Almeida trocaram um olhar estarrecido. Acabara de acontecer algo que os assombraria para o resto de suas vidas, e eles sabiam.

Enquanto estavam ali paralisados, sem reação, o sargento Max disse:

— Quero voluntários.

Os soldados que tinham parado para acompanhar a tentativa do soldado negro olharam com temor para ele, porque o sargento Max já estava granjeando a fama de temerário, capaz de algumas façanhas de arrepiar os mais valentes.

— Voluntários para quê?, perguntou Almeida, ainda pálido.

— Não vou deixar meu capitão caído na terra de ninguém. Quero três voluntários.

Apesar de os pracinhas repetirem entre si várias vezes por dia para nunca se apresentarem voluntários para nada, absolutamente nada, o cabo Leite e os soldados Manoel Filho e Barbosa Lima se apresentaram ao sargento Max.

E depois de checar as armas e largar as pesadas mochilas, os quatro homens subiram o barranco e começaram a rastejar em direção ao corpo caído do capitão Bueno.

79

Enquanto um certo sargento Max e um tal cabo Leite e os soldados Manoel e Barbosa Lima se arrastam na lama tentando se convencer de que não são idiotas e de que o capitão Bueno merece seu sacrifício, o general Mascarenhas examina contra a luz o perfil árido do general Crittenberger.

O general Mascarenhas percebe que começa a se encher de um rancor pouco razoável contra o americano.

Com Brayner, Zenóbio e Cordeiro de Farias tinha feito um levantamento minucioso das ações do dia e dos motivos que levaram à retirada.

— Do ponto de vista da lógica militar, general, a retirada era a única opção cabível, disse Mascarenhas.

Crittenberger recebeu as alegações sem mudar a expressão, e quando falou foi para dizer:

— A única coisa de que os senhores me convenceram é de que o soldado brasileiro não tem capacidade ofensiva.

— Não posso concordar com isso, general, respondeu com rispidez Mascarenhas.

— Foi lamentável o desempenho dos brasileiros. Comprometeram todo nosso esquema. Por culpa de vocês vamos passar o inverno do lado de cá dos Apeninos, enquanto nas outras frentes os exércitos avançam rumo a Berlim.

— Continuo discordando, general Crittenberger. Mais do que discordar, afirmo que isso não é verdade em hipótese alguma.

— Essa é a lamentável verdade, general. Missão de ataque não é para os senhores. O seu exército não tem capacidade ofensiva. Foi um erro do general Mark Clark dar-lhes uma responsabilidade dessas.

— Pelo que sei, não é essa a opinião do general Mark Clark.

— Os seus soldados são fracos, não têm saúde, não sabem combater. Seus oficiais não têm liderança, são relapsos, entregam tudo aos sargentos. E o resultado de tanto desleixo se vê na frente de batalha.

— Definitivamente não aceito suas palavras, general. Já demonstramos que nossos aliados não cumpriram nem o começo de sua missão, deixando-nos flanqueados desde a partida. O comando insistiu em manter a operação mesmo depois de a Força Aérea informar que não tinha condições de decolar.

— São desculpas, general. O senhor sabe muito bem que suas tropas debandaram em presença do inimigo alguns dias atrás.

— Minhas tropas, não, general. Foi uma companhia, totalmente flanqueada, sem apoio aéreo, que marchou para campo aberto nessas condições, e hoje isso se repetiu. E essa tropa de que o senhor fala, o senhor deve saber que era uma tropa fresca, recém-chegada, sem experiência de combate, sem nenhuma adaptação ao campo de batalha, com armamentos deficientes, uniformes inadequados para o terreno, que ficou exposta ao fogo inimigo e se retraiu um tanto desordenadamente. Não aceito o termo *debandada* em nenhuma condição. E os oficiais envolvidos no episódio foram afastados, o oficial comandante está sendo investigado e, se realmente tiver responsabilidade, será julgado em corte marcial.

Ficou ofegante, quase gaguejava de fúria contida. Ficou ainda mais furioso porque Crittenberger mantinha a pose e não mudava a expressão do rosto.

— Esses são problemas de vocês. Quanto a mim, vou solicitar ao Alto Comando para retirá-los de suas posições atuais, general. Daqui para frente, a FEB só receberá missões na retaguarda.

Os quatro brasileiros sentiram o golpe, mas Brayner conseguiu articular:

— Permissão para falar.

Mas Crittenberger tinha feito uma rápida continência e se afastou pisando forte, seguido pelos seus ordenanças, no momento exato em que o capitão Bueno despertava do seu torpor e ouvia passos, bem pertinho.

Uma patrulha, pensou, talvez sejam brasileiros, talvez venham me resgatar.

O capitão Bueno se contorceu em meio a dores para poder olhar, e o que viu o deixou ainda mais enregelado: um alemão se deslocava de uma casamata para outra, em sua direção.

Quando passava por um corpo, cutucava-o com a ponta da metralhadora, empurrava-o com o coturno. Descobriu um soldado ainda vivo, retirou a pistola do coldre e disparou na nuca.

O tiro deu um susto no sargento Max, que rastejava seguido pelos três companheiros, a 500 metros dali.

Ficaram imóveis, tentando saber o que tinha acontecido, mas ainda estavam muito longe e viram apenas um alemão se aproximando do corpo caído do capitão Bueno, ficar contemplando-o alguns instantes, e depois se abaixar.

O capitão Bueno sentiu a respiração e o cheiro do alemão curvado sobre ele. Trancou completamente a respiração. Percebeu que ele mexia no seu coldre, percebeu que ele apanhava sua pistola, depois ficava em pé.

Agora vem o tiro.

Depois de alguns instantes, o alemão se afastou em direção a outro corpo. Ainda caía aquela saraiva gelada, agora com menos intensidade.

Max olhou o alemão se afastar e disse:

— É impossível chegar onde o capitão está. A região é totalmente deles. Não temos a menor chance. Vamos esperar pela noite.

80

— Um ditado árabe diz que sob ataque uma montanha fica duas vezes mais alta e mais forte.

Mascarenhas olhou para Cordeiro, tentou desvendar no tom da voz seu verdadeiro estado de ânimo, mas Cordeiro era esquivo de nascença. Mascarenhas e Cordeiro de Farias observavam de binóculo a grande montanha.

— Como está o Zenóbio?

— Arrasado. Ele sabe que a culpa é dele.

— A culpa é minha, Cordeiro. Eu autorizei, eu aceitei os termos do ataque.

— É dele porque ele incentivou a decisão. É culpa da arrogância, da ânsia de glória.

— Sabia que ele estava cego, queria que ele abrisse os olhos, e ainda havia esse rumor de que o Salgado Filho trazia minha demissão do comando. Eu me deixei levar, e quem pagou foram aqueles rapazes mortos. Eu fraquejei foi quando admiti a hipótese de atacar sem apoio aéreo. Deveria ter enfrentado o americano nesse momento.

— Eles nos mentiram.

— Eles não param de nos mentir, Cordeiro, mas que vão nos afastar da frente de batalha é verdade. Eles precisam de um culpado.

— Eles não podem fazer isso.

— Podem.

Baixou o binóculo e olhou para Cordeiro de Farias.

— Não será uma humilhação para o Zenóbio. Ou para mim. Será para o nosso exército, para nosso país. Amanhã vou tomar um avião para o Rio de Janeiro. Vou pedir minha demissão. Vou cortar isso pela raiz.

81

O sargento Max olhava para a crista da montanha, que começava agora a ser tomada pela sombra. Durante a tarde, a tênue nevasca tinha parado, as nuvens escuras sumiram e o céu brilhava azul, até que o sol sumiu atrás do pico mais alto. A sombra se espalhou sobre os homens estendidos no chão, observando a terra de ninguém.

O sargento Max disse:

— Essa montanha tem um espírito. Se ele nos agarra, adeus.

— Como é, sargento?

— Nada. Vamos começar a avançar. Precisamos tirar de lá o capitão Bueno.

E o sargento Max e seus três voluntários começaram em silêncio a rastejar na direção dos corpos caídos, lá adiante, todos imóveis e cobertos daquela farinha branca e gelada que descera do céu.

82

O capitão Bueno percebeu que a nevasca tinha parado, porque uma estrela brilhava no céu, bem em cima dele. Depois viu outra estrela, depois outras. A visão das estrelas lhe deu um fugaz consolo, algo como a certeza de que o universo continuava sua rotina, indiferente à insanidade humana. Um gosto amargo na boca o fez cuspir, e cuspiu sangue. Uma golfada vermelha, manchando a terra agora branca. Lembrou que tinha sede. O bornal se fora em algum momento. Na densa escuridão que descera sentiu um breve surto de pânico ao entender que estava desorientado, mas imaginou que as linhas brasileiras ficavam à sua esquerda, e começou a se arrastar nessa direção.

As dores aumentaram, notou que uma fraqueza se alastrava por todo seu corpo, apoiou os dois joelhos no chão e foi desabando lentamente, até que rolou num pequeno barranco e foi abraçado pela água gelada de um arroio.

O sargento Max, a 200 metros dele, rastejava com seus três voluntários. Escolhiam cuidadosamente o terreno, cutucando os corpos estendidos.

– Só vamos levar quem estiver vivo, dissera o sargento, os mortos enterraremos depois.

Já tinham cutucado uns oito corpos, e todos estavam rígidos e insensíveis.

O sargento Max, que tinha sido chefe de polícia no Paraná, começou a sentir em suas costas o peso da maldita montanha.

Entre os praças já corria a história de que o sargento Max não tinha medo de nada, mas a verdade é que o sargento tinha medo do espírito que habitava aquela montanha: Max sentia que era um espírito mau, esquivo, gelado e desafiava com perverso prazer aqueles brasileiros raquíticos a que o dominassem.

O sargento Max tinha a suspeita, bem escondida, de que nunca dominariam a montanha.

O espírito dela os engoliria um por um, ficariam perdidos como o capitão Bueno, e morreriam padecendo dores terríveis na mais completa solidão.

Como era pesada a solidão daquela montanha! Deitado no chão, o sargento Max percorria com o olhar o terreno imerso na escuridão, e ouvia ruídos noturnos raros e desconhecidos. Ouvia sussurros e gemidos. Ouvia o vento que cortava seu rosto barbudo. Precisava encontrar o capitão Bueno. Precisava salvar alguns dos rapazes que ficaram para trás. Precisavam, todos eles, de alguma pequena vitória contra a montanha, qualquer uma e por menor que fosse, mas precisavam de uma vitória para os homens não se entregarem ao desespero completo.

O desespero rondava, desde o mais graduado oficial até o pracinha recém-desembarcado. Se o desespero se estabelecesse, seria o fim.

O major Brayner pensava que a decisão do comandante em chefe de viajar para o Rio de Janeiro e renunciar ao cargo era fruto do desespero completo, aliado àquela dignidade endurecida que Mascarenhas vestia como outro uniforme.

A madrugada se arrastou com café e cigarros, frases amargas e a resolução de que Mascarenhas esperaria os acontecimentos se encaixarem com mais firmeza para então tomar, se fosse o caso, uma decisão drástica.

O que o comando brasileiro faria era buscar o general Mark Clark para uma conversa franca.

— Vamos botar as cartas na mesa, general Mascarenhas, insistia Brayner.

— Não é possível que fiquem nos levando na conversa, nos ameaçando com a desonra, nos deixando na retaguarda, sem olhar para os fatos reais que determinaram esta derrota.

— Não vamos fugir dos nossos erros, major. Mas tenha a certeza de que não vamos admitir o fracasso como sendo coisa só nossa, quando tudo começou com os atrasos e equívocos dos americanos.

— Para mim, o mais grave é que os alemães sabiam do ataque, disse Zenóbio.

— Como eles sabiam, por quem eles sabiam é o que me intriga.

Mascarenhas olhou para os caminhões e jipes se organizando para transportar os feridos que chegavam. Pedro Diax estava entre eles.

Quevedo o tinha arrastado montanha abaixo, puxando-o pela gola da japona. Quando chegaram na base e foram acudidos pelos padioleiros, Pedrinho se agarrou ao braço de Quevedo.

Pedrinho tremia. Os padioleiros o fizeram soltar e Quevedo viu lágrimas nos olhos do rapaz, desespero e incredulidade.

Aquilo chocou Quevedo. Ele gostava da companhia de Pedrinho, sua calma sem empáfia, o jeito sereno como amadurecia e assimilava os horrores que tinha de enfrentar.

Foi colocado dentro dum jipe, que arrancou em direção ao hospital. Foi descido numa padiola e levado com rapidez para dentro de uma grande tenda. Uma enfermeira se debruçou sobre ele.

– Calma, soldado, nós vamos cuidar de você. O capitão já vem te examinar.

Foi colocado sobre uma mesa dura. A enfermeira rasgou a calça dele na altura da coxa e olhou com ar crítico.

– Vamos consertar isso.

Pedrinho olhou para ela: olhos azuis, o cabelo louro atrás da touca com a cruz vermelha. Um rosto bonito, de ascendência inglesa, ou de anjo. Conhecia essa enfermeira de algum lugar.

Talvez daquela tarde de domingo no Rio de Janeiro, sim, sim, sim, quando com o gago Atílio e o alemão Wogler foram ao Estádio das Laranjeiras assistir a Fluminense x Botafogo.

Pedrinho olhou para ela com intensidade, a enfermeira sentiu o olhar e seus olhos se encontraram. Ela disse: – Sou Virgínia, no exato momento em que o soldado Pereira, ordenança do capitão Bueno, viu a patrulha do sargento Max voltar à base.

83

Os quatro homens chegaram e se jogaram no chão, exaustos e derrotados. Estavam nessa lida desde as 6 horas do dia anterior, praticamente 24 horas sem dormir nem descansar nem se alimentar razoavelmente.

O ordenança Pereira olhou para eles durante alguns momentos, depois apanhou sua metralhadora e enfiou no ombro. Encheu o bornal de granadas, tomou um gole de água do cantil e começou a se afastar.

O ordenança Pereira ia desafiar o espírito da montanha.

Não ia deixar seu capitão agonizando ou morto sozinho naquele breu. Mal deu alguns passos, sentiu o peso da maldição. A montanha parecia maior. O Monte Castelo parecia mais gelado, mais íngreme, mais escorregadio. Mas o ordenança Pereira fora criado numa fazenda em Pirapora. Não tinha medo do escuro nem da solidão.

Foi avançando abaixado, como rastreador, vencendo os obstáculos do caminho, decidido a voltar com o capitão Bueno.

84

— Essa montanha vai nos devorar a todos, pensava o sargento Nilson, olhando num misto de encanto e terror para a neve que começava a cair.

Não era mais aquela coisa fininha do dia anterior. Agora eram flocos gordos, uma imensa cortina branca se acomodando silenciosa sobre a terra, cobrindo-a sem pressa.

— Deu no rádio para nos prepararmos, vai ser o inverno mais brabo do século, disse o alemão Wogler.

— Balela, resmungou Nilson, sentindo que não controlava seu mau humor, quando viu a figura se movendo no meio da neve que caía.

Apontou a arma e esperou até ele estar bem perto e reconheceu aquele paulista meio maluco, o Pereira, que saíra sozinho no meio da noite sem avisar ninguém.

Pereira se jogou ao lado dele, recebeu com gula a xícara de café e bebeu um gole.

— Achei o capitão.

Todos no *foxhole* olharam para ele ao mesmo tempo.

— Arrastei o capitão para um lugar seguro. Preciso de uma padiola para trazer ele para cá.

Assim, o Pereira guiou dois padioleiros até onde estava o capitão Bueno, e acompanhou seu resgate até vê-lo ser colocado num jipe e levado para o Hospital de Campanha.

Pedrinho viu quando o capitão Bueno entrou carregado numa maca na grande tenda, e viu quando foi cercado por médicos e enfermeiras. Viu os rostos preocupados, ouviu os sussurros: "Esse está bem mal, coitado, tem o pulmão furado pelas costelas".

Mas os olhos e os ouvidos de Pedrinho buscavam outra coisa bem diferente. Buscavam a enfermeira Virgínia, tão etérea e loura e elegante, que sorria para ele de modo enigmático toda vez que se aproximava.

Naquele segundo dia no hospital, o praça Pedro Diax começou a sofrer de um mal que não conhecia, e que se manifestava cada vez que a enfermeira Virgínia entrava na tenda. Ela andava sempre ágil e leve, séria e afável, e só ria mesmo quando as enfermeiras Dulce e Zoé se aproximavam dela e cochichavam esses segredinhos de mulher que as faz explodir em risadas.

Cada vez que Virgínia ria, Pedrinho corava, porque o riso dela lhe despertava uma urgência sexual que ele não controlava, e em um momento da manhã, quando ela trouxe as duas pílulas que tinha de engolir, percebeu que ela notava o indecente volume embaixo do cobertor.

Seus olhos se encontraram e ambos coraram ao mesmo tempo, e Pedrinho teve vontade de puxar a coberta para cima da cabeça, mas a voz de Virgínia saiu firme e natural:

– Suas pílulas, soldado.

Esperou que ele as engolisse, quase se afogou em sua angústia, e depois se afastou, altaneira, sacudindo as ancas de modo quase imperceptível.

85

Cordeiro de Farias acendeu o cigarro com o isqueiro, olhou Mascarenhas bem nos olhos no meio da fumaça e disse:

– Esse Crittenberger é um recalcado. Um oficial recalcado. Não se conforma por não ter sido promovido e ele quer uma promoção a qualquer preço aqui na Itália. Às nossas custas.

— O Crittenberger é um homem de ação. É o tipo de oficial que só entende as coisas materializadas em ação.

— O Crittenberger é um homem de ação, eu sei, mas é um frustrado e esse é o perigo que corremos. É frustrado porque praticamente ele não tem um comando. Nós viemos substituir os franceses. Ele não tem agilidade mental para compreender que somos uma tropa pequena.

— Eles nos subestimaram desde o primeiro dia, quando nos deixaram esperando lá no vulcão, sem armas, sem uniformes, sem fazer um gesto.

— Começamos mal, completamente mal. O Brayner não devia ter aceitado a instalação do posto de comando em Porreta Terme. Em condições normais, quando se está atacando numa direção, as estradas que trazem o reabastecimento, que permitem o movimento da tropa, devem estar na mesma direção. No entanto, nossa posição é inversa: em frente aos Apeninos, nosso eixo de transporte é paralelo à frente de combate. Quando entra um comboio para trazer munição, tropa ou qualquer outra coisa, fica visível, vira alvo para os alemães, que estão confortavelmente instalados lá em cima, olhando pra nós como se fôssemos patos. E é assim que vai ser. Por isso inventaram essas camuflagens ridículas de dar dó.

— O Brayner não podia dizer que não aceitava aquela localização, Cordeiro. Os americanos já estavam na Itália havia mais de ano e nós apenas chegando.

— O Brayner é um espectador. E não é de hoje. Na revolução de 30 não me lembro de tê-lo visto nem de um lado nem de outro. Não se engajou. A impressão que eu tenho é que não temos chefe de estado-maior.

— Não diga isso, Cordeiro. Não é justo. Ele é uma grande cabeça.

— Ele é um grande professor, um teórico de primeira, mas se apagou porque não tem espírito de decisão. É uma grande cultura, talvez o maior intelectual do exército, mas na guerra a gente fica nu. E dele só apareceu a vaidade, uma vaidade impressionante. Não tem capacidade de decisão e por isso ninguém gosta dele. Aqui, na frente, general Mascarenhas, a gente tem de decidir e decidir rápido. Ele se apagou aos olhos dos oficiais, e isso é o pior que pode acontecer para alguém no comando.

— Não vou comentar o que está me dizendo, Cordeiro. Respeito a tua opinião, e você quer saber? O que mais eu tenho dito nesta maldita guerra é que respeito a opinião deste e respeito a opinião daquele, porque o que mais me parece é que meus oficiais têm opinião a respeito de tudo, e não se furtam em externá-la. Mas individualidades são coisas complexas, Cordeiro. O Brayner é um indivíduo que esteve a meu lado desde o primeiro minuto. Eu não vou descartá-lo assim no mais.

— Individualidade! Essa é a questão. Ninguém preza mais a individualidade do que eu, João Batista. Minha maior preocupação é saber se realmente a artilharia está correspondendo aos pedidos dos pracinhas. Eu anoto tudo. Eu sempre quero saber se atendemos os pedidos de fogo na hora, se a barragem era eficiente e se os tiros eram precisos.

— Eu sei, eu sei, Cordeiro.

— O problema se reduz ao soldado. Junto com o sargento mais um constituem um grupo de combate. Três grupos de combate com um tenente constituem um pelotão. Muitas vezes nem o tenente nem o sargento podem estar junto com o soldado, por isso o papel do indivíduo é fundamental. Você sabe: quase ninguém da minha turma via motivos para vir à guerra.

— Eram germanófilos.

— Sim. Bastante. Por que ir? Não significamos nada, me diziam. Vamos ser um grão de pó nessa guerra. Eu respondi ao Góes: se não temos significação é a ocasião de ir adquiri-la. A participação do Brasil será uma afirmação de nossa personalidade. Depois de participarmos dessa guerra, todos vão olhar para o Brasil de modo diferente.

— Eu sempre disse isso. É a única justificativa que vejo para estarmos nesta guerra estúpida. Não estamos aqui por vingança, como o povo pensa. Olhe, Cordeiro, tomei uma decisão: vou procurar o general Clark e dizer a ele que estou disposto a pedir ao governo brasileiro que me substitua.

Cordeiro pensou um pouco.

— O quê? General Mascarenhas, pensei que nós dois só pudéssemos sair da Itália ou vitoriosos ou mortos.

Mascarenhas ergueu os olhos cansados com um lampejo. Viu Cordeiro de Farias soprando a fumaça do palheiro com displicência.

— Vai pedir para ser substituído, comandante? Isso equivale a uma deserção.

— Cordeiro, cuidado com o que diz.

— Nunca imaginei que o senhor quisesse ser desertor. E pedindo substituição, vai desertar.

— Não me fale nesse tom, Cordeiro! Não se atreva a faltar o respeito comigo, porque eu te mando a conselho de guerra. Não seja petulante!

— Estou sendo sincero, e estou falando de general para general, e me permita, de amigo para amigo. Não quero faltar o respeito, mas você deve raciocinar, João Batista, que muitos outros vão pensar assim como eu, e nem todos são, como eu sou, seu amigo.

Os dois ficaram calados. Cordeiro levantou-se da cadeira e saiu. No dia seguinte, o telefone tocou bem cedo, e era Mascarenhas.

— Esqueça tudo o que eu disse ontem. Vou falar hoje com o general Clark, mas sobre outros assuntos.

— Quais?

— Não vou aceitar de modo algum sermos relegados para a retaguarda, como se fôssemos um bando de covardes. Já solicitei uma reunião com o Mark Clark e vou dizer tudo que tenho de dizer. Não podemos ser os culpados de todos os fracassos. Eles vão ter de usar a tão louvada capacidade de autocrítica, e não ficar jogando a culpa unilateralmente contra nós.

— O Mark Clark já respondeu?

— Ainda não. Mas vamos agir. Vamos nos preparar para subir mais uma vez essa montanha. Vamos exigir as armas e o fardamento acertados nos acordos entre os dois países. Vamos intensificar os exercícios e estudar mais e mais a geografia da região. Se esse inverno for como dizem, vamos todos ficar imobilizados. Eu tenho uma missão para o coronel Brayner no Brasil.

86

Nesse momento, a 100 metros da barraca dos comandantes, o sargento Nilson foi abordado por outro sargento.

— Terceiro-sargento Bóris, da Central de Tiro. Você é o sargento Nilson?

— Ele mesmo.

— Tenho ordem para que me guie até um ponto onde possa fazer medições para tiro.

— Medições, é?

— É. Sou engenheiro, e vou fazer cálculos de tiro. Sou o que chamam de controlador vertical.

Quevedo, que estava ali perto, deu um assobio um tanto debochado de admiração.

— Puxa vida! Era isso que estava faltando para a gente ganhar a guerra. Um controlador vertical.

Deram risadas ao redor, mas Nilson não gostou.

— Quevedo, é você quem vai acompanhar o sargento Bóris na missão. Escolhe dois imbecis igual a ti e escoltem o sargento até um ponto que ele ache satisfatório.

— Com essa neve toda, sargento?

— Agora, cabo Quevedo.

— Sim, senhor, mas essa neve está se transformando em tempestade; nós não recebemos instrução de como se comportar em tempestade de neve.

— Você aprende rápido, cabo Quevedo, isso não é problema.

E assim, com um suspiro, Quevedo, promovido a cabo depois que arrastara Pedrinho pela gola de volta às linhas, chamou o alemão Wogler e o gago Atílio, "dois perfeitos imbecis, como o sargento mandou", e começaram a subir a montanha completamente branca, seguidos pelo terceiro-sargento Bóris e um praça negro de nome Adroaldo.

Depois de 15 minutos de subida, Bóris pediu para parar um pouco. Estava sem fôlego. Sentou-se numa rocha e olhou ao redor. A imensidão se misturava ao silêncio. Tudo estava completamente branco, e a neve caindo compacta.

— Vamos ficar imobilizados se a neve não parar.

— Não vai parar, sargento, é o que dizem.

— Se isso for verdade, o Alto Comando vai quebrar a cabeça pra dar um jeito de nos manter na função de boi de piranha. Do jeito como estamos preparados, este vai ser o inverno de nossa desesperança.

O gago Atílio olhou para o terceiro-sargento Bóris.

— O-o-o que f-f-foi s-s-sar-gento?

— Nada, praça.

— F-f-falou aí um n-n-negócio estranho.

— Citei Shakespeare, meu amigo. Henrique III.

O cabo Quevedo apanhou um cigarro e estendeu-o para Bóris.

— Foi o que eu falei. O sargento Bóris é um reforço de peso. Agora, sim, vamos ganhar esta guerra.

87

No quadro-negro estava escrito o dia e o mês, mas para o calado Motta Paes, o Moita, 23/12 não significava nada a não ser que o Natal estava a dois dias e talvez houvesse peru na ceia, o que aumentaria a nostalgia da família em Belo Horizonte.

O capitão Joel Miranda postou-se na frente dos pilotos das esquadrilhas Amarela e Azul e mostrou uma linha no mapa pregado no quadro-negro.

— Esta via férrea atravessa o vale do Passo do Brenner. As composições levam munição e víveres para Trento e Verona, reduto fortíssimo dos alemães, como vocês sabem. Vamos bombardear qualquer trecho da estrada de ferro. Vamos deixar ela sem condições de uso. Depois, vamos fazer reconhecimento armado, atacando alvos de oportunidade, a partir de Verona, seguindo o eixo da estrada principal até a Estrada 9, ao sul.

Dirigiram-se para as aeronaves amontoados nos jipes e caminhonetas, calados, olhando a escuridão da madrugada. Aquilo estava virando rotina e já tinha até nome, quase oficial: Esquadrilha da Madrugada.

Motta Paes acomodou-se e pensou: Passo do Brenner. Era a primeira vez que iam para lá. Voo seguro durante vinte minutos sobre território amigo, depois era aguentar duas horas de fogo contínuo. Duas horas e quarenta minutos era a média de duração das missões. Vinte para ir, vinte para voltar, as outras duas horas era ficar fazendo fintas, subindo e descendo, olhos e ouvidos atentos, procurando nuvens para se esconder.

Despejaram bombas sem parar sobre a estrada de ferro, até que o capitão Joel se deu por satisfeito.

– Vamos voltar à base.

As duas esquadrilhas deram um giro elegante e, perfeitamente sincronizadas, tomaram o rumo do regresso. E foi então que sentiram o poder do *Flack* alemão – o *Flack*, o ataque antiaéreo – e foi intenso e compacto quando passavam sobre Isola di Scala e foi intenso e compacto sobre o P-47 de Motta Paes. O avião deu dois saltos em meio a um rugido de coisa se rasgando, e uma fumaça negra invadiu a cabine.

– Fui atingido na fuselagem, atrás da nacele, disse Motta para Dornelles, o líder da sua esquadrilha.

Nesse momento o motor rateou e parou de repente. O voo tornou-se estranhamente silencioso e Motta preparou-se para saltar. Ejetou o *canopy*, desligou o fone e o microfone e apalpou os tirantes do paraquedas. Quinhentos metros de altura. Lá vou eu. E então o motor roncou, dando sinal de vida. Motta se endureceu na cadeira. Os instrumentos na sua frente começaram a piscar. Nem tudo estava perdido. Até a fumaça desapareceu, com o *canopy* ejetado. Talvez desse para arremeter, continuar no rumo da base.

Dornelles aproximou-se pela direita, passando a comboiá-lo. Motta viu que Dornelles fazia sinais veementes com a mão. Talvez fosse para saltar de paraquedas, talvez fosse para *saltar*, fazer manobras evasivas para evitar o *Flack*. Fosse o que fosse, não tinha mais opção: a pressão do óleo estava no zero, o motor voltava a vibrar, os instrumentos marcavam temperaturas e pressões de emergência, acima da linha vermelha, e percebeu que o motor dava um estalo de agonia perigosamente perto do chão, quando a fumaça negra invadiu novamente a cabine, apesar de o *canopy* estar bem longe, em algum campo lavrado.

– Adeus, minha garça, disse Motta Paes, e saltou.

O *Moita* tinha nervos de aço, diziam lá em Realengo. Com movimentos coordenados, a cabeça fria, esperou o máximo que pôde para comandar a abertura do paraquedas. Não queria servir de alvo. Uma bateria de 40 mm o caçava impiedosamente, mas a queda foi rápida. Começou a crescer embaixo dele um canal de águas evidentemente geladas. Manobrou as cordas com desespero para evitar o canal, mas foi inútil. Bateu na água com estrondo, sentindo que havia uma correnteza forte. Foi tratando de se desvencilhar das cintas e suspensórios, livrou-se deles e viu o paraquedas ser levado pela torrente. Também se deixou levar, sentindo o perigo de congelamento: havia pedaços de gelo e neve flutuando na água e também sendo levados no roldão.

Tratou de nadar para a margem. Agarrou-se a galhos da vegetação que ali crescia, galgou a barranca apoiando-se com as mãos enregeladas e quando chegou ao cimo viu em torno de dez ou doze pessoas, civis italianos, parados, olhando para ele com assombro. Também assombrado, fez a mesma coisa. Durante alguns momentos ninguém se mexeu, só se olharam. Então o *Moita*, não percebendo nem cordialidade nem hostilidade, resolveu sair caminhando pela margem, afastando-se das pessoas. Começou a caminhar rápido, quase correndo, era bom para as pernas enregeladas, e bem na sua frente estava um bosque compacto, de grandes árvores solenes. Seria bom entrar lá e desaparecer. Olhou para trás e o número de pessoas tinha aumentado. Já não eram umas dez ou doze, mas com certeza o dobro. Rente ao bosque viu uma casa de camponês. Bateu na porta com sofreguidão.

Um homem envelhecido, de roupas escuras, abriu a porta. Puxou-o para dentro. Ao fundo da peça estava uma mulher, com ar de pavor no rosto. O homem calmamente serviu um copo de vinho de um garrafão e estendeu para Motta. Depois fez gestos ríspidos para a mulher, que começou a reclamar, numa algaravia confusa e contínua, mas ela sumiu nos fundos da casa e Motta bebeu o copo de vinho. A mulher voltou com roupas dobradas, bem passadas e limpas. Ouviram o som de motocicletas. O homem estendeu outro copo de vinho para Motta e puxou-o pelo braço para os fundos da casa. Abriu uma porta e saíram para o pátio, onde havia algumas cabras. O homem apontou para o bosque. Motta engoliu o copo de vinho e disparou para o bosque, saindo por entre a cerca do curralzinho do homem. Não tinham trocado uma única palavra. Viu a mulher com as roupas na mão, o rosto pálido de medo.

Quando chegou na primeira árvore do bosque, ouviu o barulho das motocicletas bem próximo. Eram duas, e se aproximaram rapidamente dele. Ouviu as ordens em alemão.

– *Halt!*

Um cabo alemão caminhou na sua direção com a metralhadora apontada e tomou seu Colt 45. Fez sinal para ele levantar as mãos, mas o teimoso *Moita* cruzou os braços sobre o peito. O cabo alemão sorriu. A pequena multidão assistia a tudo em silêncio, sem fazer um gesto. O cabo apalpou o corpo de Motta, não encontrou nada. Mandou-o sentar na garupa, e arrancaram tomando o rumo da rodovia.

"Vai ser o pior Natal da minha vida."

88

O fogo na lareira aquecia a sala toda, os rostos estavam corados e a grapa começava a soltar as línguas.

A neve caía sem parar lá fora. Para os homens ali reunidos isso dava um sabor nostálgico para aquele evento.

Eram todos católicos. A neve em dezembro era um símbolo cultural patético e deprimente, mas a mesa montada para a celebração de Natal no hotel onde funcionava o QG da FEB estava festiva.

No centro, o comandante em chefe, general Mascarenhas de Moraes, e de cada lado dele os generais Zenóbio e Cordeiro de Farias. Diversos oficiais completavam a mesa, em torno de quinze, e havia um convidado especial, o major Vernon Walters.

Vernon se debruçou sobre Mascarenhas e sussurrou:

— Folgo em ver que os oficiais de seu Estado Maior não farão as mesmas queixas do visconde de Taunay contra o conde d'Eu, na guerra do Paraguai, general.

— E que queixa foi essa, major?

— A de que não participava da mesa do conde, sendo seu ordenança imediato. E isso que Taunay tinha título de nobreza.

Cordeiro entrou na conversa.

— O conde d'Eu era conhecido por ser um oficial pedante, major.

— E eu sou conhecido por ser um oficial pelo-duro de São Gabriel, disse Mascarenhas.

Ele sabia que Vernon e Cordeiro de Farias eram bons conhecedores de História Militar, e gostava de ouvir suas trocas de ideias e discussões sobre fatos do passado.

Zenóbio e Brayner, lado a lado, trocavam confidências em voz baixa.

— Recebemos a munição, Brayner. Finalmente nossos amigos americanos se lembraram de nós.

— Amigos, general?

— Ué, aliados não são amigos?

— Não necessariamente. Tenho minhas dúvidas, general. É preciso verificar o estado dessa munição.

Mascarenhas ouviu um resto da frase e pareceu se lembrar de algo.

— Major Vernon, o segundo e o terceiro escalões estão há um mês na Área de Instrução e o material para equipar as unidades ainda não chegou. O que eu devo fazer, major, na sua opinião? Enviar um comando para conseguir esse material?

Vernon sorriu sem graça.

— O próprio general Mark Clark me informou ontem que já ordenou a entrega do material, general.

— Major Vernon, disse Cordeiro de Farias, sinto me meter nesse assunto, mas meia hora atrás eu li o relatório de campanha e descobri que esse equipamento está à disposição desde que o segundo escalão chegou.

— Há um entrave na entrega dos materiais fundamentais para o adestramento da tropa que chega a ser suspeito, major, disse Mascarenhas.

— Compreendo sua frustração, general. Vou insistir com o general Mark Clark.

— Obrigado, major. Agora, senhores, não quero mais ninguém fazendo perguntas indiscretas ao major Vernon. Ele é nosso convidado e o estamos deixando constrangido. É noite de Natal. Vamos afastar os maus presságios.

89

Mau presságio é o que o sargento Nilson sentiu quando viu alguém rastejando na neve e se aproximando do buraco onde estava. Engatilhou a arma, mas quem apareceu na sua frente foi o cabo Quevedo.

— Tá de serviço, sargento?

Nilson olhou para ele desconfiado.

— Por quê? E o que você faz aqui?

— Nas noites de Natal baixa em mim o Papai Noel. Tá de serviço ou não?

— Tô sempre de serviço, cabo.

— Então, infelizmente, não vou poder lhe passar este elixir dos deuses, que os italianos chamam de grapa. Sinto muito, sargento.

E já ia se afastando quando o sargento o apanhou pelo coturno.

— Espera aí, mandrião. Deixa essa garrafinha aqui.

Quevedo alcançou o cantil para ele.

— Um gole só, sargento, a distribuição é racionada.

Nilson bebeu um gole fundo.

— Não fica bem um sargento beber em serviço, disse Quevedo.

Fazia mais de 15 graus abaixo de zero, a neve não parava de cair e ali naquele buraco estreito, o *foxhole*, como se acostumaram a chamar, se apertavam, além do sargento Nilson, os praças João Wogler e o gago Atílio.

A grapa passou de mão em mão e voltou para Quevedo.

— Missão cumprida, vou indo para a próxima chaminé.

E viram-no rastejar em direção ao próximo buraco.

Todos estavam vestidos de branco. Agora que os grandes movimentos de tropa estavam cancelados pela dureza do inverno e a rotina da guerra se restringira a ações de patrulha, havia outra enorme desvantagem em relação aos alemães. Eles usavam fardamento inteiramente branco, o que os tornava invisíveis e aptos para ataques de surpresa.

Os brasileiros logo se deram conta da desvantagem. Os prometidos uniformes de inverno não chegavam, e foi preciso mais uma vez improvisar. Tudo que era possível transformar em um camisolão branco para enfiar por cima da farda verde-negra foi mandado para as unidades da linha de frente.

Então vieram aventais de médicos, enfermeiras, cozinheiros, barbeiros, e vieram lençóis, fronhas, tudo que era branco e podia ser transformado nos camisolões que os soldados que saíam em patrulha ou montavam guarda nos *foxholes* enfiavam por cima do uniforme.

Era com esses remendos improvisados que os pracinhas faziam sua camuflagem para se igualar aos alemães na nova modalidade de guerra que começavam a enfrentar.

Quevedo chegou noutro *foxhole*. A grapa correu de mão em mão.

— Ei, Quevedo, pensei que tu ia trazer uma italiana pra nós.

— Essa grapa é italiana, pra ti é mais do que suficiente.

— Ei, Quevedo, conheci um americano que quer me vender um jipe. Quer que eu te apresente?

— Quero. Eu tenho comprador. Quem é o americano?

— Um cara da Décima, um baita dum gringo, diz que o jipe tem os quatro pneus novos.

— Deve ser mentira, mas me apresenta pro cara, que eu tenho comprador. Agora me devolve o cantil, que eu vou seguir em frente.

Quevedo apanhou o cantil, tomou um gole, viu que acabara, derramou as últimas gotas na palma da mão, apanhou outro cantil, pendurou-o no ombro e seguiu sob a nevasca, arrastando-se em direção ao próximo buraco.

90

— Tomamos Gaggio Montano dos alemães no dia 20 de novembro, já estamos chegando ao último dia do ano e nada da gente arredar pé de Gaggio Montano. Pra dizer a verdade, tô até gostando desta vilazinha.

— Gostando, Bandeira? Isto aqui é o fim do mundo.

— As pessoas são simpáticas, todos nos cumprimentam e abrem suas casas para nós.

— Abrem suas casas para nossas provisões, Bandeira, não seja ingênuo.

— Pode me chamar do que quiser, mas é gostoso repartir com quem precisa esta gororoba que é nossa ração, é gostoso a gente ficar conversando numa cozinha quentinha com o fogão aceso.

— É gostoso ficar olhando para as italianas.

— Às vezes elas deixam a gente dar um beijinho.

Ninguém mais ria, as conversas eram um tédio só; rondava em todas as mentes a ameaça do descontrole do impulso sexual, agora que não havia mais distrações inocentes como subir a montanha para um ataque em massa. Essa era uma hipótese totalmente descartada.

Tudo que podiam fazer era suspirar e esperar, olhar as mulheres da vila, suspirar e esperar.

Gaggio Montano estava totalmente coberta pela neve. Gaggio Montano era um amontoado de casas no alto da montanha, bem ao pé da elevação pontuda que tinha o enigmático nome de Monte Castelo. Os moradores diziam que antes ali havia um castelo; quando os brasileiros conseguissem subir até lá em cima, onde estão os alemães, eles veriam as ruínas do castelo.

Uma semana antes de os brasileiros tomarem Gaggio Montano, os alemães promoveram um massacre em represália à morte de um soldado pelos *partigiani*.

Foi uma ação fria e cruel.

Setenta pessoas foram arrebatadas de suas casas, a maioria deles eram velhos e mulheres, e foram obrigados a cavar uma longa cova, longa e profunda, a menos de 100 metros da rua principal, e depois ficaram todos em fila, trêmulos de pavor, quando o pelotão de fuzilamento se colocou diante deles.

O padre Giordano chegou correndo e se ajoelhou na frente do tenente que comandava o pelotão de fuzilamento, mas levou um pontapé da pesada bota na boca.

O rosto do padre de 25 anos se encheu de sangue. O padre viu o esguio tenente apontar a Luger para ele e esboçou o gesto do Sinal da Cruz, o tenente apertou o gatilho e o padre de 25 anos caiu para trás com a cabeça crivada de balas.

Dois soldados o arrastaram pelos pés e o jogaram na cova. Uma gritaria irrompeu da fila de velhos e mulheres. No mesmo instante seus corpos foram cravejados de balas e foram tombando um a um dentro da cova.

Agora a neve tapa a cova, agora os alemães fugiram da cidade e se instalaram nas grimpas mais altas dos Apeninos e soldados brasileiros, morenos, negros, pardos, vagam pela vila, não sabem o que fazer para afastar o tédio e o frio e a desesperança que a enorme montanha despeja sobre eles.

91

Quevedo, o negro Bandeira que tinha dado baixa do hospital, o gago Atílio e o segundo-sargento Bóris estavam sentados junto a um fogão, espiando de vez em quando pela janela. Nevava. Nevava sem parar há dez dias.

Quevedo falou olhando pela janela:

— Hoje em dia não tem mais carga frontal, dando grito e reboleando o facão como no tempo antigo.

— Lá-lá-lá v-vem tu com blá-blá-blá.

— Meu pai me contava da Revolução de 30, ele participou de muita carga a cavalo, dando grito e reboleando o facão. Ele, o Luís Carlos Prestes e o nosso general Cordeiro, da Artilharia. Tudo gaúcho.

Bóris sorriu. Esse tal cabo Quevedo sempre o surpreendia.

— E eu sei por que dava pra fazer uma carga frontal contra o inimigo, reboleando facão e tudo, o que é uma coisa de homem: é que antigamente, no tempo do meu pai, as balas vinham mais devagar, dava tempo pra o cidadão se abaixar; hoje em dia essas metralhadoras, essa tal de Lurdinha é um despropósito de bala em cima da gente, não dá nem pra sair da frente. A guerra perdeu o seu lado humano, como diria aqui o camarada Bóris.

— A guerra não tem nada de humano, gaúcho, eu nunca disse isso.

— Não disse, mas devia. Um homem que anda o tempo todo carregando essa tonelada de livros devia dizer uma coisa do tipo.

— Por favor, me poupe de sua ironia de troglodita, cabo Quevedo.

— Opa, ofendi o homem. Me desculpe, camarada Bóris, eu me recolho à minha ignorância, não falo mais. Vou ficar aqui de boca bem fechada, olhando essa nevezinha cair.

O segundo-sargento Bóris sacudiu a cabeça, perplexo. O cabo Quevedo ainda resmungou, enigmático:

— O segundo time do Ferro Carril ganha essa guerra sozinho.

92

Pereyron desceu da apertada caminhoneta de Zé Maria ainda tonto de sono. Havia estrelas no céu. Levou um encontrão de Medeiros que serviu para espantar o sono. O grupo de pilotos entrou direto para o vestiário. O sargento Zé Maria foi até o calendário na parede e arrancou a folha de cima e apareceu bem grande o número 2: dois de janeiro de 1945.

Sentiram o calor que saía dos aquecedores. Ainda dormiam nas barracas de lona, passavam um frio do inferno e estavam constantemente pisando lama escorregadia. Aquele calorzinho dos aquecedores era uma bênção. Pereyron e Medeiros costumam sair juntos à noite pelos bares de Pisa; constantemente estavam combinando apanhar namoradas, carregam vagamente sentimentos de culpa por corromper as moças com chocolates ou rações.

— Dizem que na próxima semana vamos para um hotel em Pisa.
— É. Um hotel cinco estrelas, com camareiras de saiote curtinho e decote bem fundo.
— Quem me disse foi o Rui.
— O Rui sabe-tudo?

Pereyron e Medeiros se ajudam a vestir os macacões de voo por cima das ceroulas de lã, abotoam e fecham os zíperes, checam a carga de balas na pistola ponto 45 e rumam para a sala de reuniões. Entram e sentem o cheiro de café e a fumaça dos cigarros, as vozes em sussurros.

O major Pamplona dá as instruções.
— Nossa missão é executar bombardeios picados sobre um depósito de munições, até agora muito bem camuflado, nos arredores da cidade de Bréscia. Nada que já não fizemos antes, mas agora tem uma novidade: eles sabem que nós sabemos. Acabou o fingimento de lado a lado. Senhores, eles vão estar nos esperando e a defesa antiaérea é pesada.

Bréscia pensou Pereyron.
Sussurrou para Medeiros:
— Boulanger, lá no Rio Grande tem uma cidadezinha de colonização italiana que se chama Nova Bréscia. Já estive lá. Tive uma namorada lá.
— Esquece, disse Medeiros.
— Nós somos a Patrulha da Madrugada, não temos piedade de nada.

— Eu sei, não somos sentimentais.

— Isso, não somos sentimentais.

— Somos macho barbaridade.

— Senhores, e Pamplona olhou duro para os dois tenentes. — Alguma questão?

— Não, senhor.

— Então se concentrem na missão, porque não vai ser fácil.

Era assim que se autointitulavam, Patrulha da Madrugada. A temida, malfadada patrulha, que todos detestavam, porque significava dormir cedo e acordar mais cedo ainda.

— O capitão Kopp será o líder da Red; você, Pereyron, será o ala do Keller; você é o 2, o Perdigão o 3 e o Meira o 4. Depois da ponte, alvos de oportunidade. É largar as bombas e sair. A concentração de fogo é muito grande. Vocês sabem muito bem. Agora não encham mais minha paciência e vão tratar da vida. O Torres vai ser o líder da segunda esquadrilha, a Yellow, mas vocês vão para os lados de Alessandria, com o Medeiros de 2, o Menezes 3 e o Menna 4.

Agora já atravessavam a pista em direção aos aviões, apertados na caminhoneta de Zé Maria, a madrugada ainda escura, com um tênue clarão para o leste.

Entraram nos aviões, sentiram a breve espetada da solidão que sempre os acometia quando afivelavam os cintos de segurança, ligaram os motores, rolaram pela pista e, um a um, foram decolando, subindo em direção ao céu escuro e estrelado, roncando o poder de seus motores.

Voaram durante quinze minutos em formação exemplar e então chegaram ao limite da Terra de Ninguém. O bombardeio começou e eles iniciaram a perigosa rotina de escapar aos tiros, dando saltos e desvios, fugindo à pontaria dos alemães. O alto, moreno, bonito e vaidoso Fernando Pereyron sempre achava esse exercício de evasão algo fantasioso e praticamente inútil, mas todos o seguiam à risca e era bom acreditar que assim estavam driblando as granadas e obuses disparados contra eles.

— Perto do alvo, avisou Kopp. — Prontos para o ataque!

Mergulharam e foram largando as bombas, um a um. Não havia dúvidas: aquelas construções longas e escuras eram depósitos de munições. Explodiam com tanta força como nunca antes Pereyron tinha visto. Eram detonações violentas, vermelhas e escuras, que enviavam fumaça até quase mil metros de altura.

— Missão cumprida, avisou Kopp. — Vamos dar a volta. Eu vi perto daqui um desvio ferroviário, e lá estava chegando um trem. Vamos até lá.

Em sete minutos mais, Pereyron viu o trem e mergulhou contra ele, disparando todas as metralhadoras e acionando as bombas. A locomotiva explodiu e ele a viu se contorcer como uma cobra ferida e os vagões descarrilharem. As portas se abriram e rolou para fora uma carga de holofotes que se espalhou ao lado dos trilhos.

Pereyron sentiu um solavanco no lado esquerdo e soube que a defesa antiaérea começava a funcionar. Uma terrível barreira de vinte milímetros de balas traçantes o envolveu, e ele sentiu uma dor em algum lugar do corpo que não identificou porque a voz do capitão Kopp o distraiu.

— O fogo está vindo da nossa esquerda! Vamos virar e revidar com tudo!

A cabine do A-6 de Pereyron se encheu de fumaça no instante em que sofreu novo impacto.

Vou cair.

Teve a nítida sensação de que o avião tinha perdido a estabilidade, a dor subiu pelo seu braço e viu sua mão direita coberta de sangue. Olhou para cima e viu a *bubble canopy* salpicada de vermelho.

Puxou o manche violentamente, o A-6 subiu a 500 quilômetros por hora e penetrou numa concentração de fogo que Pereyron nunca tinha visto ou imaginado: eram bolas incendiárias pipocando em volta dele com ruídos assustadores e criando muros de fumaça que o sufocavam e apavoravam.

— *Vou morrer queimado, fui atingido por uma bomba incendiária.*

— Fernando, Fernando!, era a voz de Keller, seu ala. — Você está cheio de fumaça. O que houve?

— Uma incendiária. Tenho dois manetes quebrados.
— Desce, Fernando, desce, sai desse inferno!

A voz de Keller tirou-o do torpor. Keller era o único que o chamava de Fernando. Descer! O Keller tinha razão. Voava a dois mil metros de altura, no meio do *flak*, com o avião pegando fogo e o sangue saindo abundantemente de sua mão.

— Larga o *belly*, larga o *belly*!

Pereyron aciona as alavancas e libera o *belly tank,* o tanque de gasolina, que despenca no espaço, e logo baixa o nariz do A-6 e se lança vertiginosamente no meio das nuvens e do fogo e da fumaça com a boca seca e as pernas bambas e com a mão esquerda batendo freneticamente nas chamas que brotavam nas suas costas no encosto da poltrona. Queimou a mão, mas as chamas sumiram e ele viu árvores e cercas perigosamente no seu caminho e saiu desviando delas, quando ouviu a voz de Keller:

— Fernando, e aí? Onde estás?
— Desci bastante. Estou ferido na mão. Vou voltar à base.
— Certo. Ganha um pouco de altura, Fernando, eu quero te ver. Eu vou te acompanhar.

O segundo-tenente Fernando Pereyron recuperou as forças instantaneamente. Nada como uma voz boa e fraterna. Mas acelerou demais, ainda alucinado e zonzo.

O Keller gritou bem forte:
— Reduz um pouco, Fernando. Me espera, me espera!

Viu a máquina de Keller surgir brilhante e roncando ao lado dele. Voaram lado a lado, em baixa altitude, cruzaram o rio Pó, atravessaram barrancos, seguindo pela margem, fugindo ao *flack*. Chegaram na Terra de Ninguém e subiram chegando a três mil metros; o bombardeio não parava, o cheiro da fumaça era nauseante e tinha a mão esquerda queimada e a direita ensopada em sangue quando viu o campo de pouso, a sua base.

— Licença para aterragem de emergência!

A resposta não tardou.

— Campo livre para aterragem. Você é o primeiro.

93

Pereyron ficou dois dias hospitalizado. Os ferimentos nas mãos não eram graves, os nervos foram ficando no lugar e no terceiro dia, quando fechava sua mochila para apanhar a condução que o esperava para levá-lo a Roma, três dias de licença para se recompor totalmente, segundo prescrição do médico, ouviu alguém dizer que o tenente Medeiros, "aquele cara simpático e engraçado", não tinha voltado para a base.

94

Pereyron tinha acabado de estacionar a caminhoneta diante do imponente Albergo Nettuno, enorme casa de três andares, tradicional estabelecimento para viajantes da cidade de Pisa, para onde o 1.º Grupo de Caça foi transferido. O tenente Pereyron recebera ordens de trazer de Roma alguns sargentos e pessoal de terra, amontoados na caminhoneta, e que começavam a descer, músculos doloridos.

Pararam todos na calçada e ficaram olhando o rio Arno, que deslizava diante do Albergo. Na outra margem, nos grandes edifícios solenes, estava o quartel-general da aviação aliada.

Voltou-se para entrar e deu de cara com Torres, que descia as escadas do Albergo.

— Como é?, perguntou avidamente Pereyron.
— Uma maravilha! Aquecimento central, restaurante, barbearia.
— E mulheres?
— Basta olhar ao redor: centenas, milhares de mulheres caminhando pelas ruas de Pisa e sabendo que aqui no Albergo Nettuno está a nata da aviação mundial: alguns americanos idiotas e nós, brasileiros bronzeados.

Os sargentos bateram palmas. Pereyron puxou Torres para um canto.
– E o Medeiros?
Torres ficou sombrio.
– Não sabemos nada. Saltou de paraquedas, achamos que está prisioneiro, mas não sabemos de fato nada.

95

O coronel Brayner chegou ao aeroporto de Pisa tomado duma calma fora do comum. Afinal, estava voltando ao Brasil em missão especial do general-comandante; teria sua amada Maria nos braços por algumas noites quentes do Rio de Janeiro; lá era pleno verão, e aqui essa neve, essa neve que não para, deveria estar com um turbilhão por dentro, mas o que sentia era essa calma que o inquietava. Por que não estava nervoso, tenso, fumando sem parar?

O jipe o deixou na calçada, entrou no grande prédio, abrindo a pasta para apanhar os documentos que devia apresentar. Em dez horas veria o Rio de Janeiro. Mas não estava excitado nem ansioso. Essa calma que o dominava era mau sinal. Estavam à beira de um precipício onde cairiam todos eles, mas principalmente o exército como instituição, o Brasil como nação, todos eles, oficiais brilhantes ou não, como seres humanos derrotados e fracassados.

Ele não tinha condições de reverter o quadro. Teria uma audiência com Getúlio Vargas e não sabia em que isso poderia ajudá-los.

Sentiu um frio na barriga quando o avião levantou voo; estava voltando para o Brasil, e tudo o que levava no peito era amargura e desesperança.

96

O segundo-sargento Bóris era comunista de carteirinha. Isso causava certa estranheza entre os pracinhas. Eles sabiam que havia comunistas no esquadrão, até mesmo alguns oficiais, mas o segundo-sargento Bóris tinha aquele jeito de padre e nenhum medo de dizer que era comunista, mesmo para o sargento Nilson, que ficava vermelho de brabo cada vez que ouvia isso.

Porque se tinha coisa de que o sargento Nilson não gostava era de comunista.

Depois que pegaram o segundo-sargento Bóris falando com um dos comandantes da resistência italiana, todos comunistas segundo o sargento Nilson, no mais coloquial e fluente italiano, a estranheza em torno dele aumentou.

O segundo-sargento Bóris trazia em sua mochila livros e mais livros. O cabo Quevedo gostava de colocar a mão sob a mochila do segundo-sargento Bóris, avaliar seu peso e sacudir a cabeça.

— O senhor leu isso tudo, sargento?

Logo se descobriu que o segundo-sargento Bóris, além de engenheiro, sabia falar vários idiomas (ali estava ele falando com os *partigiani* como se fosse em português) e não parava de rabiscar coisas misteriosas numa caderneta de capa preta.

Essa atitude não era de estranhar porque havia uma quantidade enorme de praças, sargentos e oficiais que rabiscavam secretamente seus diários. O sargento Nilson andou resmungando alguma coisa como "esses espiões comunistas filhos duma égua", mas o fato é que a postura do segundo-sargento Bóris era inatacável.

Era o mais profissional, o mais atento, o mais disponível para a ação e o trabalho. Passava a maior parte do tempo cochichando com os guerrilheiros italianos, é verdade, e não gostava de se abrir. Então, numa daquelas noites geladas (a maldita neve não parava), ele disse:

— Os aliados entregaram os *partigiani*.
— O quê? Como?

Estavam na cozinha de uma das últimas casas da rua principal de Gaggio Montano, de olho na sopa que fervia, cercados pela numerosa família de agricultores.

— Vocês não viram que pararam de lançar suprimentos para os guerrilheiros?

— É verdade.

— Há quanto tempo não passa um avião e não larga um paraquedas com víveres e armas ou munição?

— Faz tempo, disse Bandeira.

— Desde que o general Alexander discursou na rádio, agradecendo a ajuda deles, mas dizendo que o inverno ia ser muito forte e era melhor dispersarem. Isso mesmo. Dispersarem. Mas dispersar para onde? Para suas aldeias, suas casas e colocar o risco de suas famílias serem massacradas?

A voz de Bóris era suave e controlada, mas os donos da casa perceberam que os outros soldados se tornaram inquietos, que seus olhos se concentravam no sargento que falava mansamente.

— O que os guerrilheiros vão fazer com as pessoas que estão com eles, pilotos abatidos que recolheram e protegem, prisioneiros que conseguiram escapar, agentes de ligação, como vão esconder e manter o arsenal se não puderem sobreviver nas montanhas?

Quevedo ia dizer uma bobagem, resolveu se calar.

— Sabem o que estavam me dizendo ainda hoje?, continuou Bóris. — Que saiu na Ordem do Dia do comando alemão na Itália que os aliados vão dar um desafogo na Linha Gótica. Que agora eles, nazistas e fascistas, não vão se preocupar mais com americanos e brasileiros, somente com os guerrilheiros italianos. A fala de Alexander foi como um sinal para os alemães. Vai começar a temporada de caça de guerrilheiro em grande escala. Por obra e graça do grande comandante dos aliados.

Havia um silêncio incômodo na pequena cozinha. O gago Atílio começou a sentir mais forte o calor que emanava do fogão à lenha.

— Mas não é a primeira vez que eles fazem isso. Me contaram uma coisa de estarrecer. Em maio deste ano, quando do avanço dos americanos a partir de Anzio, e com a necessidade de transpor os montes Aurunci, uma tropa de marroquinos, em torno de 600 homens, comandados por oficiais franceses, recebeu ordem de avançar sem parar pela região, muito difícil e escarpada. Para estimular os mouros, foi distribuído um folheto em árabe, pelo próprio comando da tropa, onde dizia que do outro lado daquelas montanhas encontrava-se um vale de belezas extraordinárias, com mulheres sensuais, pomares e vinho. Quando eles chegassem lá, tudo, mulheres, comida, bebida, tudo seria deles durante 50 horas. De 17 a 25 de maio o horror se instalou na região. Os marroquinos estupraram centenas de mulheres, de jovens, de crianças, torturaram os homens, mataram com extrema crueldade o pároco da vila de Esperia. Só nessa vila de Esperia, 700 mulheres foram violentadas e a maioria delas foi contaminada pela sífilis. Mark Clark soube e ficou furioso, chamou a atenção do comando do Corpo Expedicionário Francês, mas já era tarde e não havia mais o que fazer, e, afinal, os marroquinos receberam ordens dos seus oficiais.

A dona da casa começou a servir a sopa fumegante em pratos de alumínio e os foi passando de mão em mão. Comeram olhando pela janela a neve cair sem parar na noite escura, enquanto o coronel Brayner olhava, pela janela do avião que aterrissava, a esplêndida manhã de sol no Rio de Janeiro.

97

Brayner tinha tomado pílulas para dormir durante a viagem e sua sinistra calma voltara, agora que estava desperto e antecipava na pele o calor da cidade.

Ninguém o esperava no aeroporto, a viagem era secreta. Apanhou um táxi e rumou para casa, pensando na mulher, no susto que ela ia levar; antevia o esforço que ela faria para não chorar e se mostrar valente.

Esses pensamentos o emocionavam enquanto via aquela cidade que amava ir passando, enquanto via o perfil dos morros, o reflexo do mar cintilando, jovens de bicicletas nas praças e o trânsito alegre e caótico.

Ali não havia guerra. Estranhamente ali não havia guerra nem frio nem solidão nem desespero nem medo. O que calava bem fundo dentro dele, porém, era aquela calma de antes da tempestade, clichê banal e verdadeiro.

No dia seguinte estaria frente a frente com o Ditador, com aquele homem estranho que não conseguia compreender, e de quem dependeria o destino dos seus companheiros de guerra.

Era a pior missão que já recebera. Dependia de saber como falar com Getúlio. A FEB dependia desse encontro.

Fechou os olhos e ficou imaginando a cidade, ficou imaginando os olhos de Maria quando ela o visse descer do táxi diante da pequena casa branca na Vila Militar.

98

Getúlio vargas recebeu Brayner às três da tarde do dia 25 de janeiro, no Palácio do Catete, sem fazê-lo esperar. Cancelou a reunião com o ministro Salgado Filho e recebeu-o no próprio Salão de Despachos, onde estava trabalhando. Saiu detrás da escrivaninha, apertou sua mão e apontou a cadeira para ele.

Brayner sentou-se.

— Coronel, tenho ouvido falar muitas coisas da FEB. Umas boas, outras más. E as más em maior número, deixando-me preocupado. Quero que o senhor, como Chefe de Estado Maior, me faça um relato pormenorizado das ações da FEB, bem minucioso, não deixando nada de lado, doa a quem doer.

— Estou pronto, senhor presidente, a responder ao que Vossa Excelência me perguntar. Foi essa, aliás, a recomendação do general Mascarenhas.

— Mas, antes, até para entender seu relato, quero que use toda sua sinceridade e patriotismo para me responder a seguinte pergunta: qual a restrição ou restrições que os oficiais fazem ao comandante Mascarenhas?

Brayner passou a mão na testa.

— Restrições? No meu modo de entender, nenhuma, presidente.

— Coronel, conheço bem certas questões de poder. Tem chegado até mim rumores a que eu não dei crédito. Mas quero que o senhor me diga. Vou ser franco: o comandante Mascarenhas é incapaz? É frouxo? Mau para os comandados?

— Presidente, até esta data, a FEB, sob o comando do general Mascarenhas, não cedeu um só passo de terreno conquistado. Todos os oficiais têm noção disso e da importância desse fato. Os oficiais reconhecem e respeitam esse fato.

— Ninguém levantou alguma questão de competência profissional ou de responsabilidade?

— Presidente, por acaso recuamos para trás das linhas, das extensas linhas, diga-se, que nos foram confiadas? Nunca. Deixamos, por acaso, alguma tropa americana exposta ao perigo, em virtude de recuo? Nunca. Houve alguma queixa dos comandos da 92.ª Americana ou da 6.ª Divisão Blindada Sul-Africana ou mesmo da Task Force 45 por termos deixado de cumprir preceitos de ligação ou solidariedade em combate? Nunca.

Getúlio concordou com a cabeça, em silêncio.

— Quais as restrições que, verdadeiramente, podem ser feitas aos nossos, por erros cometidos? Fale com sinceridade. Como foi a debandada do Onze?

— Presidente, o episódio da noite de 2 para 3 de dezembro não passou de um pânico momentâneo e limitado, que afetou apenas um batalhão que acabava de chegar da área de treinamento e logo entrou em posição num setor crítico, no sopé do Monte Castelo. A substituição foi delatada por espias entre os camponeses italianos ou foi percebida pelo inimigo. Os ataques inesperados contra a sua instalação, ainda não consolidada, provocaram o pânico, que atingiu as duas companhias. Não houve, sequer, baixa por mortes, ferimento ou extravio. Todos os homens foram recuperados.

— Entendi.

— Certamente houve erros de nossa parte. Falamos muito sobre isso. Mas o erro principal decorria do fato de nos forçarem a defender uma frente desproporcional aos nossos meios. E, presidente, em meio a tudo, obrigados a realizar um ataque de grande envergadura.

— Monte Castelo?

— É um exemplo. Ainda não conseguimos tomar o Monte Castelo, é verdade, e há fortes razões para isso, que não são compreendidas pelo general Crittenberger, o comandante do IV Corpo. Ou quem sabe, é compreendido muito bem.

— Me explique isso, coronel.

— O general é um homem impaciente e até mesmo preconceituoso com os latinos, bastante preconceituoso, mas é um soldado profissional. Ele não age sem motivos. O Alto Comando pode ter, e eu acredito que tem, objetivos que sejam difíceis de explicar aos aliados.

— O Monte Castelo, por exemplo?

— Exatamente, presidente.

— Pelo que entendo, é um ponto estratégico importante.

— Na nossa frente é um ponto fundamental neste momento da guerra. Acredito, senhor presidente, e isto é minha opinião estritamente pessoal, que a FEB tem sido usada como tropa de manobra diversionista nesse episódio, mas isso é algo que o Alto Comando Aliado jamais vai admitir.

— Por que diversionista, coronel?

— Veja bem, presidente, estamos enfrentando um inimigo bastante mais numeroso, em posição privilegiada nos altos da cordilheira, e mais bem armado e preparado. Com que propósito os atacamos sem parar, se há táticas mais adequadas? Me parece que com evidente propósito de mantê-los ocupados, retendo na Itália o maior número de divisões alemãs, impedindo que se retirem para a Alemanha em ordem.

— Essa é a função do diversionismo.

— Exato, presidente. É uma tarefa de desgaste. E nós somos descartáveis. Nós somos os sacrificados nessa estratégia malsã. Mas, como dizemos na caserna, senhor presidente, os planos do Alto Comando não se discutem com o pelotão. Somos peões num jogo de xadrez.

— E como os oficiais encaram o Monte Castelo, esse problema ainda não solucionado?

— Os oficiais têm confiança de que vão tomar o Castelo, mais cedo ou mais tarde. Também tenho plena convicção disso. Se nos derem as condições que manifestamos diversas vezes, tomaremos a maldita montanha.

— E a tropa, coronel? Os pracinhas?

— São nosso orgulho, presidente. Nenhuma restrição deve ser feita à tropa. Nossos soldados e nossos oficiais, a despeito de todas as circunstâncias adversas, mostraram qualidades excepcionais. Não somos tropa de montanha. Acostumados ao adestramento para a luta na planície, até mesmo os processos de combate em terreno montanhoso nós não praticávamos. Muitas vezes atacamos em pleno dia, galgando o dorso da montanha, à base de pura bravura pessoal. Um tenente valente arrasta qualquer pelotão. Por maior que seja a temeridade, os soldados o seguem. Nós, do Estado Maior, somos testemunhas disso.

99

Quando o avião pousou no aeroporto de Nápoles, logo após a porta abrir e sentir o impacto do vento gelado no rosto, Brayner viu, ao pé da escada, o general Mascarenhas de Moraes.

Fizeram continência, trocaram um discreto abraço e rumaram para o bar do aeroporto, onde se instalaram numa mesa a um canto. Pediram café.

Brayner não notou o menor sinal de ansiedade no rosto taciturno do general-comandante, a não ser o sorriso quase imperceptível que ele usava para acompanhar suas conversas nos momentos de crise.

— Então, como ficaram as coisas por lá, a nosso respeito?
— Em absoluta tranquilidade. O presidente manda lhe dizer que confia inteiramente na sua ação de comando e que não cogita nem admite sua substituição.

E então Brayner viu o rosto do comandante expressar um alívio do mesmo modo imperceptível como o sorriso, fenômeno que sempre o deixava espantado.

— Conte-me tudo.

100

O Jipe corria veloz pela estrada esburacada, dando sustos nos dois oficiais. Com pormenores tais como clima e cores da cidade distante, o coronel contou suas andanças no Rio de Janeiro, a tensa entrevista com o Ministro da Guerra, a visita à família dele, Mascarenhas, e a longa audiência com o ditador Getúlio Vargas, a quem ambos chamavam de presidente por pudor profissional.

— Ficou tudo nos eixos, comandante.
— Deus te ouça, Brayner. Assim vou para Lucca com mais tranquilidade.
— O que há em Lucca, general?
— Reunião com o Comando Aliado. Vamos discutir novo plano de ataque ao Monte Castelo.

Brayner suspirou.

— Na sua ausência, estive algumas vezes com Mark Clark. Ele nos compreende bem melhor do que o Crittenberger. Ele não disse claramente, mas deu a entender que a Task Force fracassou em suas tarefas e nos arrastou com ela.

— Já era tempo.
— Ele me apresentou ao general George Hayes, comandante da Décima Divisão de Montanha. Conversei muito com esse general. Contei a ele pormenorizadamente todos os ataques. Contei tudo. Ele

ouviu e entendeu. Ele me disse: a Décima é uma tropa recrutada e adestrada na região das Montanhas Rochosas. Temos um imenso respeito pelas montanhas. Compreendo as dificuldades que os senhores estão encontrando.

— Imenso respeito pelas montanhas. Ele disse isso?
— Com essas palavras.

101

Batiam na porta com insistência.
Foi se desprendendo do sono com esforço, como se carregasse toneladas de alguma matéria escura e escorregadia. Tinha um cansaço mortal, um desânimo, uma vontade de continuar de olhos fechados e acordar na sua cama em Cachoeira do Sul, ouvindo os latidos da cadelinha Rosvita.

— Tenente, tenente!
Abriu os olhos.
Não está em sua cama, não ouve os latidos da cadelinha Rosvita. Está na Vala Comum do Albergo Nettuno, em Pisa, Itália, bem longe do seu quarto de infância em Cachoeira do Sul, e as batidas na porta o estremecem.

— Calma, calma. Já vou. Quem é?
— Cabo Afonso, tenente.
— O que você quer?
— O senhor está sendo chamado para substituir alguém na Patrulha da Madrugada.

Danilo gemeu. Abriu a porta e o cabo Afonso estava ali enorme na sua frente, implacável.

— O jipe está esperando, tenente.
— O que aconteceu?
— Um piloto foi hospitalizado. Mandaram chamar o senhor.

E agora o tenente Danilo vara a madrugada sacudindo no banco duro do jipe na direção da Base Aérea. É madrugada, mas parece noite escura, agora já entra na sala de instruções e sente o cheiro de cigarro e café, o burburinho de vozes, aquele clima conhecido do antigo ritual que precede as missões de combate.

A sala estava cheia. Sentou-se ao lado de Torres, que lhe estendeu um cigarro aceso e uma xícara de café com um sorriso maroto. Ali estavam os pilotos da Esquadrilha Amarela e da Vermelha.

O major Pamplona dava as instruções e fez um sinal para ele.

— Danilo, você vai integrar a Amarela. Vai ser ala do Joel, vai ser o número 2. Depois o Joel entra nos detalhes da missão, porque eu já acabei. Vocês vão voar na direção de Verona. Pontes ferroviárias são os alvos.

O capitão Joel puxou Danilo pelo braço até o quadro onde estavam pendurados os grandes mapas de toda a região.

— Estas pontes.

Sob retângulos vermelhos de giz, destacavam-se as fotografias dos alvos.

— A ponte de Casarsa e a ponte de Treviso. Elas levam os trens para o sul, e por isso são muito protegidas. São dois alvos de extrema importância. Os ingleses já as destruíram duas vezes, mas os alemães as reconstroem. Agora é nossa vez. Olha esta foto aqui. É para lá que vamos.

— Já estivemos na região antes. A defesa antiaérea é pesada.

— É largar as bombas e sair. A concentração de fogo é muito grande. Você é o 2, Perdigão o 3 e Meira o 4. Depois da ponte, alvos de oportunidade.

Encaminharam-se para os jipes que esperavam do lado de fora. Joel continuava falando.

— A segunda esquadrilha é com o Torres de líder, Pereyron de 2 e Menezes de 3. O tempo é bom, mas está chegando um nevoeiro muito forte sobre a região.

Aboletaram-se nos jipes e rodaram em direção aos aviões. Sentia crescendo aquela sensação inexplicável de euforia e medo. Via os aviões ficando maiores e mais próximos. Um pássaro noturno cantou. Estavam todos em silêncio, desfrutando ainda os últimos vestígios do sono. Quando estivessem subindo para as cabines dos caças, deveriam estar cem por cento alertas.

102

Voaram com elegância na direção norte durante quase meia hora, numa formação perfeita, quando Joel, com sua voz anasalada, avisou.
– Objetivo à vista.
Abaixo da camada de nuvens, Danilo avistou as pontes.
– Atacar!
Mergulharam num movimento sincronizado e foram largando as bombas. Saíram em velocidade, vendo os obuses da defesa antiaérea estourar em volta deles com ruído infernal. Lá embaixo a paisagem se retorcia no fogo e no aço estilhaçado.
Infernal, pensou Torres. Isso é o inferno. Todos dizem a mesma coisa, mas é verdade. Ataque executado com perfeição obedecendo à rotina técnica e tática para estes casos, mas é a rotina do inferno. A perfeição do inferno. Todos já estamos fartos.
– Torres.
Era a voz do Joel.
– Missão cumprida, por enquanto. Agora siga o *briefing*. Leve a Vermelha para alvos de ocasião. Eu vou fazer o mesmo.
As esquadrilhas se separaram. Danilo viu Joel fazendo sinais para ele. Aproximavam-se da pequena estação de Castelfranco, a este de Verona. Uma locomotiva chegava na estação, puxando um comboio. Um bom alvo.
– Danilo, esse é nosso. Vamos atacar.
Joel mergulhou para metralhar o comboio. Ao chegar à distância de tiro, cerca de 400 metros, divisou manchas escuras nos vagões. Eram marcas de incêndio.

– Eles já foram atacados, vamos abortar.

No final da passagem, cerca de trinta metros de altura do solo, sentiu o barulho das balas perfurando o avião. E sentiu que eram mais de quarenta furos. E sentiu o baque e o desequilíbrio. E sentiu o frio subindo pelo corpo. Sabia que era grave: o P-47 fora atingido mortalmente.

Iniciou uma curva ascendente pela esquerda, saída normal para a rasante dos ataques a alvos terrestres. Percebeu que a fumaça negra que saía do motor era fora de proporção e soube com certeza que agora, sim, tinha perdido sua preciosa garça.

– Alô, Jambocks, aqui o capitão Joel, fui atingido.

Tinha que saltar, mas estava muito baixo. Tratou de empinar o nariz do avião e subir tudo que podia. O altímetro marcava agora 400 metros acima do solo.

Soltou o *canopy*. A sucção provocada pela abertura trazia fumaça e fogo para dentro da nacele. Era decisivo sair do avião imediatamente, pois as chamas em poucos segundos atingiriam o tanque de gasolina, que ainda estava bastante cheio. Mas ficou complicado sair do avião em queda. Joel raciocinou rápido, levantou ao máximo o banco do piloto, soltou o cinto de segurança, e com o pé direito empurrou o manche para frente. Apesar da pouca velocidade, o avião obedeceu ao comando, abaixando o nariz num salto. Joel esgueirou-se para fora do P-47 na tangente da curva. A mordida fria do vento no rosto por um décimo de segundo o fez sentir-se livre.

Mas sua cabeça ficou subitamente presa e foi puxada para trás. Custou a entender. O pino dos fios de rádio do capacete ficou preso entre a blindagem às suas costas e a fuselagem do avião, atuando como um braço de alavanca. Joel caiu de costas sobre a fuselagem – a carcaça do avião, onde se acomodam os tripulantes e a carga – e depois jogado contra a empenagem, conjunto de lemes e estabilizadores no painel de instrumentos.

Joel reuniu forças e deu um arranco, usando os braços para pegar impulso e dessa vez, sim, sair do avião.

Escapou da fumaça escura e percebeu que caía de cabeça para baixo no abismo, vendo o chão ficar imenso a cada batida do coração.

Acionou o comando do paraquedas, que abriu estalando, as cordas esticaram e nesse instante se enrolaram em seu braço esquerdo, que foi atirado violentamente para cima, com um estalo. Foi atravessado por uma dor rascante no ombro e não sabe se gritou ou não, pois tentava controlar a queda manejando as cordas, mas só o braço direito obedecia. O esquerdo parecia morto.

103

O avião do Danilo foi atingido no motor. Ele tentou ganhar altura com o excesso de velocidade adquirido no mergulho. Obedeceu às regras da esquadrilha em missão de combate e seguiu Joel de perto, vendo-o deixar um rastro de fumaça negra no céu. Viu quando ele saltou, a menos de 300 metros do solo. Ficou com o olho grudado em Joel até que o paraquedas dele se abriu e nesse instante lembrou que estava na mesma situação do capitão. Sufocado pela fumaça dentro da nacele, perdeu os comandos, que foram cortados pelo fogo antiaéreo alemão.

Agora tinha muito pouco tempo para se safar.

Alijou a capota. O P-47, completamente sem comandos, começou a perder altura. Tentou levantar-se do assento. Mas o avião descia numa vertigem desvairada. Danilo engolia fumaça escura, tossiu engasgado e subiu na sua garganta a ânsia de vômito. Previu que em menos de um minuto explodiria contra a neve lá embaixo. Num átimo de inspiração acionou o Mae West, o colete salva-vidas que usava, o qual se encheu automaticamente.

O Mae West inflado criou uma superfície maior em seu entorno, o que fez com que o impacto do ar o chupasse para fora, mas ainda estava preso. Ajudou-se firmando o pé no painel de voo e, com um arranco, livrou-se do P-47.

Por segundos gozou a sensação de estar flutuando no ar cinzento. A granada que explodiu a seu lado e deixou-o momentaneamente surdo despertou-o para a realidade de que não podia perder um mínimo de tempo. Acionou a abertura do paraquedas, sentiu o tirão quando ele se abriu em cima de sua cabeça e segurou a queda.

Flutuou menos de meio minuto no nevoeiro cinza e bateu com força na neve, caindo de traseiro. Rapidamente começou a se desvencilhar das cordas, quando sentiu o ar estremecer, porque o P-47 passou por ele a menos de 150 metros e enterrou-se de ponta na neve, com ruído de coisa rasgada e metal amassando.

Danilo se abaixou e cobriu a cabeça com as mãos; a brusca explosão alaranjada e vermelha sacudiu o chão, espalhou neve centenas de metros ao redor e chamuscou seu rosto. O deslocamento de ar inflou o paraquedas como um tufão, arrastando-o enquanto ainda tentava se livrar dele. Firmou os coturnos na neve que rangia, aguentou o paraquedas, sentiu que se desvencilhava de uma parte das cordas.

Olhou ao redor. O nevoeiro era espesso e não dava para ver nada além de sua consistência gasosa. E agora? Não enxergava nada, não ouvia nada, estava tonto e desorientado. Olhou o relógio de pulso: 6 horas, 30 minutos.

– Camarada, camarada!

Uma voz de muito longe, fina e ríspida, invadiu sua surdez. Quatro vultos no mundo sombrio, muito próximos.

104

Joel conseguiu dar mais um puxão nas cordas e de olhos fechados aterrou de cara no chão. Saiu deslizando na neve dura, arranhando o nariz, a testa e as bochechas.

Levantou-se tão rápido quanto pôde. Estava cercado pela cerração fechada como uma cortina. Escutou disparos e viu os riscos vermelhos dos tiros da antiaérea alemã contra o ronco dos aviões circulando no alto.

Começou a se livrar do paraquedas soltando as presilhas apenas com a mão direita. Surgiu alguém na sua frente.

— *Via, via, i tedeschi, via, via!*

Enquanto falava, o aparecido começou a recolher o paraquedas com rapidez. Devia ser um camponês italiano, talvez um guerrilheiro, de qualquer modo o vulto escuro era alguém amigo e falava com autoridade.

— *Via! Via, i tedeschi!*

Tinha voz de comando, e Joel achou melhor obedecer. Não dava para distinguir detalhe algum, mas havia na sua frente uma mancha alta e mais escura do que o ambiente ao redor. Joel achou que era um bosque. Começou a caminhar para lá, o mais rápido que podia, escorregando na neve endurecida, quando sentiu sua perna fraquejar. Subiu pela perna uma agulhada de dor. O pé direito mal podia se apoiar no chão.

— Desgraça!, praguejou.

Talvez tivesse quebrado o pé. Tinha certeza que o braço esquerdo ou estava quebrado ou destroncado pelo tirão do paraquedas. E agora o pé!

Começou a mancar na direção do bosque, cada passo uma agulhada de dor, envolvido pela cerração fria, não vendo nada nítido a um metro de distância, pensando que desta vez, sim, senhor, estava metido numa enrascada das grandes.

O P-47 explodiu em algum lugar do bosque, iluminando a escuridão.

105

Os quatro vultos cercaram Danilo, que sentiu o cheiro deles, forte, de bicho rural, hálito a vinho tinto e alho.

— *Siete inglese o americano?*
— Americano.
— *Andiamo via*, os tedescos estão perto. Vamos, rápido, tedescos perto, muito perto.

Tentou erguer-se e foi ajudado por uma mão forte, dura. Tomado por repentina vertigem, tratou de firmar-se. Saiu arrastando os pés, meio de arrasto, porque outra mão áspera apertou seu outro braço e o ajudou a sustentar-se.

Sentia-se estranho. Falou *americano* no impulso, quase como um sentimento de defesa. Se dissesse *brasileiro*, possivelmente teria de ficar dando explicações. Todo mundo sabia que os americanos estavam voando sobre a região há meses. E não seria improvável que aqueles camponeses não soubessem que o Brasil estava na guerra.

Silêncio total, vai sendo empurrado pelas mãos endurecidas dentro do nevoeiro, silêncio cada vez mais profundo. Estava surdo.

Direção norte, um quilômetro, ouvia sussurros em italiano, tinha certeza que é um quilômetro ou menos; a audição voltava a intervalos e logo desaparecia.

Chegam num riacho brilhante, as águas murmurando numa descida suave cheia de pedras. Os italianos entraram na água sem hesitar, mas Danilo instintivamente encolheu-se e resistiu. Os italianos se entreolharam. Largaram-no sentado na beira do riacho. Tentou se levantar, o silêncio voltou, as pernas fraquejaram, e Danilo se encolheu de frio e pavor, com raiva da sua fraqueza e daqueles homens enormes que a testemunhavam.

De repente é erguido e percebeu que fizeram uma cadeirinha com os braços, antiga brincadeira da infância em Cachoeira do Sul. É invadido pela humilhação e transportado por cima das águas até a outra margem. Largaram-no e se equilibrou precariamente; um deles falava junto a seu ouvido e apontava para uma direção que não sabia qual era; apenas via a boca do homem abrindo e fechando sem emitir nenhum som.

— Tenho um mapa, disse em italiano precário.

Tentou abrir a mochila e apanhar o lenço-mapa, cuidadosamente dobrado dentro dela. Os italianos ficaram inquietos. Danilo abriu o mapa sobre o chão nevado. Todos se abaixaram ao redor dele.

– Onde estamos?, perguntou Danilo.

Os homens se entreolharam. A mão de um deles acariciou a seda delicada do lenço.

– Camarada, sabemos pouco sobre mapas.

Um cantil de pele de carneiro lhe foi estendido. Bebeu um gole. Vinho. Um calorzinho bom.

– Precisamos sair daqui. O nevoeiro vai levantar.

Imediatamente foi erguido pelos braços e arrastado em direção a um bosque fantasmagórico, onde os pedaços da cerração subiam parecendo se desprender do fundo do chão e procuravam os galhos mais altos, onde se enroscavam como espíritos ansiosos. Avança imprensado entre os quatro homens, mal movendo as pernas, mais arrastado do que caminhando. Pararam de repente. Uma estrada. Larga, pavimentada. Caminhões surgiam do escuro, passavam e desapareciam no escuro.

– Não posso mais andar, preciso dum descanso.

– Do outro lado. Vamos atravessar a rodovia.

Esperaram um pouco, o ruído dos carros desapareceu, e eles arremeteram ao mesmo tempo. Chegaram ao outro lado e se enfiaram entre as árvores molhadas. Caminharam curvados, resfolegantes, durante um tempo que a Danilo parecia nunca acabar, quando pararam de repente.

Havia um casebre de madeira. Escutou um latido de cão. Abriram a porta e entraram na sala cheia de fardos de palha, onde reinava um calor moderado, com perfume de ervas. Puxaram-no para o fundo da peça. Um deles foi desmanchando um fardo de palha e espalhando-a no chão.

– Deita aí.

Mal deitou-se, jogaram palha em cima dele, até tapá-lo completamente.

– Você vai ficar aquecido. Tire as roupas úmidas. À noite um companheiro vai voltar aqui.

Escutou quando eles saíam e fechavam a porta. Depois escutou o silêncio do campo em volta, ocasionalmente ouvia o latido do cão. Acomodou o corpo como pôde, fechou os olhos e ficou com seus pensamentos, que eram muitos.

106

Joel olhou o relógio. Recém 7 horas e 3 minutos, e não se via quase nada. O nevoeiro era tão espesso que dava para cortar com uma faca. Chegou ao bosque, entrou nele, sentiu o cheiro acre e vegetal das árvores escuras e foi andando amparando-se nos troncos, indo cada vez mais para seu interior. Nenhum canto de pássaro, nenhum movimento de bicho pequeno. Parecia um bosque de conto de assombração, parecia que cada árvore tinha olhos e braços compridos com as garras dos desenhos de Walt Disney. Deus do céu, preciso parar com isso. Sou um piloto de guerra. Um capitão, comandante de esquadrilha. Devo pensar no Danilo. Rezar para que ele esteja bem. Não era muito de rezar; começa a cantarolar uma antiga novena do tempo do ginásio, quando subitamente o bosque termina e a seus pés está uma rodovia. Olha para os dois lados, receoso. Nenhum ruído, nenhum carro. Entendeu que a rodovia atravessava o bosque. Do outro lado do pavimento, uns dez metros, o bosque recomeçava. Atravessa a rodovia seguindo apenas o instinto; não sabe para onde vai nem em que direção. Lembra-se da bússola, tão pequena que cabe embaixo da língua para esconder em caso de revista. Precisa consultá-la para seguir no rumo do sul. Pisa é para o sul, isso todos sabem. Penetra outra vez no bosque e segue em frente. A ordem é se afastar o máximo possível do local da queda. Foram dois aviões abatidos. Os nazistas devem estar fazendo uma busca minuciosa por toda parte. Sabe que Danilo foi atingido, mas não sabe se ele saltou. Os nazistas devem estar com raiva do nevoeiro que tão bem esconde os fugitivos. Não é bom encontrar nazistas com raiva num lugar escuro, e com um braço quebrado e mancando duma perna.

107

Danilo percebeu que abriam a porta do casebre. Com certeza tinha dormido, mas não sabia quanto tempo. A porta foi fechada e ouviu os passos se aproximando.

Apanhou a pistola e esperou.

– Camarada.

– Sim.

– Trouxe uma garrafa de leite e dois ovos.

Danilo se desvencilhou da palha, olhou para o homem em pé na sua frente.

– Eu lhe agradeço.

– Não precisa. Estamos aqui para isso. Somos camaradas, não somos?

Danilo concordou com a cabeça.

– Somos camaradas.

O homem se agachou e estendeu uma garrafa.

– Leite quente, dois ovos cozidos. O camarada dormiu bastante, estava precisando mesmo.

Danilo consultou o relógio de pulso. Seis da tarde. Dormira mais de dez horas. Bebeu um gole do leite, depositou a garrafa a seu lado e começou a descascar um ovo.

– Para onde o amigo quer seguir? Para o norte, Alpes, ou para o sul?

– Para o sul.

— Para o sul? Por quê? Para o norte é mais perto e mais seguro.
— Minha base fica no sul. Quero voltar para lá.
— Isso é impossível, camarada.
— Por que impossível?
— A Wehrmacht domina toda a região.
— E o meu companheiro? Sabem dele?
— *Niente*.
— Não o viram cair?
— Não.
— Nem o paraquedas abrir?
— Não.
— Eu o vi abrir, vocês também devem ter visto.
— Camarada aviador, não vimos nada.

De repente Danilo caiu em si. Estava com excesso de ansiedade e começava a ter um comportamento infantil. Tinham sido exaustivamente instruídos sobre a possibilidade de serem resgatados por membros da guerrilha antifascista caso fossem atingidos, e a guerrilha tinha métodos de segurança rígidos e eficazes. A primeira regra era não dar a mínima informação para ninguém, fosse quem fosse. Informação só era trocada em caso de ser parte natural da missão. Se não, bico fechado. Em boca fechada não entra mosca, lembrava sem parar o comandante Nero.

— Preciso ir para Pisa, camarada.
— Até Pisa são quase 200 quilômetros ocupados pelos alemães.
— Posso me juntar aos *partigiani*. Ficaria honrado de estar com eles. Sou soldado, sei lutar.
— Não é assim tão fácil. Per que para o sul?
— Tenho cara de italiano, não tenho? Sim ou não?
— O que você tem de italiano, camarada aviador, é a teimosia.
— Um bom atributo.
— Amanhã de manhã vou trazer um professor de geografia e roupas de civil.

108

Joel se arrasta através do bosque. Tinha dormido algumas horas, enroscado em si mesmo, como único abrigo a jaqueta de piloto, e sentia que começava perigosamente a ficar congelado. Hipotermia. Essa palavra o aterrorizava. E ela estava chegando perto. Resolveu se mexer e sair dali, daqueles arbustos que o escondiam tão bem, e começou a caminhar sem saber para onde, sentindo a perna sofrer as agulhadas da dor que subiam do pé inchado dentro da botina. Percebe que o bosque começa a terminar. Lá adiante vê uma casa. Aproxima-se sem saber exatamente o que vai fazer. Bate na porta, abrem apenas uma fresta; uma mulher mostra um olho arregalado de medo e de ódio.

– Fora daqui, fora daqui!

Cães rosnam atrás da casa e logo começam a latir. Joel se afasta mancando e agora começando a pensar no braço que pende ao lado do corpo como algo morto. Acelera o passo; se os cães o atacarem será difícil se defender. Há mais algumas casas ao longe. Começa a mancar na direção delas. Um garoto se destaca da neblina. Deveria ter uns 12 anos e olhou para ele sem medo.

– Água, disse Joel.

O garoto pareceu entender, porque fez um gesto com a mão como quem bebe. Depois fez sinais para Joel segui-lo. Andava rápido e Joel mancava ainda mais forte, a dor aumentando. O garoto apontou uma casa mais distante, onde brilhava uma luz.

E então o som de uma rajada de metralhadora fez tudo estremecer. Foi um som ampliado e reverberante, que os deixou paralisados, olhando para todos os lados. Não apareceu ninguém. O garoto começou a correr silenciosamente, Joel o seguiu, mancando e mordendo os gemidos. Não o perderia de vista por nada deste mundo. O garoto entrou por um portão lateral, atravessou o pequeno pátio escuro e sumiu dentro da casa. Joel parou no portão, procurando melhorar o ritmo da respiração. Uma porta se abriu e um vulto de mulher fez sinal para que se aproximasse.

– Sou a mãe do Beppo.

Ela o tomou pelo braço e o conduziu a uma construção ao lado da casa. Logo reconheceu que era um estábulo, pelo cheiro de animal doméstico e pelo calor que ali fazia, em contraste com o frio do pátio. Havia duas vacas e um cavalo, e numa cadeira de balanço, comodamente instalada, uma mulher velha, com um terço nas mãos.

– É a Nonna, disse a mulher, que saiu por uma porta nos fundos.

O garoto apareceu com um jarro de água e um copo. Serviu e o estendeu para Joel. Ficou observando-o beber. Joel dominou a ansiedade e bebeu com calma. Logo a mulher voltou com outra jarra, desta vez com vinho tinto. Havia cadeiras ali, e a mulher puxou uma e ofereceu para Joel.

– Costumamos ficar aqui no inverno, é mais quente.

Joel tinha estudado italiano com vários companheiros da FAB, mas a mulher falava um dialeto difícil de entender. Não era isso que tinha estudado.

– Dialeto vêneto?, perguntou.

Ela fez que sim com a cabeça. Alguém chegou por trás de Joel e estendeu um cobertor em suas costas.

– Vamos cuidar de você.

109

À medida que as horas passavam, a dor aumentava. O vinho era forte e começou a fazer efeito, sua cabeça oscilava; o sono era dominador, avançava sobre suas dores e cansaço. As mulheres sentadas tão perto dele começaram a parecer-lhe bruxas, cheias de maldade, com sorrisos dissimulados e olhares disfarçados.

Saía do sono com uma pontada de pânico e encontrava as duas mulheres olhando-o com tranquilidade. O cavalo e as duas vacas dormiam. O garoto de repente deu um pulo.

– Papa!

A porta se abriu, e o homem entrou, trazendo as asperezas do inverno grudadas no abrigo de pele.

– Temos um hóspede?

A mãe de Beppo se levantou e cochichou em voz rápida com o marido, mostrando o ombro. Ele se aproximou de Joel, com ar de interesse. Tocou com cuidado em seu ombro quando Joel foi levantar para cumprimentá-lo.

– Calma, amigo. Vamos ver esse ombro, em primeiro lugar.

Enquanto as mulheres ajudavam Joel a tirar a jaqueta, os pulôveres e a camiseta de lã, o homem ia tomando um caldo que Beppo trouxera.

– Acho que quebrou o ombro. Está muito inchado.

Examinaram o pé. Também estava inchado, enorme; a botina parecia que ia estourar.

– Isto está feio. Olha, você não pode ficar aqui. Quando eu vinha para cá me disseram que os alemães começaram um rastelamento.

– Rastelamento? O que é isso?

– É uma busca de casa em casa, de quintal em quintal. Eles sabem que dois pilotos saltaram de paraquedas e estão atrás deles. Você é um, não é mesmo?

Joel assentiu com a cabeça, amargamente.

– Aqui você não pode ficar, meu amigo, aqui não tenho onde escondê-lo. Eles podem aparecer a qualquer momento, em algumas horas, amanhã de manhã. Mas vão bater aqui. Eu conheço um inglês foragido. Ele está na região há vários meses e conhece o pessoal da Resistência. Eu vou buscá-lo. Vai demorar umas quatro horas entre ir e voltar.

O homem falou com as mulheres, com rapidez e convicção, apanhou um cantil com vinho, prendeu-o ao cinto e tornou a colocar o abrigo de pele ainda salpicado de neve. Olhou para Joel, fez um aceno com a cabeça e saiu pela porta, sumindo na noite tormentosa.

As mulheres trouxeram roupas para Joel: uma calça velha remendada, jaqueta e boné. Ajudaram-no a se vestir, depois o deitaram na cama do casal, e a mãe de Beppo foi sintética:

– Durma.

Joel dormiu e sonhou com o P-47 em chamas, sonhou que tentava se soltar para acionar o paraquedas, começou a se debater em desespero quando duas mãos o agarraram, e ouvia palavras de consolo num dialeto estranho. O pai de Beppo voltara e estava tentando acordá-lo.

– Trouxe o inglês. Ele está lá fora, no canto da casa, contra a parede.

Senta-se na cama, e as dores voltam. Não sabe onde está. O quarto está escuro, não vê nada, os cheiros são estranhos. Joel fica tenso. O homem acende um lampião. Joel se levanta com dificuldade, o homem ajuda-o, amparando-o pelo braço, leva-o até o pátio. O ar está gelado e caem ariscas pequenas gotas empedradas. O homem aponta uma sombra no canto da casa, apoiado na parede.

– Fale com ele.

Joel aproximou-se da sombra. Sentia-se ainda dentro do pesadelo, o avião em chamas, as pernas presas, o braço enroscado nas cordas do paraquedas, tomou-se de medo e repulsa da sombra que o esperava. Recuou um passo, apanhou a pistola.

– Fique onde está.

– Você é o piloto que saltou?

Joel teve um sobressalto. Esse homem não é inglês. Conhecia bem o sotaque inglês, estudara um ano em Londres antes da guerra.

– Você é o inglês?

– Sim, senhor. Eu vim para tentar ajudá-lo.

– Você está mentindo. Sua pronúncia não é de inglês. Quem é você?

– Senhor, meus pais são ingleses, mas eu nasci na África do Sul, na cidade do Cabo. Me criei lá, meus pais moram lá. Sou soldado do Oitavo Exército Britânico; os sul-africanos foram mandados para se reunirem às tropas do Oitavo Exército na África do Norte. Fui feito prisioneiro em Tobruk, em 42, e de lá nos enviaram para os campos de prisioneiros da Sicília e depois para outro, perto de Roma. Consegui fugir com vários companheiros. Com as mudanças da linha de frente tivemos que ir indo para o norte. Estou nesta região há um ano. Sei quem é amigo e quem é fascista e que nos entrega aos alemães. Conheço a resistência e soldados aliados foragidos, como nós dois. Meu nome é Steve. Steve Grove.

– Vamos para onde tem luz. Quero ver sua cara. E você vai na minha frente.

Entraram na casa, onde o dono os esperava com uma garrafa de vinho. Olhou com certo assombro para Joel, com a pistola na mão. Joel examinou o rosto bem jovem e de olhos azuis de Steve. Os cabelos louros caíram na testa quando ele tirou a touca de lã. *Se esse cara não é inglês eu sou esquimó.* Sentiu-se constrangido por sua desconfiança, estendeu a mão para ele.

– Steve, acredito em você. Obrigado por ter vindo.

O dono da casa tirou a rolha da garrafa.

– Já estão apresentados. Vamos beber um pouco, dormir e ficar atentos para escutar os alemães. Eles não estão longe.

– OK, disse Steve. – Amanhã de manhã vamos sair em busca do Old Man. Ele vai lhe ajudar.

110

Danilo se remexe com frio e um vazio no estômago. Olha o relógio: seis horas da manhã e um vulto parado na sua frente. Procurou a pistola, mas a voz disse *calma, calma*. Lá estava o paisano, que abriu a mochila e estendeu uma garrafa de leite e dois ovos. Apareceu outro homem atrás do paisano. Abaixou-se ao lado deles.

– É o nosso professor, conhece geografia.

Danilo apertou a mão dele, viu que usava óculos de grau. Examinou com atenção o lenço-mapa, mas sacudiu a cabeça.

– É muito pequeno, não mostra onde estamos.
– Quero ir para o sul.
– Já sei, mas é melhor ir para o norte.

– Me mostre o sul aqui.

O professor sorriu. Colocou o dedo em cima da palavra Padova.

– Siga para Padova, depois Ferrara, depois... seja o que Deus quiser.

Danilo dobrou o mapa e guardou-o no bolso da perna.

111

Agora Danilo viajava no quadro da bicicleta do professor, que pedalava num ritmo pausado, para poupar forças, pois a estrada estava tomada de neve endurecida. Formavam um conjunto natural, as três bicicletas lado a lado na manhã fria: a mulher do paisano, com um lenço cinza na cabeça, seu garoto de doze anos no quadro e o marido, soturno e cauteloso. Ele apontou para uma casa de alvenaria numa curva da estrada de terra.

Era uma *trattoria*, e o proprietário já esperava na porta, de avental e um pano de limpar as mesas ao ombro.

Guardaram as bicicletas nos fundos, entraram, sentaram-se em torno a uma das mesas e o proprietário foi para trás do balcão, de onde saiu com uma bandeja. Um copo de vinho para cada um, pão e rodelas de salame. O garoto se ajoelha aos pés de Danilo e pinta suas botinas de preto. Uma mulher gorda aparece com um sobretudo cinza na mão, experimentam em Danilo dando muitos palpites, com seriedade e ameaças de discussão. O sobretudo é surrado, mas quente e confortável. Terminam de beber o vinho, o proprietário enrola num pano pedaços de pão e uma tora de salame.

Danilo é sobressaltado por uma espécie de tristeza ou de medo. Saem para a frente da *trattoria*. O professor aponta a direção sul.

– Padova. Três horas de caminhada.

Abraçou cada um deles, disse *coragem, bambino,* para o garoto, que tinha lágrimas nos olhos e saiu caminhando forte. Agora estava só na estrada. Tinha perguntado o nome do professor, mas ele não disse.

112

A caminhada de Joel e Steve até a casa do Old Man, na cerração e na neve, durou quase todo o longo e cansativo dia. O Old Man era alto, muito magro, mas de ombros largos e fortes. O chapéu de abas caídas que usava lhe encobria o rosto. Sua fazendola era bem afastada das estradas e dos vizinhos.

Depois de acomodado na cama de um quartinho aquecido nos fundos da casa, sorvendo uma sopa rala mas fumegante, Joel pode suspirar. Não sabia se era de alívio ou apenas de cansaço. Steve e o Old Man olhavam para ele preocupados.

– Meu nome é Tranquilo, disse o Old Man. – Eu moro aqui com minha mulher e três filhas. É um lugar relativamente seguro. Você vai ficar alguns dias por aqui.

– Agradeço sua generosidade, mas sei que sou um perigo para quem me acolhe. Conversei bastante com o Steve e acredito que posso ir tocando como ele faz, sem paradeiro fixo. Mudando seguidamente de local. Posso ser útil como o Steve é, servindo de correio ou fazendo serviços para a Resistência, até conseguir fazer contato com a minha base.

– Capitão Joel, disse Steve, há uma coisa que precisa saber.
– O que é?
– Acreditamos que seu ombro está quebrado. E seu pé também. Essa caminhada que fez hoje é algo impossível de continuar fazendo.
– Você precisa de um médico, meu amigo, disse Tranquilo.
– Mais do que um médico. Precisa de um hospital, acrescentou Steve.

Tranquilo ficou pensativo, sacudiu a cabeça bem devagar.
– Steve, isso sim é impossível. Só com um milagre.
– Old Man, eu conheço um anjo. Anjos fazem milagres.

Tranquilo olhou para ele sem compreender.
– Franca, disse Steve.
– Quem é Franca?
– Um anjo.

113

Danilo chegou a Padova e procurou a estrada para Ferrara. Perguntou a direção a uma senhora de luto que empurrava um carrinho de mão com uma galinha dentro, mas pelo jeito ela errou a informação ou ele entendeu mal, pois foi parar em Vicenza. Uma marcha de 7 km na direção errada, até que viu a placa. Andou os 7 km de volta em 1 hora, amaldiçoando sua falta de critérios para orientação, e decidiu começar a usar a bússola que carregava na bolsa de fuga.

Agora estava novamente no entroncamento de Padova, seis da tarde: boa hora para uma parada de descanso. Ficou sentado na beira da estrada mais de vinte minutos, quando resolveu inquirir pelo caminho a tomar. Dessa vez certificou-se de que a estrada que lhe indicaram levava mesmo para Ferrara. Novamente pisando firme na estrada no rumo de Ferrara. Escuta o ruído de aviões em formação. Uma esquadrilha de P-47 voando alto, no fim da tarde, voltando à base. Seriam os Senta a Pua?

Um sargento alemão passa de moto e grita para ele se esconder.

– *Niente paura!*, responde.

E resmunga entre dentes, para seu íntimo contentamento: alemão batata.

114

Já faz um escuro profundo quando para diante da placa onde está escrito: *Monsellice*.

São 19 horas, e tudo ao redor é deserto. A pequena vila tem as luzes apagadas e um silêncio frio, com latidos de cães nos quintais.

Bate palmas diante duma cerca, uma mulher espia na porta lá no fundo do pátio. Inventa a história de que era *sfolato per la guerra*. No meio da explicação a mulher tem um ataque de fúria.

– *Andate via!*, brada, e bate a porta.

Várias recusas se sucedem ao longo da rua, seu ânimo se endurece, ele jura não desistir, torna a bater em mais portas e é sempre enxotado. Vai avançando pela rua principal deserta, sentindo-se tolo e desnecessariamente temerário.

Na casa mais afastada das outras, bem no fim da vila, duas crianças abrem a porta e olham para ele, temerosas. A mãe veio lá do fundo. Era uma mulher jovem e bonita, mas com uma dureza no rosto que o desanimou. Fez sinal para ele dar a volta na casa e ir para o pátio. Recebeu uma sopa quentinha com polenta. Muitos agradecimentos. Dormiu encolhido num quartinho cheirando à alfafa.

115

Partiu de manhã bem cedo, antes do sol surgir. A mulher lhe deu mais um prato de sopa e um pedaço minúsculo de pão preto. Seu rosto continuava impassível. Foi embora sem ver as crianças, e mal deu alguns passos começou a despencar uma saraiva leve, dando voltas e voltas no ar antes de pousar.

Uma hora depois saiu da estrada porque viu ao longe um comboio de veículos alemães. Avança por um campo que tinha sido uma lavoura, vai afundando os pés na água gelada entre os sulcos, o sobretudo vai ficando cada vez mais branco e pesado.

Consulta o mapa: Rovigo. Seu próximo destino é Rovigo. Acha que se afastou muito da estrada. Região deserta, enorme, alva com a neve abundante. A saraiva cai cada vez mais compacta. Dor nas pernas, cansaço. Um dia muito cansativo, um dos piores até agora. Não comeu nada. A fome e a sede apertam. Mastiga neve.

116

Noite: pede abrigo numa casa. O olhar do dono é assustador. Há um brilho de maldade quando lhe pede documentos. Enrolação, nervosismo. Vê que o homem carrega um coldre embaixo do sovaco. É policial, com certeza. A maioria dos policiais é fascista. Chamam o homem de dentro da casa e Danilo sai de mansinho, sem vacilar, caminhando rápido. Acelera o passo, some na noite e no turbilhão de farelos brancos e gelados que o envolve. Tem estremecimentos de pânico, pensando que o homem o segue na escuridão.

117

Encontra um casal bem jovem caminhando abraçado na beira da estrada. Diz que é um *sfolato per la guerra;* o casal se entreolha, dão risadas. Discutem um pouco, o rapaz parece determinado a ir embora, mas a moça se impõe e diz que o levarão a uma pensão. A neve aumenta de intensidade. Segue-os em silêncio em direção a uma casa de dois andares. Batem na porta. Quando vai falar, o rapaz põe o dedo sobre os lábios, num gesto ríspido.

– *Niente, capisce, niente.*

Entram numa sala quente, com um fogão à lenha crepitando. As pessoas lá dentro saúdam o casal com exclamações, onde se percebia a influência do vinho barato. Olham para Danilo, e as exclamações diminuem. Breve explicação do rapaz, todos ficam sérios.

Servem-lhe salaminho com pedaço de pão. Copo de vinho caseiro. Começa a sentir-se outro. Mais dois homens se aproximam e o olham com curiosidade. Um deles ajuda-o a tirar o sobretudo e o sacode diante do fogão.

O uniforme da FAB de Danilo causa vários comentários. Pedem-lhe documentos. Explica que não tem. Pede para dormir.

– *Senza cartera, cosa può fare? Buonasera, andare, andare via.*

É empurrado para fora, com curiosa delicadeza. Os homens parecem desconfortáveis com o que estão fazendo, mas a porta se fecha e Danilo está outra vez sozinho com a noite escura.

Embrenha-se num campo cultivado. Dorme debaixo de um monte de feno, percebendo que a neve começa a ficar cada vez mais grossa.

118

Manhã bem cedo, escura e gelada. Na estrada a caminho de Rovigo: pelos seus cálculos deve ser o dia 8; foi abatido no dia 4. Forte cerração. Danilo começa a sentir uma fome aguda. Precisa dar um jeito de encontrar algo para comer. Terá de mastigar neve outra vez. Dá de cara com grande movimentação de tropas. Uma multidão de civis avança na mesma direção das tropas. São homens, mulheres e crianças, carregando malas e baús, empurrando carrinhos de mão ou puxando e empurrando carroças. Danilo junta-se ao grupo e mistura-se às tropas em marcha.

Vê Rovigo ao longe, a muralha de casas, como se houvesse um muro cercando a cidade. Imita o caminhar pesado dos paisanos italianos. Há uma barreira, com soldados inspecionando os pertences à procura de armas, bem na entrada da cidade.

– *Heil Hitler!*, diz de cabeça baixa, enquanto vai puxando um lenço.

O velho truque de assoar o nariz, fazendo muitos ruídos, que tinham comentado no período de instruções. Passa pelos guardas sem olhar para eles e já está dentro da cidade, caminhando entre a multidão. Vê filas de tanques e carros de combate sob as redes de camuflagem. Toma nota disso mentalmente.

Sirenas anunciam a aproximação de caças-bombardeiros. Correria, confusão, gritos. Danilo se protege no pátio detrás de uma igreja, embaixo de uma carreta atrelada a dois bois gigantescos. Mais cinco pessoas se jogam ali e ficam amontoadas umas contra as outras.

119

Não houve bombardeio, os aviões sumiram, mas ficou uma agitação na cidade. Tratou de sair de Rovigo, havia soldados demais. Caminhou quase duas horas até a próxima vila, que se chamava Policella. Passou pelas poucas casas e aproximou-se de uma fazendola bem pobre, com um cão insistindo em lamber suas mãos. O dono apareceu e gostou da aprovação do cão, ofereceu-lhe um pedaço de pão preto e uma caneca de vinho. O dono pareceu acreditar na sua história de *sfolato per la guerra,* pois demorou-se conversando e fazendo perguntas. Danilo não sabia se o homem estava se fazendo de esperto ou era mesmo bobo, pois parecia acreditar em tudo que ele dizia. Começou a nevar forte, tudo foi novamente tomando a coloração do branco. O dono convidou-o a dormir um pouco na estrebaria, esperando a nevasca passar. Bebeu mais vinho, enroscou-se embaixo do feno e dormiu de repente. Acordou de boca seca, sem saber onde estava, assustado com o silêncio. Saiu para o pátio, a fazendola parecia vazia, nem o cão estava mais por ali. A neve parara completamente, mas o céu continuava carregado. Então viu dois vultos avançando na brancura da neve, bem ao longe. Parecia ser o proprietário... e o outro, o que o acompanhava... não havia dúvidas! Era um soldado alemão!

Correu para trás da estrebaria para não ser visto e começou a se afastar rapidamente, e logo começou a correr, primeiro compassado e com cautela, observando os acidentes do caminho, mas logo em desabalada carreira, deixando-se dominar por uma espécie de pânico que retornava e não sabia que abrigava, correndo sem fôlego, até os pulmões parecerem querer explodir e as pernas curvarem de dor e de exaustão.

120

Chega ao rio Pó. Como atravessá-lo? Caminha ao longo da margem. Pontes destruídas.

Vai margeando o rio até próximo de Ferrara, de más lembranças, muita artilharia antiaérea. Era duro voar por cima de Ferrara.

Observa que há um ponto na margem do rio para onde convergem as pessoas. Era um posto de travessia. Havia uma casa na margem, para onde se dirigiam todos os que queriam atravessar. Um guarda alemão conferia os documentos e os passes. A travessia era feita numa canoa. Atravessou até bem perto do guarda, quando viu que todos mostravam documentos e uma espécie de passe. Não podia mais retroceder.

– *Heil, Hitler!*

E seguiu em frente, sem entrar no corredor que levava à canoa, pisando firme. O guarda respondeu a saudação no reflexo, e se pretendia pedir o passe não teve tempo. Danilo seguiu paralelo ao rio, afastando-se em passos rápidos.

121

Parada em Occhiobello. Entra temeroso numa *trattoria*. Escolhe uma mesa perto da janela. Pede um copo de vinho. Está quente ali dentro, está agradável, e o vinho aquece suavemente. A cabeça oscila, sabe que está quase pegando no sono, luta para não dormir e leva um susto: seu rosto no espelho. Barbudo, cabeludo, olhos no fundo, rugas que não existiam.

Há uma barbearia do outro lado da rua. Vai até lá, entra. Dá de cara com um alemão sentado na cadeira do barbeiro.

– *Buongiorno.*
– *Buongiorno.*

Senta, apanha uma revista, fica folheando com ar distraído. Artistas de cinema, Totò, Alberto Sordi, Anna Magnani, moças em trajes de banho. O barbeiro termina de atender o alemão, que sai da cadeira, se espreguiça, olha inquisidoramente para Danilo e sai arrastando os pés.

Danilo senta na cadeira e fecha os olhos. Sente uma pequena, súbita paz. Depois, de cabelo cortado e barbeado, sentiu-se outro homem. O leve perfume que o barbeiro aspergiu em seu rosto lhe despertou lembranças vagas, que rejeitou com sentimento de defesa. Pagou 6 liras e saiu de cabeça baixa. Dá uns passos a esmo na vila de poucas casas. Caminha três quilômetros para oeste. Anoitece.

Encontra um paisano bigodudo rachando lenha. Pede água. O homem traz água numa lata. Senta-se num tronco para beber. Fica olhando o homem e o machado. Arrisca-se a pedir pousada. Conta sua história... *sfolato per la guerra*. O homem o examina de alto a baixo.

— Documentos.

— Perdi na minha casa destruída pelo bombardeio.

O homem se aproximou e se abaixou para olhar suas botinas bem de perto.

— São novas?

— Sim, senhor.

O homem se levanta.

— Meu amigo, de italiano o senhor só tem mesmo é o sobretudo. Até essas botas são de algum exército estrangeiro.

— Sou um piloto de guerra.

O homem sacode a cabeça de cima para baixo, como concordando.

— E quê?

— Fui abatido perto de Verona. Quero voltar para minha base, em Pisa.

— De que país você é?

Vacilou um pouco.

— Sou americano.

O paisano ficou pensativo, sem tirar os olhos dele.

— Americano? Muito bem. Eu vou ajudar você... piloto americano, e acentuou o *piloto americano* com ironia. — Pode me chamar de Piero.

122

Naquele final de inverno, em Lucca, o Comando do IV Exército e o Estado Maior da FEB traçaram um longo e minucioso plano para o quarto ataque ao Monte Castelo.

O general Crittenberger teve o privilégio de escolher o nome da operação, e sua ironia foi certeira.

— *Encore*. Como os senhores devem saber, *encore* em francês quer dizer *ainda* ou *mais uma vez*. Me parece um nome apropriado.

Nem todos apreciaram o humor do general, mas o nome foi oficializado e centenas de oficiais brasileiros e americanos durante dias e noites elaboraram cada detalhe da operação *Encore*. Seguiram-se reuniões demoradas e cansativas, em meio ao fumo dos cigarros e ao gosto do café frio, mas cada detalhe ia ficando claro para eles.

Uma das premissas era verificar a ordem de batalha do inimigo, e para isso foram intensificadas as patrulhas buscando contato e aprisionamento de alemães. Em certo momento pareceu que as coisas aconteciam muito rápido, que o tempo se tornava frenético, as manhãs voavam, as tardes se tornavam curtas e nas noites descia inexorável em todos a sensação amarga de que estavam cada vez mais próximos do momento decisivo — e desta vez não haveria contemplação nem desculpa para outro fracasso, com ou sem culpa de quem quer que fosse.

— Brayner, está chegando a hora. Estamos na véspera, disse Mascarenhas, aquecendo as mãos bem próximo a um fogão à lenha. — Seria negar a evidência dos fatos não reconhecer nossa preocupação com o moral da tropa.

— Sim, senhor.

— Particularmente, Brayner, o 1.º Regimento de Infantaria, o que mais sofreu com o clima de maldição que se criou com a montanha. Mas eu acredito nos comandantes dos três batalhões.

— São homens corajosos.

— Sem dúvida.

— General, hoje pela manhã falei longamente com o coronel Caiado de Castro e com os majores Uzeda e Franklin. Estão confiantes, seguros, e loucos para ir à forra.

— Ir à forra? Muito bem, vamos à forra. Mas não vamos perder a cabeça. Não se trata de uma vendeta, mas de uma operação militar.

— Pedi um relatório sigiloso sobre o estado da tropa e recebi um muito otimista, general.

— Otimista? Isso sim é uma novidade.

— Pode anotar: hoje, 19 de fevereiro, estamos prontos.

Mascarenhas achou algo nebuloso na frase de Brayner, e depois de algum tempo descobriu a origem da estranheza que sentira: era a primeira vez que seu taciturno chefe do Estado Maior dizia, com todas as letras, *estamos prontos*.

123

— Franca é um anjo, mas também é uma guerrilheira, disse Steve.

— Estou louco para conhecer Franca.

— É uma guerrilheira da liberdade. Mas, para muitos, é uma terrorista.

— Cada vez mais quero conhecer Franca.

— Vamos à casa de Franca esta noite.

— Excelente notícia.

— Franca é noiva, capitão. O noivo está com os guerrilheiros, na montanha. Ela é de uma família de posses, bem tradicional, mas detestam Mussolini e todos os fascistas. Ela estuda arquitetura em Milão, tem 21 anos.

— E é um anjo.

Steve sorriu.

— *You get the point.*

Saíram da casa do Old Man assim que escureceu, um pouco menos do que seis da tarde. A casa de Franca ficava a sete quilômetros dali, mas eles só chegaram depois das dez da noite. Joel precisava caminhar muito devagar (cada passo era uma agulhada dolorosa) e eles deram voltas para sair da estrada e se afastar de lugares muito povoados.

– O pai de Franca é engenheiro, morou muitos anos no Egito, fez fortuna. Já estamos perto, esta é a estrada que vai de Noale a Mazanzzago, a menos de um quilômetro.

– Mazanzzago?

– Uma pequena vila. Dois mil habitantes. Tem um hospital de Irmás de Caridade, que são enfermeiras e podem nos ajudar.

Em frente deles, depois duma curva, surgiu um bosque de eucaliptos. Moinhos de água rodando.

– A casa de Franca.

A casa ficava escondida atrás dos eucaliptos, era alta e senhorial. Em ambos os lados havia construções: garagens e cavalariças. Três carros estacionados diante da larga escadaria que dava para a porta de entrada.

Uma mulher com roupa de empregada abriu a porta. Perceberam o pé-direito alto. A sala de estar era de pedra viva e tinha uma lareira gigantesca. Os quadros nas paredes eram de grandes dimensões, representando cenas rurais e cavalheiros elegantes fazendo pose.

Franca adiantou-se até eles. Abraçou Steve, apertou a mão de Joel.

– Como está o nosso ferido?

Passaram para outra sala, uma biblioteca. Ali estavam a mãe e o pai de Franca e dois homens, um idoso e o outro bem jovem. Franca apresentou-os. O idoso era o doutor Koli; o jovem, o doutor Tino. Tino era médico e assistente do doutor Koli no Hospital de Campo Sanpiero. O doutor Koli tratava do pai de Franca. Cirrose hepática. Retirava líquido do seu abdome.

Feitas as apresentações, a mãe de Franca se adiantou:

– Aceitam um chá? Um *vermouth*?

– Acho que eles aceitam, *mamma*, mas vamos deixar os doutores examinar nosso convidado.

Os homens passaram para uma sala ao lado, aparentemente o escritório do engenheiro Victorio, e os dois médicos examinaram Joel minuciosamente.

— Tudo indica que você tem o braço fraturado na cabeça do úmero, capitão. Provavelmente, também na articulação com o ombro. Além disso, tem luxação e distensão. Só uma operação pode consertar o braço.

— Uma operação? Isso é impossível.

O engenheiro Victorio chamou Franca e os dois médicos para um canto e começava uma conferência em voz baixa, com alguns momentos de estridência.

Joel ouvia algumas palavras: Veneza, a mais cotada... o carro de Franca... só falta a gasolina...

Steve sorria, encorajador. A mãe de Franca se aproximou com cálices de *vermouth* e uma garrafa de vinho. Joel observava o escritório. Tinha uma plantinha em cada canto. Ela percebeu o olhar de Joel.

— São criaturinhas com vida. Uma vidinha bem frágil que depende de nós.

Joel adivinhou que ela, todos os dias, levava uma caneca de água para cada canto da casa e regava as plantinhas, tarefa consciente que a abraçava ao mundo. Sua mãe fazia o mesmo lá longe, em...

Franca se aproximou, apanhou dois copos e encheu de vinho, para os dois doutores.

— Vamos ver a possibilidade de fazer uma radioscopia e Raio X no hospital de Campo Sanpiero.

Levou os copos e depois se aproximou da pianola a um canto, coberta de livros e cadernos. Franca sentou-se e começou a tocar. O vinho era bom, forte, agridoce. Joel ouvia restos de conversa.

— Na região dos Apeninos? Com esse inverno a guerra está parada, só as patrulhas se movimentam...

Passaram para a grande sala ao lado. Colocaram um cobertor macio em seus ombros. A segunda vez, pensou. Quem é esta gente? Contemplou a calma da casa. Tudo estava imóvel e uma luz doce se debruçava carinhosamente sobre os móveis. Vivia numa mentira. Lá fora não havia uma guerra, homens não se perseguiam, não havia medo e nem terror. Só existia aquela casa, as pessoas que ali estavam e a contemplação da música de Franca.

124

Danilo ficou cinco dias como hóspede na casa de Piero, o homem que rachava lenha, nas proximidades do rio Pó. Isso se constituiu num repouso com que jamais sonhara, um restabelecimento total das forças, gastas nas noites em que dormiu ao relento, em temperaturas abaixo de zero, passando fome e despertando assustado com qualquer ruído distante. Comida farta, repouso, carinho da família, esquiva, mas calorosa, nas raras vezes que o visitavam na estrebaria.

Dormiu muito, relaxado e profundamente, junto com dois burros e uma vaca. Ficou amigo do cachorro da casa. Não saiu nenhum dia da estrebaria, medida de segurança imposta pelo seu hospedeiro.

Passava as tardes num ócio feliz, como se vivesse num mundo à parte, longe do horror e do desespero em que o mundo estava mergulhado. Começou a pensar muito na sua vida, a recordar a infância em Cachoeira do Sul, as frias manhãs de enorme céu azul quando ia com seu irmão para o colégio e recordou em detalhes pequenos e sombrios momentos da adolescência em Porto Alegre, os irmãos maristas no Colégio Rosário na esquina da Avenida Independência e a garota que olhava para ele na missa e recordava com desgosto que não tinha coragem para puxar uma conversa com ela.

Ficava quieto ali naquela estrebaria, flutuando entre lembranças doces e agridoces, tocando com a memória sentimentos confusos de agradecimento e mágoa, gostando do cheiro bom dos animais e do calor natural do ambiente, e lembrava como as pessoas o tinham ajudado em sua vida.

Tinha 28 anos, era piloto da FAB, isso o enchia de orgulho e sabia que a toda sua família também, seu irmão Nero era seu comandante durão e paternal e o estimulava e exigia dele o máximo como oficial, e pensava com um sentimento de culpa gratuito e sem lógica que nada fizera para receber tanto. O Ginásio no Colégio Rosário foi pago pelos pais, que eram arrozeiros em Cachoeira. Nero financiou o curso de piloto no Aeroclube do RS. Nero acreditava nele com firmeza, sem nunca dizer uma palavra de carinho, no seu estilo seco.

No quinto dia o paisano apareceu para dizer que não foi possível conseguir uma carteira de identidade, mas tinha um passe para a travessia do Pó.

– Quando vamos?
– Agora.

125

Combinaram de que diriam que ele era seu sobrinho, se tivessem que dar explicações. Partiram sem dar adeus à família. Foi montado no quadro da bicicleta do paisano, que pedalava metodicamente e sem esforço.

Quinze liras ao canoeiro. Desembarcaram no lado sul do rio Pó. Atravessaram a fortemente protegida Ferrara, jornada perigosa, até os arrabaldes. A bela cidade vazia, silenciosa, com sinais de bombardeios e de desolação por toda parte. Danilo observava o perfil daquele homem que pedalava em silêncio, um perfil rústico, com barba de vários dias por fazer, com fios brancos, e rugas profundas de anos de calor e frio, de madrugadas cuidando das vacas e da plantação, levantando muros e consertando cercas, rugas de uma vida de trabalho duro.

Quem era esse homem? Por que o ajudava? Por que arriscava tudo que tinha para salvar um completo desconhecido?

Chegaram à vila de Pieve. Entraram numa *trattoria*. Danilo tirou a carteira da mochila e apanhou as 3 mil liras que ali estavam. Uma pequena fortuna para um camponês.

Estendeu para o homem, que sorriu.

– Você vai precisar mais do que eu. Mas pode pagar este vinho.

Danilo rabiscou uma carta de recomendação para ele apresentar aos aliados após a guerra. O homem leu a carta, dobrou-a em quatro e a guardou no bolso do paletó, com certa solenidade. Danilo disse que queria comprar a bicicleta, o homem disse que não vendia, mas que ele podia ficar com ela.

— *Brasiliano*, o que quer dizer Jambock?

— Jambock é o nome do código com que operamos nas ações de guerra. Significa chicote. É um chicote feito com couro de rinoceronte, utilizado pelos nativos do Transvaal, na Austrália, para tocar o gado.

Apertaram as mãos.

126

Danilo pedalou pela margem do rio Panaro até Bondeno. Dormiu em um estábulo. Bebeu leite da vaca que ali estava, esguichando-o diretamente na boca, e no meio da manhã estava na estrada que vai dar na Via Emília ou Estrada 9.

Pega carona numa carreta, agarrado ao varal. Na carroceria, estirado sobre sacos de estopa vazios, ia um soldado alemão. Às vezes seus olhares se encontravam. O alemão o encarava sem a menor simpatia. Danilo acha que, se se afastar de repente, o alemão talvez desconfie dele. É nesse momento que se dá conta de que seu relógio de pulso está aparecendo. Momento difícil, quase perde o equilíbrio.

Em um cruzamento dá um adeusinho ao alemão e se afasta. Para mais adiante para respirar. Volta para a estrada e decide ir a Vignole.

Pega carona com outra carreta, cheia de hortaliças, puxada por dois cavalos gordos e mansos. Aproxima-se um soldado alemão pedalando e se agarra no outro lado da carreta. Era comunicativo e pediu cigarros, primeiro para Danilo, depois para o carreteiro, mas nenhum dos dois tinha.

Vignole aparece na luz do dia que termina. Sobe uma névoa fina atrás das casas. Altos ciprestes imóveis na rua principal. Danilo abandona a carona e para numa esquina, bem no princípio da rua principal. Observa um antigo sobrado de três andares, pintura gasta, mas ainda senhoril. Uma mulher, na sacada mais alta, faz tricô. Parece que ela percebe que é observada, entra e fecha a porta da varanda. Danilo percorre as ruas pedalando a esmo.

Volta a passar diante do sobrado. Sente fome. As pernas doem fortemente. Resolve tentar a sorte. Sobe os quatro degraus. Bate na porta. Demora, mas ouve passos lá dentro se aproximando. A porta é aberta pela mulher da janela. Madura, com um olhar que o examinou calmamente.

– Sim?

– *Signora*, sou um *sfolato per la guerra*, minha família foi destruída e...

A mulher ouviu durante alguns instantes e deu espaço para ele entrar. Fechou a porta.

– O senhor está se esforçando, mas é evidente que não é italiano. Diga com honestidade quem o senhor é e o que deseja, antes que minha paciência acabe e eu precise chamar ajuda.

– Sou um piloto americano. Fui abatido e estou tentando voltar para minha base.

– O senhor pode ser piloto, mas não é americano.

– Não, senhora. Digo que sou americano porque é mais fácil para as pessoas entender. Sou brasileiro.

– *Brasiliano?*

– Sim, senhora. Muita gente nem sabe que o Brasil está na guerra.

Ela o avaliou, um tanto pensativa.

– Meu marido vai chegar daqui a pouco. Vamos conversar com ele e ver o que fazer.

127

O marido de Dona Fiorella era um próspero e competente advogado que trabalhava em diversas vilas da região. Era ligado ao Partido Socialista e ajudava os trabalhadores em suas causas. Não se surpreendeu com a presença de Danilo.

— Sabemos que um piloto andava extraviado por aí há alguns dias. Você teve sorte de vir a nossa casa, tenente.

— Foi Deus que o guiou, disse a mulher.

— Você dorme aqui esta noite, amanhã bem cedo vamos levá-lo para encontrar um primo nosso, que está nas montanhas com os *partigiani*.

128

E foi na noite desse 19 de fevereiro, exatamente às 20 horas, que uma patrulha mergulhou nas sombras da montanha, comandada pelo sargento Nilson. Em ação silenciosa, ocupou uma casa de pedra de dois andares, bem diante do Monte Castelo. Um pouco antes já tinham sido ocupadas outras duas casas, todas próximas ao monte, sem que os alemães se apercebessem.

As três casas dominavam todo o vale do Silla. Dali se tinha um amplo visual sobre a zona de ataque. Com extrema cautela, foram transportadas para as casas e montadas pelos especialistas ligações telefônicas e de rádio.

Às 20h30min o general Mascarenhas de Moraes, o coronel Brayner e seu Estado Maior e os oficiais adjuntos se esgueiraram através da escuridão e entraram na casa de dois andares. Ali funcionaria o Posto de Comando da FEB.

As outras duas casas ocupadas serviriam de Postos de Observação. Nessas casas seria centralizada toda a rede de informações, sob o comando do tenente-coronel Amaury Kruel. O oficial de ligação designado junto à 10.ª Divisão de Montanha foi o major Alcyr de Ávila Melo, por seu inglês perfeito, seus diversos cursos de especializações nos Estados Unidos e sua integridade a toda prova.

Tudo estava pronto. Na base de partida do ataque, o general Zenóbio rezou calado e fervorosamente, só com o coração, rezou como jamais tinha rezado antes, e então deu o sinal para o início da missão.

Os comandantes de batalhão Caiado, Uzeda e Franklin acionaram seus capitães. Os tenentes e os sargentos foram passando a ordem de avançar.

Pedro Diax, com a perna remendada, o gago Atílio, o alemão Wogler, o cabo Quevedo, o negro Bandeira e aquela multidão silenciosa de milhares de jovens soldados brasileiros começaram a subir a montanha maldita mais uma vez.

129

– Um batalhão tem mais ou menos 700 homens, explicava o major Alcyr com paciência. – Estamos atacando com três batalhões, mais de 2 mil homens, portanto.

– E quem comanda os batalhões?

– O coronel Caiado de Castro e os majores Uzeda e Franklin. Cada um comanda um batalhão. Esses três oficiais são os encarregados de chegar ao topo da montanha, tomá-la dos alemães e manter o terreno conquistado.

– Mas esses batalhões não são daquele mesmo regimento que... digamos, fracassou... nos ataques anteriores?

Havia uma ponta de maldade na pergunta do jornalista, já que todos sabiam a história do confronto do Regimento Sampaio com os defensores do Monte Castelo.

– Ele mesmo, respondeu o major.

– O Sampaio. O Onze de São João dos Queijos. Foi batido e humilhado, sim. Mas o general Mascarenhas tem confiança nele. O Sampaio vai à forra, meu amigo.

– Mas não é uma temeridade? E se não der...

— Vai dar. O mecanismo do ataque, desta vez, é aquele que a FEB vem postulando desde novembro do ano passado, quando começaram estas operações.

O major Alcyr estava tendo paciência com as impertinências do jornalista brasileiro, pois admirava a audácia com que conseguira chegar até o Posto de Comando da 10.ª Divisão de Montanha. Com que meios o repórter tinha chegado ali era um mistério.

— A Décima já cumpriu a fase A do plano, que é tomar as elevações dos montes Belvedere e Gorgolesco. Neste momento está se deslocando para a Capela de Ronchidos. Depois de eles ocuparem essa área, o Sampaio sobe a montanha, com proteção nos flancos, fato que não aconteceu nas vezes anteriores. A operação da Décima na noite anterior foi exitosa mas nada fácil. Logo na saída, um dos projetores que deveriam fazer o luar artificial para os montanheses se equivocou e iluminou a base de partida onde se encontrava a Décima aguardando a ordem de iniciar o ataque. Os alemães os viram e mandaram um forte fogo de barragem, o que causou pesadas perdas e um início de pânico. As perdas foram tão graves que o batalhão atingido foi substituído por um da reserva. Mas, normalizadas as coisas, o ataque foi ordenado e eles tomaram o Gorgolesco e o Belvedere, subindo pelo lado mais vertical, onde os alemães jamais imaginariam que fossem atacados.

— E quando o Sampaio ataca?

O major Alcyr olhou o relógio. Eram 15 horas em ponto.

— Agora.

130

A quatro quilômetros dali, em seu Posto de Comando na subida da montanha, Zenóbio apanhou o telefone e falou:

— Caiado? Está me ouvindo?

– Afirmativo, comandante.

– Passe a ordem: que comece a ofensiva.

E assim, as grandes massas de soldados do Regimento Sampaio começaram a se mover lentamente, subindo a encosta íngreme. Estava um dia azul e gelado, ainda havia grandes espaços cobertos de neve, mas a progressão era à luz do dia, o que diminuía o desconforto, embora aumentasse o perigo.

O Grupo de Combate do sargento Nilson marchava bem à frente dos demais, tendo o soldado Bandeira como esclarecedor. Eles subiam com a sensação esquisita de que já conheciam aqueles caminhos.

– Estivemos aqui antes, disse Bandeira. – Logo ali fica Abetaia.

Aquele nome provocava amargas lembranças: lá tinham entrado no Corredor da Morte, sem a prometida proteção dos flancos, e deixaram dezenas de mortos sem sepultura.

Nesse momento, o ordenança de Zenóbio lhe estende o telefone. É o major Alcyr:

– General, a Décima está encrencada na região de Capela de Ronchidos.

– O que acontece?

– Estão detidos pelo fogo inimigo. É muito forte. Se o batalhão Uzeda avançar, vai ficar sem proteção. A história vai se repetir.

– Me mantenha informado.

E desligou. Meu Deus. Se os americanos não ocuparem Capela de Ronchidos, o pesadelo regressará. O batalhão Uzeda ficaria num fogo cruzado, servindo de alvo.

O que fazer?

Mandar Uzeda esperar pelos acontecimentos ou continuar avançando? Enquanto pensava, ouviu o ronco dos aviões passando baixo, um ronco possante que lhe deu um ímpeto de alegria.

– São os nossos.

Correu para fora da casa de pedra e viu a esquadrilha de bombardeiros voando em formação sobre as montanhas, perfeita contra o céu azulado.

– É a força aérea!, gritou seu ordenança.

– Agora os alemães vão ver o que é bom!, exclamou Zenóbio. – Quero o Uzeda avançando, a aviação veio dar uma mão para a Décima.

E foi isso o que aconteceu. A Força Aérea americana bombardeou com precisão os canhões e tanques alemães. O poder de fogo dos defensores do Monte Castelo diminuiu drasticamente. Os americanos da Décima sentiram o vacilo e tornaram a avançar com energia, saindo dos esconderijos.

O batalhão Uzeda arremeteu pelo Corredor da Morte, mas desta vez não caiu em armadilha alguma.

Às 17h30, brasileiros e americanos se encontraram à beira de um precipício e houve um instante de estranhamento quando ficaram frente a frente. Mas logo o largo sorriso do inconfundível esclarecedor Bandeira desarmou os corpulentos soldados da Décima de Montanha.

– São os brasileiros!
– São os americanos!, gritaram uns para os outros.

Americanos e brasileiros confraternizaram durante alguns instantes, trocaram abraços, cigarros e chocolates.

O ordenança passou o telefone para Zenóbio.
– É o general Mascarenhas de Moraes.
– Zenóbio, o general Crittenberger dá os parabéns pela arrancada da 1.ª Divisão de Infantaria e manda sustar a progressão por hoje.
– É bom ouvir isso.
– A tarefa é só uma: manter rigorosamente as posições conquistadas. Vamos tomar fôlego para a última etapa do ataque, amanhã.
– Muito bem, amanhã é que vai ser duro.
– Exatamente. Prepare patrulhas fortes para sondar o inimigo durante a noite, busque o contato e ocupe as posições que ele abandonar.
– Sim, senhor, comandante.

E desligou, procurando decifrar o pressentimento que o rondava, misto de euforia e desconfiança.

Naquela noite, os três batalhões do Regimento Sampaio dormiram muito pouco, atentos à noite gelada, a ruídos inesperados, a canhonaços distantes ecoando nas vastidões escuras.

Quando começasse a amanhecer, sabiam que teriam de retomar a marcha e subir a parte mais difícil da escalada e, quem sabe, enfrentar o maior desafio de suas vidas.

– Quanto falta para chegar lá em cima, sargento?, perguntou Pedrinho.

O sargento acendeu o cigarro:

– Muito.

131

A mão do major Nero Moura se aproximou da caneta sobre a mesa e parou. O major Nero Moura pensou no seu irmão perdido em algum lugar da Itália, sentiu o desconforto da ausência, da falta de notícias, pensou no pai e na mãe e pensou que era um comandante de homens, pilotos de caças de guerra, e que a noite é traiçoeira. Quantos homens estavam naquela sua situação! Mandar dia após dia, para a morte, ou para próximo da morte, ou para a experiência da morte, garotos de vinte anos, com quem se convive da manhã à noite, e com quem se ri, e se enfurece e se troca ideias.

Quantos homens estavam como ele em seu quarto aquecido, numa hora vazia da madrugada, bebendo café e desejando e temendo escrever uma carta para um amigo!

Pegou a caneta e escreveu:

Caro Lima:
Atualmente, hoje, 20 de fevereiro para ser exato, o Grupo tem os seguintes pilotos em operações: os capitães Lafayette, Fortunato, Lagares, Kopp, Horácio e Pessoa Ramos; 1.º tenentes Dornelles, Perdigão, Neiva, Correa Neto, Rui e Eustórgio; 2.º tenentes: Torres, Costa, Meira, Keller, Goulart, Coelho, Lima Mendes, Lara e Armando; aspirantes da reserva: Tormim, Pereyron, Prates, Rocha, Gustavo, Canário e Meneses. Isto é, 28 pilotos em vez de 45. E quase todos eles com uma

média de 60 missões. Em 100 dias de operações, perdemos 14 pilotos, por diversos motivos: mortes, doenças, prisioneiros, perdidos em ação, etc., o que faz uma média de um piloto por semana, média de acordo com as outras unidades do *front*. Mas o fato é que nós fazemos muito mais missões do que os outros grupos aliados, cujo limite de missões é 35 e depois vão para casa.

Provavelmente até 1.º de abril perderemos mais 5, o que significa que ficaremos com 23. E há dias em que só tenho 15 ou 16 pilotos em condições de voo. E nesses dias há 5 ou 6 que fazem duas missões por dia. Iniciamos a operar o Grupo a 11 de novembro, tendo decorrido até hoje precisamente 101 dias. Perdemos Cordeiro, Oldegard, Waldyr, Rittmeister, Medeiros, Motta, Aurélio, Joel, Danilo, Brandini, Cox, Taborda e Ismar. Dividindo 101 por 14, temos uma média de 1 por semana ou mais de 4 por mês. Agora, quererás saber qual é o remédio. Mas isso é coisa que eu também desejo saber.

Batem na porta, sobressaltando Nero Moura. O major fica com a pena em suspenso, rente à página.

– Sim?
– Cinco horas, major. E trago sua correspondência.
– Entra, Ribas.

132

– Vocês são jovens, e os jovens são irreverentes. Eu dei ordem aos sem-vergonhas do Gabinete para não censurarem as cartas de vocês. Pois bem, aqui tenho em mãos quatro fotocópias de cartas que eles me remeteram, em que vocês me criticam duramente. Felizmente, o que vocês falaram de mim não me atinge, e por um simples motivo, o que foi dito é profundamente injusto. Vou queimá-las na frente de vocês.

Apanhou o isqueiro, juntou as quatro cartas e encostou a chama nelas. Quando a chama cresceu, Nero se aproximou da lareira que ardia e jogou as cartas nas labaredas.

— Mas vou aproveitar para lhes dar um conselho de mais velho e mais experiente também: somente se acusa alguém de alguma coisa se houver provas, se não o máximo que se pode fazer é pensar, mas pensar baixo. Quero dizer-lhes também que vocês não foram traídos por mim, já proibi que censurassem suas cartas, mas os áulicos estão em toda parte, e é impossível alguém livrar-se deles. Continuo a pensar de vocês o que já tenho repetido várias vezes: nunca comandei nem nunca convivi com um punhado de homens tão dedicados e nobres.

Calou-se, e o silêncio que caiu na sala era tão frio como a neve caindo lá fora.

— É só, senhores. A reunião está encerrada. Boa noite.

133

Dez da manhã, Danilo na estrada com Dona Fiorella, pedalando em direção às montanhas douradas no horizonte. O dia foi ficando bonito. O sol apareceu completamente. Pássaros cantavam.

— A primavera não está longe, gritou Dona Fiorella.

Os cabelos de Dona Fiorella escapavam do véu e voavam, os cabelos de Dona Fiorella eram dourados como as montanhas no horizonte, Dona Fiorella irradiava uma formosura mágica e desconhecida que fazia brotar lágrimas nos olhos de Danilo.

Chegaram ao pé da montanha. Esconderam as bicicletas num matagal cerrado. Subiram a pé pela trilha em meio às árvores que se moviam com a brisa. Chegaram numa cabana de madeira. Era meio-dia. O primo os esperava. Daniel.

Comeram, beberam vinho e Dona Fiorella se despediu, desejando *buona fortuna* ao brasileiro.

No dia seguinte, seis *partigiani* aparecem para levar Danilo. Sobem a montanha, caminhando por trilhas cheias de curvas, na beira do abismo. Os rios despencam lá de cima, começou o degelo. Cinco horas de caminhada, chegam num vilarejo chamado Castelvecchio de Modena.

Três dias de espera para o Serviço de Informação americano confirmar que havia de fato um 2.º tenente, Danilo Marques Moura, desaparecido do Esquadrão Jambock, do 1.º Grupo de Caça do Brasil.

134

Às seis da manhã, quando o sol frio do segundo dia do ataque iluminou a montanha, os batalhões do major Franklin e do major Uzeda, mais de dois mil soldados, já subiam as trilhas escarpadas. *Já pisamos neste chão.*

Havia um sentimento em todos os setores das linhas, o sentimento de que "desta vez vai", como dissera o cabo Quevedo, mastigando sua ração.

O batalhão do major Franklin progredira durante a madrugada silenciosamente, sem encontrar obstáculos, e começava a se aproximar das linhas de trincheiras alemãs mais avançadas.

Mas aí parou: foi como se os defensores da montanha tivessem acordado de repente. Um fogo intenso e bem distribuído dizimou a vanguarda do batalhão Franklin em poucos segundos, causando súbito pânico, obrigando-os a se protegerem e a deter a progressão.

– Muita calma, muita calma, dizia o major sem parar. – Vamos esperar o fogo diminuir e tentar um envolvimento.

Mas, na verdade, o envolvimento daquele setor alemão só poderia ser feito pelo batalhão Uzeda.

Este avançava por um setor mais íngreme, quase vertical, precisando utilizar equipamentos de alpinista que pouco sabiam manejar.

O gago Atílio ia pegado a Pedrinho. O gago Atílio tinha fobia de altura e subia praticamente de olhos fechados. Perto dele o major Uzeda atendeu ao rádio que o sargento Horácio lhe estendeu. Era Mascarenhas de Moraes.

– Como está a progressão, major?
– Estamos quase chegando à cota determinada, comandante.
– Muito bem, major. Estamos todos confiantes na sua ação.
– Obrigado, comandante, não vamos falhar.

E então o major Uzeda estremeceu de horror, porque o pescoço do sargento Horácio foi violentamente rompido em dois e esguichou sangue ao redor, encharcando sua jaqueta e suas mãos, que instintivamente protegeram o rosto.

Todos se encolheram quando nova rajada de metralha caiu sobre eles, pendurados na beira do abismo.

– Cobertura!, gritava Uzeda. – Tenente Iporan, cobertura!

O tenente Iporan vinha logo atrás deles em missão de cobertura e estava completamente desconcertado, porque não atinava de onde vinha o fogo.

Nova rajada cai sobre os homens de Uzeda e três deles despencam e rolam pelo abismo, ficando presos vários metros abaixo em saliências da rocha.

O tenente Iporan chama o sargento Nilson, que chama o cabo Quevedo, que chama o gago Atílio, que se agarra a Pedrinho.

– De onde vêm esses tiros?
– Dali.

Vinham detrás deles, de um local onde teoricamente jamais poderiam estar os alemães. Então ele viu um capacete, e em seguida dois capacetes. E não eram capacetes alemães.

– Nossa Senhora, exclamou Pedrinho, são os americanos!
– São os caras da Décima!
– Alto, alto, não atirem, somos amigos, somos brasileiros, não atirem!

O capacete se ergueu um pouco mais e viram dois olhos arregalados de espanto.

— Brasileiros?

O major Uzeda olhou para o rosto dilacerado do sargento Horácio e levantou a metralhadora contra os homens da Décima, trêmulo de fúria.

— Americanos filhos da puta!

Mas o tenente Iporan se colocou na sua frente.

— Calma, major, por favor!

A voz de Mascarenhas de Moraes ecoou no aparelho de rádio.

— Major Uzeda, major, o que está acontecendo? Responda.

No Posto de Comando, todo o Estado Maior, atônito, ouvia pelos aparelhos de transmissão em fonia, vozes crispadas de ódio. — Fomos atacados pelas costas por homens da Décima, comandante. O sargento Horácio foi morto, e possivelmente há outros. Fomos atacados sem aviso e pelas costas.

— Mantenha a calma, major, é uma ordem. Não revide.

— Sim, senhor.

— Trate de se entender com eles; devem estar perdidos e confundiram vocês com alemães.

— Sim, senhor.

E foi o que aconteceu. Um capitão da Décima apareceu pouco depois, mas, ao contrário do que esperavam, não parecia abalado nem pediu desculpas.

— Posso ceder alguns dos meus homens para substituir os que o senhor perdeu, major.

Uzeda quase saltou no pescoço dele.

— Quero que você saia da minha frente imediatamente. Imediatamente.

135

No posto de Comando, a sentinela anuncia a Mascarenhas que se aproxima um grupo de visitantes.

Mascarenhas vê entrar na sala da casa de pedras o comandante do XV Grupo de Exércitos, nada menos que o general Mark Clark, tendo a seu lado o general Truscott. E não era só, estava também o general Crittenberger e mais quatro generais, ao todo sete generais com seus estados maiores.

A sala ficou pequena. Após os cumprimentos, Crittenberger pediu para Mascarenhas definir a situação. O major Vernon Walters traduzia.

Crittenberger não gostou.

— O Batalhão Franklin está detido? E o que o senhor está fazendo?

— O Batalhão Uzeda está executando uma manobra de envolvimento sobre os alemães que bloqueiam a progressão de Franklin pelo norte. Tiveram um contratempo, mas estão se aproximando, embora com lentidão. A região é muito escarpada.

— O senhor já empregou alguma reserva?

— Não. E não acho que seja o caso, pelo menos por agora.

— Onde se encontra sua reserva?

— Um batalhão em Gaggio Montano, o outro em Silla. Ambos serão acionados no momento oportuno.

Os dois generais se olharam com intensidade. Crittenberger apontou seu relógio de pulso.

— A tarde já começou e ainda estamos longe de tomar o Monte Castelo. Nada! Mais uma vez.

Mascarenhas pensou que tinha chegado no seu limite. Ia dar uma resposta dura, quando Mark Clark interferiu:

— O responsável pela manobra é o general Mascarenhas, senhores. A manobra está em curso e ele não solicitou nenhum auxílio. Não nos compete opinar neste momento. Na verdade, general Mascarenhas, passamos aqui apenas para desejar boa sorte. Senhores, eu os convido a nos retirarmos, porque o general Mascarenhas tem mais o que fazer do que nos dar atenção.

Crittenberger nada disse. Todos se retiraram com a mesma cautela com que chegaram. Mascarenhas sentou-se numa cadeira e deu um suspiro profundo.

— O *cowboy* tem razão. A progressão está lenta. Já era para estarmos lá em cima.

— Perdemos mais de uma hora por causa da confusão com o pessoal da Décima que nos atacou, comandante, disse Brayner, até que eles se retirassem de nossa zona de ação e fossem substituídos não conseguimos avançar. Na verdade, segundo o major Uzeda, perdemos a chance de envolver completamente os alemães por causa desse contratempo. Os alemães conseguiram se retirar, inclusive arrastando canhões e armamentos.

— Vamos agir, Brayner. Você vai subir a montanha.

— Sim, senhor.

— Quero que você faça um contato pessoal com o general Zenóbio. Diga-lhe que a Ordem de operações deve ser cumprida na íntegra. Diga-lhe que desejo chegar ao alto da crista ainda com a luz do dia. Agora vá, meu amigo, e tome cuidado.

— Sim, caro mestre, encontrarei o general Zenóbio em no máximo 40 minutos.

Brayner saiu da casa e olhou para a montanha gelada. Ia subir. Descobriu que desejava isso há muito tempo, inconscientemente.

O tenente Reverbel, seu ajudante, juntou-se a ele. Com o sargento Amaro de guia, os três homens começaram a subir a montanha, que ardia ao som dos canhões e das explosões dos obuses.

136

Sentindo cada vez mais próximo o ruído das explosões, Brayner foi se aproximando do Posto de Comando da Infantaria, onde estava o general Zenóbio. Encontrou-o carrancudo, com as mãos às costas, e caminhando de um lado para o outro, olhar cravado no coronel Caiado de Castro.

Este, manobrando um telefone e o rádio, falava ansiosamente com o major Uzeda. Viu Brayner e explicou:

— O Uzeda está detido na última etapa da arrancada. Há uma barragem de canhões e morteiros muito forte.

Na sala ardia um fogo na lareira, e vários oficiais e sargentos, todos atarefados, mexiam em papéis e falavam aos telefones.

Brayner solicitou para falar a Zenóbio em particular.

Afastaram-se para outra sala. Brayner contou a visita do Mark Clark e a pressão de Crittenberger.

— Que ele fizesse isso já era de se esperar.

— Sabemos, general, mas o general Mascarenhas também está preocupado com a lentidão. Ele quer que o Castelo seja tomado ainda com a luz do dia.

— Eu sei, eu sei, isso é o que todos querem, eu quero, você quer, o comandante em chefe quer. Quem tem de dar a ordem para o lance final é o Caiado, mas ele não se resolve.

E num arrebatamento, abriu a porta e voltou para a sala de comando, aproximando-se do coronel Caiado de Castro.

— Já disse a este camarada que dê imediatamente ordem para o ataque final ou eu irei pessoalmente atacar com o batalhão de reserva e o pessoal do estado maior da Infantaria Divisionária que está comigo. Não tem outra alternativa.

Caiado de Castro se levantou num salto, muito pálido.

— General, meu único intuito com a cautela é evitar o sacrifício inútil de vidas. Estamos sofrendo muitas perdas. O major Uzeda está mal posicionado para avançar.

— Mas, meu caro, você quer conquistar o Monte Castelo com homens ou com flores?

Todos os olhares da sala convergiram para os dois homens.

Brayner interveio:

— Afinal, o que devo dizer ao general Mascarenhas?

— Diga ao general Mascarenhas que dentro de 30 minutos estarei em cima do Monte Castelo, sem qualquer dúvida.

E dirigindo-se ao tenente-coronel Ademar de Queiroz, seu chefe de comunicações:

— Transmita ao comando da Artilharia Divisionária o pedido de uma última concentração de cinco minutos de duração com a mais viva cadência e o máximo de potência, com a totalidade dos meios. Vamos partir para o ataque final. Brayner, essa é minha resposta ao general Mascarenhas.

E estendeu a mão para apanhar o telefone de Caiado, mas este não o entregou. Com amarga dignidade disse:

— Eu estou no comando dos batalhões, general. Eu darei a ordem.

E discou mais uma vez o aparelho.

— Alô, major Uzeda?

— Afirmativo.

— A ordem é atacar agora. Agora. Com tudo. Só pare quando estiver na cota 977.

Depositava o telefone no apoio quando Brayner o apanhou.

— Com licença, coronel Caiado. Alô, major Uzeda! Aqui é Brayner. O comandante da Divisão está acompanhando sua magnífica ação. Eu o felicito e desejo boa sorte no lance final.

— Obrigado, meu coronel. Eu não o decepcionarei, meu caro mestre.

Brayner largou o telefone e olhou os rostos ao redor. Havia intensa emoção em todos.

— Vou indo, senhores, vou levar essa mensagem ao comandante.

E saiu porta afora, seguido pelos seus dois acompanhantes.

137

A 700 metros dali, o major Olívio Uzeda coçou o bigode, olhou para o tenente Iporan e o sargento Nilson e disse:

— Agora não paramos mais. Vamos com tudo.

E durante curto instante ficou como flutuando longe, pensativo, e então sacudiu a cabeça com força e levantou a mão que empunhava a metralhadora.

Fez o sinal de avançar. Jogou o corpo para a frente.

O sargento Nilson berrou:

– Positivo, major. Agora nem bala nos para!

E sentiu que todo seu batalhão, mais de 800 homens, como eletrizados, o seguiram no movimento.

O major Franklin, no outro lado da montanha, percebeu que aumentava cada vez mais o fogo da artilharia brasileira contra o Castelo e gritou:

– O Cordeiro tá querendo destruir o mundo! Alerta! Vamos nos preparar para a arrancada! Todo mundo um passo à frente!

E o terceiro batalhão do ataque, comandado pelo major Sizeno, o último a entrar em movimento, recebeu ordem de avançar pelo centro. A montanha parecia viva, com aqueles milhares de homens se deslocando sobre ela.

– Formigas no lombo de um elefante, murmurou o segundo-sargento Bóris Schnaiderman para o cabo Carlos Scliar, agarrado ao telefone, ambos a meio metro do general Cordeiro de Farias, calculando as coordenadas e mantendo o pedido de Zenóbio, enquanto os homens rastejavam e se aproximavam cada vez mais do cimo da montanha maldita.

– A noite vai chegar, disse Uzeda. – Vamos fazer mais um esforço, moçada!

E Pedro Diax e o gago Atílio e o alemão Wogler e o esclarecedor Bandeira e o cabo Quevedo e os sargentos Nilson e Max e os tenentes e os capitães todos rastejando, resfolegando, suando, se espetando nas pedras e gemendo e ficando surdos com tanta explosão, foram subindo e se arrastando, e de repente aparecem vultos de alemães com as mãos para cima.

– Entreguem as armas, entreguem as armas!

Os alemães não entendiam, mas entregavam as armas, mais alemães surgiam dos buracos, pálidos e atarantados e eram cercados e desarmados e empurrados para um canto, e os brasileiros subiam cada vez mais e, como num sonho, o major Olívio Uzeda galga uma rocha redonda e percebe que está praticamente no alto da montanha e dá um

grito selvagem, um grito de alívio, um grito sufocado lá dentro desde três meses atrás, quando pela primeira vez tentaram subir a montanha e foram escorraçados; então ele vê vultos a 100 metros dali, e são brasileiros, são mais brasileiros do Sampaio e são nada mais nada menos do que os homens do Batalhão Franklin. Então eles conseguiram, meu Deus, eles também conseguiram, e o major Uzeda sente as forças triplicarem e corre cada vez mais para o alto da montanha e puxa um dos soldados do Batalhão Franklin e pergunta cadê o Emílio, cadê o Emílio, e ouve a voz do major Emílio Rodrigues Franklin dizer:
— Estou aqui, e então os dois capitães se olham e depois se abraçam.

138

Nova subida penosa de duas horas. Danilo e o guia chegam no Quartel-General Partisan dos Apeninos. Uma fortaleza no meio da montanha.
— É um antigo mosteiro de padres Carmelitas. Já nos atacaram duas vezes, mas foram escorraçados. Aqui nos sentimos seguros. Há sentinelas por todos os caminhos, ninguém se aproxima num raio de dois quilômetros que a gente não saiba.

Ali havia uma missão do Serviço de Inteligência inglês, que coordenava missões de resgate.

Danilo é escoltado por dois guias para Monte Fiorino, vilarejo incrustado numa ponta da montanha. A vista era deslumbrante. O local era chefiado por um médico, o Doutor Fabrízio, 48 anos, risonho, corado, barba grisalha, cuja missão principal era atravessar fugitivos aliados que tivessem caído atrás das linhas inimigas. Tinha seis filhos.
— Três já se foram com os guerrilheiros, diz, pensativo, perdendo o sorriso, olhando as montanhas douradas pela luz.

Mas logo se anima:
— Aqui ainda é território controlado pelos alemães. Todo cuidado é pouco. Mas cada vez mais eles vão se deslocando. Antes aqui havia

pelo menos um batalhão inteiro, agora são três ou quatro pelotões. Eles começam a abandonar as montanhas; pressinto que eles descem para as planícies, voltando para a Alemanha. Mas não podemos descuidar a segurança. Eles são vingativos e cruéis. Fizeram muita maldade por aqui.

Os aliados mantinham com o Doutor Fabrizio um estreito contato por rádio, suprindo-o com alimento, informações, remédios, dinheiro, armamento, munição e material para sabotagem.

– Hoje vamos dinamitar uma ponte.

Ficou na casa do médico por duas noites e um dia. E na madrugada da segunda noite foi conduzido por um guia, subindo cada vez mais, por trilhas íngremes. O guia tocava gaitinha de boca. Chegaram num lugar que poderia ser uma fazenda abandonada. O lugar funcionava como unidade militar dos *partigiani*.

– Aqui temos 15 prisioneiros alemães, explicou o comandante da unidade, que não tinha um braço e o olho direito. – E ainda 25 soldados russos que fugiram de campos de concentração. Cinco civis guerrilheiros, três guias, um piloto inglês e agora você. Cinquenta no total.

Foi bem alimentado, conversou bastante com o piloto inglês e no meio da tarde o comandante se aproximou.

– Comecem a se preparar. Vamos atravessar para o lado aliado. Vamos chegar em Barga amanhã de manhã bem cedo. É uma boa caminhada montanha acima.

Eram cinco horas da tarde, já estava escuro. Começaram quinze horas de marcha exaustiva e sem descanso, subindo cada vez mais. Começou a nevar sem parar assim que deixaram o acampamento.

– É março e ainda está nevando.

– Esse tempo nos ajuda, os passos são muito vigiados.

Atravessaram a noite numa jornada silenciosa. Fizeram alto no ponto mais elevado da montanha. Viram luzes lá embaixo. Eram 8 horas da manhã, mas havia cerração e o dia custava a aparecer.

– Aquelas luzes são de Barga, disse o guia. – Estamos em território aliado. Agora vocês não são mais fugitivos.

139

Depois da conquista do Monte Castelo, a passagem pelos Apeninos tornou-se mais acelerada. Foram conquistadas pelos brasileiros, sem muito esforço, localidades há pouco consideradas inexpugnáveis, como La Serra, Bela Vista, Cota 958, Soprassasso, Castelnuovo, Santa Maria Villena.

Ninguém mais questionou a eficiência da FEB.

Os exércitos aliados avançavam com ímpeto na direção de Bolonha. Em todos os encontros de comando se proclamava de peito inflado que chegara o momento da Grande Ofensiva.

Havia ansiedade e euforia. Faltava um sinal do Alto Comando Aliado. E ele veio no dia 20 de março, quando em requerimento foram convocados todos os comandantes de Divisão para uma reunião em Casteluccio.

No dia 24 de março, na sala de pedras de um castelo medieval, em torno de uma gigantesca mesa que refletia o teto em abóbada, realizou-se a reunião secreta com a presença dos comandantes de Divisão para a discussão do plano de operações para a investida sobre Bolonha.

Estavam presentes os generais Mark Clark, Trussaud, Crittenberger, George Hayes e Mascarenhas de Moraes com todos os seus estados maiores.

Para desgosto de Mascarenhas, pouco a pouco a FEB foi sendo relegada dos planos. Ao final do dia, esquema montado, nenhuma missão para os brasileiros.

Foi então que o comandante da Décima de Montanha coçou a cabeça e lamentou:

— Temos um erro aqui. Tudo se encaixa, menos o flanco esquerdo. Estou completamente desprotegido nesse lado.

Crittenberger deixou transparecer sua perplexidade.

— Desprotegido? Completamente?

— Acabo de perceber.

Estavam magnetizados pelo avanço rápido até Bolonha e esqueceram as precauções.

– O maciço Montese-Montello, ocupado pelo inimigo, fortemente armado de artilharia, é uma ameaça fundamental para o avanço, disse Hayes.

Um silêncio caiu na sala em penumbra e sobre os homens cansados de um dia inteiro de especulações e montagens de táticas.

– Com licença, senhores, disse Mascarenhas, prontamente traduzido pelo major Vernon. – Minha Divisão está sem tarefa nesta empreitada. Poderíamos nos ocupar de Montese, se nos derem essa honra.

Se havia alguma ponta de ironia no semblante sério de Mascarenhas, nenhum dos generais acusou.

Hayes foi rápido e jovial:

– O general Mascarenhas tem certeza de tomar Montese?

– Tenho. Mas... fez uma pausa demorada, como se buscasse palavras, quero saber se o general Hayes tem certeza de aproveitar nossa vitória em Montese.

Todos se entreolharam e deram risadas comedidas. Crittenberger bateu na mesa com o punho fechado.

– O general Mascarenhas nos dará Montese como precioso presente de primavera.

140

E no dia seguinte foi distribuído aos oficiais o plano da Grande Ofensiva.

Era longo, minucioso e técnico, mas terminava com um parágrafo curioso:

Sobre prosseguir.

Prossiga rapidamente, não amanhã, hoje à *noite, esta tarde, agora mesmo! Saiba para onde está indo. Saiba suas linhas atingir os objetivos.*

Por exemplo: os brasileiros no vale a leste do Panaro. Não é momento para cautela. Uma vez que começou a avançar, dê todo o vapor.
Não estamos em 1942 ou 43. Estamos no fim. Podem se permitir ao risco. Se não acham que tem todas as vantagens sobre o alemão, coloquem-se no lugar deles, e imaginem quanto de espírito de luta ainda lhes resta.
Jogue a precaução ao vento. Seja arrojado e ativo. Nosso objetivo imediato é a Linha Negra.
Quando chegarmos lá, teremos apenas começado. Ali é que começa a arrancada final.
O palco está pronto para a matança.

141

E assim, duas semanas depois, preparados, armados e alimentados, os brasileiros estavam diante de Montese.

Pedrinho, abaixado na vala, olhava para a cidade medieval, fincada no alto da colina, com uma grande torre apontando para o céu. A cidade era uma massa escura no lusco-fusco do amanhecer.

— Então, isso é Montese.

O cabo Quevedo, ao lado dele, terminou cuidadosamente de enrolar um cigarro, acendeu-o e soprou a fumaça para o ar.

— Essa cidade está me dando um mau pressentimento.

O sargento Nilson deu um tapa nas suas costas.

— Pressentimento não é coisa de gaúcho, cabo. Não leu a Ordem do Dia? Jogue a precaução ao vento.

— Essa poesia barata só podia vir dos americanos, rosnou o segundo-sargento Bóris, com um sorriso perverso.

— Poesia barata ou não, essa é a ordem, falou Nilson, começando a erguer a voz e começando a se irritar.

— São seis horas em ponto, e já já vamos receber ordem de avançar. Vamos lembrar uma coisa, bando de pederastas passivos: esta pode ser a última batalha da guerra. Tratem de ficar vivos.

Ainda estava escuro, mas a claridade do sol espreitando atrás dos cerros começava a definir os contornos da paisagem.

O terreno na frente deles parecia uma escadaria natural. Era formado por grandes degraus que se alternavam até as primeiras casas, todas de pedra.

– Os caminhos estão minados, portanto vamos atrás dos sapadores, com cuidado onde botam o pé.

"Aquela podia ser a última batalha da guerra", essa era uma frase que andava no ar, solta como nuvem, e isso era uma frase que atingia os soldados com sua ambiguidade de esperança e medo. Por um lado o fim da guerra estava próximo, por outro:

– Perder a vida na última batalha é triste demais, disse o alemão Wogler.

– É deprimente, disse Quevedo.

O sargento Max passou com seu Grupo de Combate. Nilson o interpelou:

– Aonde vão?

– Sondar. Vamos tentar nos aproximar até aquela casa que tem uma fumacinha saindo da chaminé.

– Cuidado com as minas.

– Vamos devagar.

– E os jornalistas?

– Me livrei deles. Se grudaram em mim como carrapato, queriam seguir junto com a patrulha, mas fiz ver ao coronel Pitaluga que não era possível, eles iriam nos desviar o foco.

– Tá certo. Boa sorte, Max.

E o sargento Max começou a avançar com sua patrulha, aproveitando os desníveis da vasta escadaria natural, que levava até os arredores de Montese. Estava já bem próximo da casa da qual saía fumaça pela chaminé quando uma rajada de metralha atingiu o grupo.

O sargento Nilson sentiu um impacto na alma.

– Meu Deus, acertaram o Max.

Todos olharam e viram o Rei das Patrulhas dobrar o corpo e cair sobre os joelhos, lentamente.

142

O comando do pelotão da vanguarda do ataque principal coube ao tenente Iporan. Todos o achavam um pouco verde para a missão.

Ele olhava de binóculo as casas de pedra. Os homens olhavam para ele. Conheciam o Iporan. Todos eram velhos conhecidos do Sampaio. Todos pensando que, graças a Deus, aquela era, como andavam dizendo, a última batalha da guerra.

Talvez não fosse, mas ninguém ia achar engraçado morrer logo quando a guerra chegava ao fim.

O sargento Max, ninguém menos do que o sargento Max, estava atirado no chão a 200 metros dali, cheio de balas, e ninguém podia fazer nada.

O sargento Mathias olhou para as casas de pedra.

– Se avançarmos muito, vamos levar tiros pelas costas, tenente.

– Vamos avançar até a crista da elevação, e lá avaliamos. Andando!

Avançaram abaixados até o ponto mais alto. De lá puderam examinar a cidade onde agora o sol batia em cheio. E então, na luz do dia, brilhou sobre eles um foguete de sinalização, que se desmanchou em estrelas vermelhas, como fogo de artifício.

– Já sabem onde estamos, disse Iporan.

E imediatamente desabou sobre o pelotão uma compacta barragem de artilharia.

– Canhões! Vamos sair daqui, pra frente, pra frente!

Correram desesperadamente no meio das explosões, jogando-se ao chão, levantando, prosseguindo.

Iporan viu o garoto Emílio da saúde receber uma bala na testa, viu o negrão Edu, especialista em minas, ser partido em dois por obus que o atingiu em cheio. Iporan se jogou dentro de uma vala, bateu com o rosto no chão, ficou com a boca cheia de terra.

Permaneceu imóvel, controlando a respiração, pensando que podia ter um ataque de pânico. Não era hora de sequer pensar em ter um ataque de pânico. Definitivamente não.

Cuspiu a terra e, com toda a calma, chamou os sargentos Celso, Rubens e Mathias. Agruparam-se ao lado do tenente.

– Celso, pega teu Grupo de Combate e vai pela direita. Rubens, você vai pela esquerda. Mathias, você vai pelo centro. Esperem minha ordem. Só avancem quando eu mandar.

Os três sargentos se entreolharam. O tenentezinho quer cantar de galo.

– Celso, você vai primeiro. Agora!

O sargento Celso Racioppi olhou para seu Grupo de Combate e falou, ríspido:

– Comigo, macacada, avançando!

E disparou no rumo das casas, jogando-se nas estrias do terreno, espiando, avaliando e tornando a correr. Súbito, o sargento estaca. Fica imóvel.

– Minas!

O Grupo de Combate inteiro parou num repente.

– Nossa Senhora Aparecida. Estamos no meio de um campo minado.

O tenente Iporan se aproximou rastejando.

– Minas, tenente.

Iporan se aproximou do artefato, esticou o dedo até ele. Tocou-o de leve. Os outros paralisados e de olhos arregalados.

– Não é mina. É pior. É *booby trap*. Eu sei desmontar essas bostas.

143

Todos ficaram de olho ainda mais arregalado vendo o tenente mexer com seus dedos longos e aristocráticos naquela pequena caixinha diabólica. *Será que ele sabe mesmo?*

O tenente Iporan desmontava uma e dizia: – Pronto!

Seguia em frente e desmontava outra. Depois de meia hora, não tinha mais *booby trap* ativo. Todos olhavam para o tenente Iporan.

— Vamos continuar. Quero o Grupo de Combate do Mathias aqui com a gente. Vamos avançar juntos.

Rastejaram cada vez mais próximos das primeiras casas. Viam nitidamente suas paredes velhas e ásperas. Os pátios desertos. Nenhum cachorro, nenhuma galinha, nenhuma roupa no varal, nada.

— Quero o Grupo de Combate do Rubens avançando. Vamos nos preparar para invadir.

— Tenente.

— Sim.

— Estamos sem telefone. Os fios foram cortados com as explosões.

— Vamos usar o rádio.

— Estamos sem rádio também, tenente.

Pausa. Todos calados.

— Deixou de captar, tenente. Estamos muito longe, e o terreno é...

— Vamos invadir com ou sem rádio.

Os três sargentos se entreolharam.

— Sim, senhor.

Esse tenentezinho estava saindo melhor do que a encomenda. Agora todos amavam esse tenentezinho e se ele ordenasse derrubar as paredes às cabeçadas eles o fariam.

— Vamos mandar um mensageiro avisando que vamos entrar na cidade. Que suspendam o bombardeio, porque vamos entrar. Praça Melo.

O praça Melo era um negrinho só osso e nervo. Tocava pandeiro no bloco de carnaval do batalhão.

— Sim, senhor.

— Vai até o comando da Companhia e avisa que vamos invadir, que suspendam o bombardeio. Dá um jeito de chegar até lá, Melo, pelamordedeus.

— Pode deixar, tenente.

O praça Melo saiu que era uma ventania, rastejando como um lagarto. Viram-no sumir numa dobra de terreno.

— Agora, vamos.

E os três Grupos de Combate começaram a aproximação da fortaleza alemã, aquela cidade medieval maciça, com o tenente Iporan na frente.

Deram os primeiros passos e começou o fogo alemão.

– Eles sabem onde estamos.

Jogaram granadas para o lugar de onde vinham os tiros e foram avançando. Iporan olhava e via que o avanço era firme, mas que alguns caíam feridos.

De um buraco de metralhadora saiu o primeiro alemão e foi varrido, depois outro e depois outro. Agora tinham ultrapassado os primeiros baluartes da defesa, se colaram à parede de Montese, foram andando de costas contra ela. Chegaram numa enorme porta de madeira que estava pegando fogo.

– Essa é a porta do Inferno, macacada, vamos dar um abraço no Diabo!, berrou o sargento Mathias.

Sacrilégio, pensou Quevedo, surpreso, já que nem ligava para essas coisas de religião, e de repente sentiu uma pontada de medo, mas pensou que não podia ser medo porque era macho de Uruguaiana, e deu risada de si mesmo por se lembrar duma piada tão velha e das bobagens que aprendera toda sua vida, e descobriu que sim, estava com medo porque isso na sua barriga era sangue e foi arrastado pelos companheiros quando todos ao mesmo tempo se jogaram no fogaréu e passaram pela porta ardente chamuscados e sentindo o cheiro da farda e da carne queimadas, e de repente já corriam numa rua de pedra que parecia abalada por um terremoto.

Uma sucessão impressionante de explosões e rajadas de balas criava um caos de fumaça e ruído, deixando os homens desnorteados, tontos, cegos e engolindo fumaça tóxica, e todos se colaram às paredes, rezando para não levar tiro.

Nenhum deles nunca tinha visto ou ouvido tanto tiro e tanta explosão ao mesmo tempo. Granadas, centenas, milhares de granadas despencavam sobre a cidade, espraiando morte e devastação.

Os companheiros agora eram vultos escuros; alguns largavam a arma e tapavam os ouvidos, viam as bocas abertas gritando algo que ninguém ouvia, mas o tenente Iporan continuava no meio da rua, enegrecido de fumaça, gritando "em frente em frente em frente!"

Das janelas atiradores derrubavam mais soldados. Desabavam paredes, telhados, portas, e janelas despencavam transformadas em fogueiras, duas mulheres atravessaram a rua correndo vestidas de preto e entraram na igreja no momento em que a torre explodiu, atingida em cheia por um canhonaço.

Iporan tinha o olhar transtornado.

– Quantas baixas?

– Calculo umas trinta.

– Em frente, em frente!

Davam pontapé nas portas, entravam em salas vazias, irromperam numa cozinha onde enorme fogão à lenha imperava.

O cabo Scliar se aproximou gritando:

– Consegui contato, tenente, estou com o capitão Sidney.

– Alô, capitão, é o tenente Iporan. Introduzimos uma cunha na defesa deles, estou dentro de Montese com três Grupos de Combate, mas a situação é crítica. Precisamos de reforço imediato para manter a posição.

– Muito bem, tenente, parabéns! E aguenta firme mais um pouco, estou mandando para aí um pelotão de fuzileiros.

Os Grupos de Combate dos três sargentos se espalharam pelas ruas da cidade e foram tomando casa por casa. De várias delas saíam soldados alemães com as mãos para cima. Dava para ver que tinham o moral abalado, que já não acreditavam mais numa ação de resistência. Estavam se entregando com facilidade.

Pouco depois, os fuzileiros também entraram na cidade, protegidos por tanques. A tarde já estava pela metade. Os poucos moradores que restavam apareciam nas janelas ou saíam para as ruas e gritavam:

– *Liberatori, liberatori!*

Uma mulher trouxe um garrafão de vinho para o tenente Iporan, que timidamente recusou. Afinal, estavam ainda em combate.

Mas o sargento Mathias tomou o garrafão das mãos da mulher e levou-o à boca, bebendo com sofreguidão. O tenente Iporan fez que não viu e se afastou.

Chegou na rua. Os fuzileiros marchavam dos dois lados, colados às paredes, vigiando cada porta e janela.

O tenente Iporan caminhou cambaleando, tonto, surdo, pelas ruas da cidade que conquistara. Quantos mortos!

O bombardeio sobre a cidade continuava implacável, e ele sabia que a qualquer momento poderia ser atingido ou esmagado por uma queda de parede.

O sargento Mathias o tomou pelo braço.

— Tenente, tenente!

— Estou bem, sargento. Em frente!

Dezenas e dezenas de corpos no chão, de brasileiros e alemães. Os bombardeios, dos aliados e dos nazistas, tinham destruído a cidade completamente.

Não havia uma casa intacta. A imponente torre desmoronou completamente. Uma fumaça negra envolvia tudo. Havia gritos selvagens, gargalhadas e correrias.

O sargento Rubens e o sargento Celso se encontraram numa esquina.

— Acho que tomamos a cidade.

O gago Atílio, Pedrinho e o alemão Wogler se apertavam contra a parede de uma capela com mais de 600 anos de idade.

— Estou com cãibra, gemeu o Alemão.

Caiu sentado, Pedrinho agarrou seu pé e começou a empurrar para trás. João Wogler berrava de dor, quando o gago Atílio gritou:

— O-o-o-lhem lá.

O corpo estava dobrado em dois, havia escombros ao seu redor. O gago Atílio se ajoelhou ao lado do corpo e ficou ali, com medo de tocá-lo. Pedro Diax também se aproximou, ajoelhou e fez o Sinal da Cruz. O alemão Wogler se arrastou até eles. No peito de Quevedo crescia uma escura mancha de sangue. Montese estava tomada, mas o cabo Quevedo estava morto.

144

O Major Brayner estendeu para Mascarenhas um ofício enviado pelo general Crittenberger.

O comandante ajeitou os óculos no nariz.

A Divisão de Infantaria Brasileira foi a única Grande Unidade que cumpriu integralmente a missão recebida.
As outras, a 92.ª Divisão Americana, a 10.ª Divisão de Montanha, a 1.ª Divisão Blindada e a 6.ª Divisão Blindada Sul-Africana pouco progrediram e sofreram grandes perdas.
A Divisão Brasileira recebeu, dentro de Montese, só numa noite, mais granadas do que todas as outras divisões somadas, e sem arredar pé das posições conquistadas.

Brayner observou a reação de Mascarenhas enquanto ele lia, mas o veterano soldado parecia de pedra. Afastou o ofício para a pilha de papéis ao lado, e virou-se para Brayner.

— Quantos disparos de canhão os alemães fizeram?

— Mais de cinco mil. Três mil e duzentos tiros, só no dia 15, diz o relatório.

— E prisioneiros?

— Fizemos 411 prisioneiros, general. Até agora.

— Muito bem. Vamos cuidar do que vem pela frente. Pelo que ouço falarem, a ordem será avançar sem parar.

— Nossos aliados gostam de nomes pomposos. Chegou o momento da Grande Ofensiva.

— Grande Ofensiva? Tá bueno. Convoque o Zenóbio e o Cordeiro. Precisamos acertar os ponteiros para a tal Grande Ofensiva.

145

A Red voava em formação para o Vale do Pó e a missão era destruir os pontões que facilitavam a retirada nazista. Pereyron começou a perceber que brevemente teria sérios problemas, e não seria apenas o *flak* alemão. O novo A-6 que recebera era de hélice hidramática e Pereyron viu o óleo da hélice respingando o para-brisa. Se isso continuasse, a visão ficaria prejudicada. O céu já estava escuro, com nuvens como montanhas monstruosas, e Pereyron começou a sentir-se pequeno dentro daquele avião cada vez menor. Era um sentimento incômodo que começava a assaltá-lo nas últimas missões. Parecia que o avião diminuía de tamanho. Mas o para-brisa ficava cada vez mais tomado pelos salpicos do óleo, e ele não tinha como impedir. Então viu os pontões sobre a faixa prateada do rio lá embaixo e sentiu que a energia voltava a seus nervos. Olhou para Torres voando paralelo a ele, bem próximo, e viu que Torres fazia sinais com a mão enluvada. Sim, sim, tinha visto, lá estava o alvo, já eram mais de 55 vezes que via um alvo de cima e se preparava para mergulhar sobre ele, começar a gritar e a rezar ao mesmo tempo e friamente calcular o instante de apertar o botão e liberar as bombas que cairiam sobre a ponte atarracada e gorducha e saltar sem parar, escapando ao ataque da antiaérea que explodia ao seu redor, e cada vez enxergava menos a sua frente, porque o vidro já estava encharcado de óleo, e sentiu um súbito pânico, porque voava de repente no escuro.

O vidro do para-brisa estava praticamente coberto de óleo.

Largou as bombas.

As granadas da antiaérea explodiam bem perto das suas asas; espiou um instante e viu as rosas vermelhas e amarelas das explosões em cima da ponte e arremeteu, subindo e saindo do alcance do ataque.

— Alô, Reds, era a voz de Torres. — Acabamos com o alvo. Agora vamos em direção a Verona; há uma coluna de viaturas próximo ao Lago de Garda.

Poucos minutos de voo e já percebia o comboio de caminhões, jipes e carros de combate, uma longa fila se mexendo ordenadamente na estrada ao pé dos Alpes. Então começou a funcionar a antiaérea alemã. Era uma compacta barragem de fogo dos canhões de 20 milímetros, que varria os céus metro a metro, mal dando chance para os aviões executarem as manobras evasivas. A Red mergulhou rugindo na muralha de fogo. Pereyron começou a gritar e rezar, e subitamente viu algo crescer extraordinariamente na sua frente; era um caminhão e soldados alemães apontando as metralhadoras para ele; largou as bombas e subiu; teve consciência de que voava no escuro, estava voando na mais completa escuridão, totalmente cego. Loucura. Subiu mais, num impulso vital, escapando com sofreguidão às explosões das granadas e ao estampido das balas, e aos pingos grossos da chuva pipocando no avião.

— Jambock Red! Aqui o 2. Estou com óleo no para-brisa. Não vejo nada. Quase bati no alvo.

— Aqui o líder. Saia da formação.

— Já saí. Estou subindo para não chocar com ninguém.

— Espere o ataque passar e depois se incorpore.

— Entendido.

Pereyron subiu para mil metros, acima das nuvens, e encontrou um céu surpreendentemente azul e o sol dourado banhando seu P-42.

146

A Red voltou para a Base, todos foram aterrissando e tomando posição na pista, debaixo da chuva, que caía contínua e gelada. A caminhoneta de Zé Maria surgiu e foi passando de avião em avião recolhendo os pilotos. Pereyron foi o último a chegar, manobrando com cautela. Estava tenso e com a boca seca, sentindo um princípio de taquicardia. O avião parou, Pereyron abriu a capota e desafivelou o capacete.

A caminhoneta de Zé Maria parou junto à asa, carregada com os demais pilotos. Rui saltou dela e subiu na asa do A-6 de Pereyron, que o olhou surpreso. Rui passou a ponta dos dedos no para-brisa e examinou-os.

Por um instante Pereyron não entendeu, mas sentiu que se afogava e mal podia respirar com a fúria que subiu pelo seu corpo.

– Seu filho da puta, o que tu tá fazendo?

Saltou da cabine caindo em cima de Rui, arrastando-o na queda, agarrando-o pelo pescoço e começando a desferir uma saraivada de socos. Resvalaram na pista molhada e caíram. Os pilotos correram para eles e os separaram, mas os dois continuavam a tentar se soltar e atacar-se mutuamente. Torres e Perdigão abraçaram fortemente Pereyron, que se debatia e esbravejava.

– Me larguem, não viram o que esse filho da puta fez?

Rui também tratava de se safar dos que o seguravam e de punhos fechados chamava Pereyron para a briga. E Pereyron parecia estar com ódio de todos.

– Me larguem, me larguem, não viram o que ele fez? Filhos da puta, vocês todos são filhos da puta, de hoje em diante não voo com mais ninguém, só com o Nero!

Os pilotos formaram uma muralha em torno dos dois, que foram totalmente contidos e imobilizados até que se acalmaram.

– Vamos embora, agora, disse Torres calmamente, e lembrem-se que são oficiais da FAB.

Todos se aboletaram na caminhoneta e foram em silêncio até os edifícios. Pereyron entrou na sala de operações e tirou o macacão com arrancos selvagens e jogou-o no chão.

– Quem esse desgraçado pensa que é? Teve a petulância de passar o dedo no meu para-brisa para ver se tinha óleo mesmo! Será que pensou que eu tive medo? Que fugi? Não tenho medo de nada, nem dele nem de toda família dele!

Rui avançou na sua direção, mas Perdigão se interpôs.

– Chega!

Perdigão abraçou Pereyron com carinho, passou a mão na sua cabeça, escabelando-o.

– Vamos lá fora fumar um cigarro.

Os dois saíram e ficaram encostados contra a parede, protegidos por uma marquise estreita, olhando a chuva.

– Eu já tive problema com óleo no para-brisa. É horrível.

– Aquele filho da puta me desacatou.

– Tu conheces o Rui. Ele não faz por mal. É o jeito dele. Ele é impulsivo, se mete em tudo, mas é boa praça. Vai ver queria gozar contigo. Estamos com os nervos destroçados, Fernando. Todos nós. A guerra nos enlouquece. Eu também já sofri mesquinharias. Tenho sido incompreendido muitas vezes. A tensão, os nervos à flor da pele, saudade da família, tudo isso nos deixa com a compreensão das coisas prejudicada. Em outras circunstâncias o Rui jamais faria isso; ia pensar antes.

Fumaram mais um cigarro, os pilotos foram saindo e entrando na caminhoneta. Torres trouxe o macacão de Pereyron bem dobrado, todos entraram e partiram para o Albergo Nettuno. Rui sentou-se ao lado de Zé Maria, no banco da frente.

Iam num silêncio pesado, olhando a chuva que caía sem parar. Rui apanhou um cigarro, acendeu, deu uma tragada, depois apanhou outro e também acendeu. Olhou para trás, na direção de Pereyron, que olhava fixo para frente.

Estendeu o cigarro para ele.

Pereyron continuou imóvel, tenso, mas de repente estendeu a mão e apanhou o cigarro.

147

A via Emília estava completamente tomada por comboios militares aliados. Já fazia calor, e foi com satisfação que se sentaram à sombra de um olmo, próximo à estrada, e ficaram a contemplar a passagem dos veículos.

— Esta paisagem alimenta minha alma, disse Zenóbio.

Brayner olhou estarrecido para ele, Cordeiro sorriu e Mascarenhas fez que não ouviu.

— General, disse Brayner, o senhor é surpreendente.

— Porque você subestima um caboclo nascido no Mato Grosso, coronel. Tem um clichê em sua cabeça no qual somos grosseiros e ignorantes.

— Com todo o respeito, o senhor está enganado, general. Tenho a maior admiração pelo povo do Mato Grosso, pelas etnias indígenas e sua cultura.

— Mas não percebe a diferença de uma ironia ou de uma piada.

— Reconheço e admiro a fineza de espírito, general.

— Chega de pompas e literaturas, pelo amor de Deus, interveio Mascarenhas. – Fale como um milico, Brayner, por favor, e coloque a situação para nós.

— Sim, senhor, mestre. Senhores, sabemos que os nazistas perderam suas posições defensivas no Vale do Pó e nos Apeninos. Nestes, com nossa modesta contribuição no Castelo e em Montese. Agora se retiram para o norte, numa vasta planície, sem meios naturais de defesa, não tem mais as alturas da cordilheira para proteção. Buscam atingir a Alemanha e lá formar um *reduto nacional*, como formalizaram em ofício às suas tropas. A missão dos aliados é partir em sua perseguição, e isso é o que estamos assistindo aí na via Emília congestionada, esses comboios indo em direção ao norte.

— Essa paisagem que nos alimenta a alma, disse Cordeiro. Todos sorriram.

A vitória em Montese foi importante e o reconhecimento americano tinha serenado os espíritos.

As feridas estavam cicatrizando, e o contingente brasileiro, desdentado, mal fardado e desarmado que chegara meses antes no porto de Nápoles, estava transformado numa máquina de guerra afiada e letal. Todos sabiam. Somente alguns tolos contestavam a evidência.

— E, senhores, retomou Brayner, temos aqui uma ordem do comando do IV Corpo, datada de hoje, 22 de abril, bastante contraditória. Num parágrafo nos ordena manter atitude defensiva aqui mesmo onde estamos, e no parágrafo seguinte nos ordena deslocamento o mais rápido possível para a calha do rio Pó, onde os alemães vão tentar a travessia.

— O que será que ele bebeu?

— Contraditória mesmo, mas não vamos começar com sarcasmos, ponderou Mascarenhas. — Eu já andei matutando, senhores. Acredito que o general Cordeiro, com sua artilharia motorizada, poderia ser, por que não, quem nos tiraria dessa sinuca com que os aliados americanos mais uma vez nos acenam.

— E como faria isso, general?

— Cedendo seus caminhões. Eu matutei que se formarmos um grupo de combate motorizado, mesmo improvisado, atingiríamos o rio Pó a tempo de cortar a retirada dos alemães, e sustentaríamos esta posição até chegarem novas ordens.

— Eu vou ficar a pé, comandante, com meus canhões.

— Por pouco tempo, general Cordeiro. O grupo de combate é provisório, o senhor terá seus caminhões de volta.

— Sendo assim...

— Muito bem. Isso é que é falar. Brayner, chama o Mello.

148

O Mello era o coronel Nelson de Mello, homem da fronteira sul, nascido em Santana do Livramento em 1899. Era homem de vasta experiência militar, civil e política. Com 18 anos ingressou na Escola Militar de Realengo. Foi conspirador na Revolução de 30 no Rio e em Minas Gerais. Participou das ações militares em Minas e foi promovido a capitão.

Getúlio o nomeou interventor no Amazonas, de 1932 a 1935. Em 43, Getúlio o nomeou chefe de polícia do Distrito Federal.

Embarcou para a Itália em setembro de 1944, onde recebeu a missão de comandar o Sexto Regimento de Infantaria.

E agora estava ali diante de Mascarenhas, aos 45 anos de idade, magro, alto, bigode negro.

— É uma dura missão esta que lhe ofereço, coronel Mello. Perseguir o exército nazista no Vale do Pó, com um contingente improvisado, montado a partir de vários agrupamentos. Explica aí, Brayner.

— Vamos chamar de Grupo de Combate Coronel Nelson de Mello, coronel, disse Brayner. — Quebramos a cabeça, mas acho que conseguimos um conjunto sólido. Seu grupamento será constituído pelo terceiro batalhão do próprio Sexto Regimento de Infantaria, pelo segundo batalhão do Primeiro Regimento, pela companhia de obuses do Sexto, pela Primeira Companhia de Engenharia e por uma companhia do Esquadrão de Reconhecimento. E o senhor terá ainda dois pelotões de tanques Sherman e dois pelotões de destruidores de tanques dos Estados Unidos. Com esses meios, o senhor vai marchar na frente, mordendo os calcanhares dos alemães e abrindo caminho para o resto da nossa Divisão.

— Sim, senhor, disse Mello.

— Está bem, então, coronel?, perguntou Mascarenhas. — Estamos entendidos?

— Perfeitamente, general. O que é de gosto regala a vida.

Mascarenhas sorriu e Brayner ficou olhando para os dois. Esses gaúchos. E assim o sargento Nilson foi incorporado com seu Grupo de Combate, que incluía Pedrinho, o gago Atílio e o Alemão Wogler às forças montadas para o comando do coronel Nelson de Mello. Este arremeteu pelas estradas do Vale do Pó, avançando 18 quilômetros no primeiro dia.

Menos do que pretendia. As estradas principais estavam sucateadas pelos contingentes retardadores dos alemães. Destruíam pontes, explodiam o leito dos caminhos, provocando crateras enormes, espalhavam minas por quilômetros, causando a demora do avanço aliado.

Uma unidade de apoio aos combatentes, o Batalhão de Engenharia de Combate, marchava na frente de todos, fazendo os concertos das pontes, desobstruindo as rodovias, tapando as crateras com novas explosões.

A premissa da Grande Ofensiva era avançar sem parar, avançar o mais que pudessem cada dia, avançar até as pernas não aguentarem e o combustível sumir nos tanques.

Avançavam pelas estradas poeirentas do Vale do Pó, ao longo dos rios Panaro e Taro, já próximos à vila de Fornovo. Esta era uma formosa vila cercada de parreirais à beira do rio Taro, casas de pedra brilhando ao sol, equilibradas nas curvas da estrada.

Foi quando chegou a mensagem da Inteligência do IV Corpo:

Há três divisões alemãs nas proximidades, tentando escapar para a Alemanha. São a 232, a 114 e a 334. São vários milhares de soldados marchando rapidamente pelas estradas, com forte armamento e muita munição.

Duas delas os brasileiros já tinham enfrentado nos Apeninos. A novidade era a 334. Isso era o que parecia. Novidade mesmo estaria diante deles quando chegassem a Fornovo de Taro.

Pedrinho, o gago Atílio e o alemão João Wogler caminhavam em passo cadenciado. Marchar nessa planície era um passeio comparado ao que eles experimentaram subindo as montanhas geladas dos Apeninos.

149

O trânsito foi se tornando mais intenso. Multidões de civis carregando seus trastes nas costas, em carroças puxadas por cavalos e em carrinhos de mão, tocando rebanhos, dividindo a estrada com carros de todas as marcas e tamanhos. O pólen da primavera se espalhava no ar e se misturava à poeira, ao calor e a um sol que começava a queimar.

Seis quilômetros antes de Fornovo de Taro desabou sobre o Grupo de Combate de Nelson de Mello uma barragem violenta de intenso bombardeio. A massa de retirantes se espalhou correndo pelo campo.

Granadas e tiros de canhão explodiam de todo lado. Enquanto buscavam proteção nas valas da estrada e nas barrancas do Taro, os oficiais trataram de se informar quem estava ali com tão formidável poder de fogo. E logo descobriram.

Quatro guerrilheiros, dois altos e enormes e dois baixos e troncudos, de barba por fazer e rostos tensos e cansados, se aproximaram dos brasileiros. O mais alto deles estendeu a mão para Nelson de Mello.

– Sou Bruno.

Apertaram as mãos.

– Quem está ali é a 148, uma Divisão Panzer inteira.

– Desde quando?

– Chegaram ontem. Está acampada dentro da vila e em seus arredores. Estão em retirada para a Alemanha.

O coronel Nelson de Mello acendeu o cigarro de Bruno, depois acendeu o seu e se apoiou no jipe, soprando a fumaça para o alto.

– E vocês estão caçando os Camisas Negras.

– Eles são fortes nesta área, coronel. Fizeram muitos crimes.

– Essa 148 não está no informe dos americanos, disse o major Gross.

– Não. Eles se esconderam muito bem, disse o coronel Mello.

– Mas são eles, com toda certeza, a 148, disse o outro *partigiano*. Apertou a mão de Nelson. – Marcelo. É uma unidade de elite, coronel. Eles combateram sob o comando de Rommel, no Afrika Korps.

– Só em Fornovo contei esta manhã quarenta carros blindados, disse Bruno. – Mas deve haver mais, muito mais.

– Está bem. Vai ser uma parada dura, disse o coronel Mello. – Vamos...

– Não é só uma, coronel. São duas divisões, disse o major João Carlos Gross.

Nelson de Mello voltou-se para o major Gross, que confabulava com os dois *partigiani* baixinhos.

– Estes camaradas estão me dizendo que está lá dentro da vila também a Divisão Bersagliere, italiana. E uma unidade de Camisas Negras, bem armados.

— É verdade. Talvez sejam mais de vinte mil homens, coronel, disse Bruno. — Estão organizando e conclamando uma resistência civil.

— O fascismo era forte por aqui, disse o *partigiano* Marcelo. — Eles vão cobrar um pedágio caro para nos deixar passar.

150

Nelson de Mello conversou demoradamente ao telefone com o general Zenóbio, explicando a situação. Zenóbio telefonou para Mascarenhas, estacionado em Montecchio, a poucos quilômetros de Fornovo. Trocaram ideias, falaram mais de quarenta minutos e montaram um plano.

Zenóbio tornou a telefonar para Nelson de Mello.

— Vamos fazê-los cair numa ratoeira, Mello.

— Qual é a ideia?

— Falei com o Mascarenhas. Ele sugeriu bloquear a rodovia 62, em todas as direções. Essa Divisão Panzer está com os americanos atrás deles, pelo sul. Vamos esperá-los no norte. O Onze mais o Primeiro Regimento vão fechar as possíveis saídas deles a nordeste e noroeste.

— E eu?

— Você atravessa o Taro e cai por trás deles, pelo norte. Faça esse movimento agora, com toda pressa, e eles vão ficar totalmente envolvidos.

— General Z, pode ficar certo, vamos dar um nó nesses filhos da puta. Já estou em marcha para o rio.

— Assim que se fala, Mello.

Zenóbio sentiu a vibração na voz de Nelson de Mello. Duas divisões! Se as coisas fossem bem feitas, poderiam fazer história.

151

E assim a FEB lançou seus batalhões em três direções ao mesmo tempo, através das planícies do Pó.

O Grupo de Combate Nelson de Mello atravessou o rio, marchou com rapidez durante três horas e ao entardecer estava tomando posição ao norte da gigantesca Divisão de elite alemã. Ainda não tinha sido percebido.

O Onze comunicou que já se estendia pela ala esquerda, ao sul de Fornovo, e que tomava posições com grande rapidez e cautela. O inimigo não dava sinais de que os estava observando.

O Primeiro se deslocou para a ala direita, ao norte da vila. Fez contato com o inimigo. Trocaram tiros de canhão e se observaram de perto, mas não passou disso. Possivelmente os alemães pensavam que se tratava dos americanos que os perseguiam. Não perceberam uma manobra maior e envolvente que caía sobre eles.

E o Grupo de Combate de Nelson de Mello, o Sexto, foi deixando o rio com seus caminhões e tanques e avançou pelo eixo central do envolvimento, chamando a atenção para si dos defensores da Divisão em retirada.

— Até agora tudo indica que eles ignoram o ataque pelos flancos, avisou Mello ao telefone para Mascarenhas. — O plano está funcionando direitinho.

— O Onze e o Primeiro já fecharam as saídas, disse o comandante. — Não ataque ainda, Mello, mas dispare fogos de inquietação. Vamos deixar eles nervosos.

A artilharia brasileira começou a disparar contra as divisões nazistas a intervalos regulares, causando pânico e desconforto, ganhando tempo. Ao final da tarde, os três batalhões brasileiros apertavam as divisões de Hitler em suas posições, como se tivessem uma torquês.

— A manobra foi um êxito, general. Eles estão cercados. Completamente, disse Mello ao telefone para Zenóbio. — Permissão para atacar com tudo.

— Ainda não, cortou Zenóbio. — O Mascarenhas vai dar a ordem no momento certo.

— Agora é uma questão de tempo, sussurrou Gross em seu ouvido. Pouco depois, Mascarenhas falava ao telefone com Mello.

— Se pedirem para parlamentar, exija rendição incondicional, coronel, disse Mascarenhas. — Eles não têm o menor poder de barganha.

152

Quando começava a escurecer, apareceu diante do coronel Mello o major Oeste, acompanhado de um padre.

— Coronel, este é Dom Alessandro Cavalli, vigário de uma vila da redondeza. Falei com ele, está disposto a levar uma mensagem para os alemães, se isso servir para que não se derrame sangue.

Dom Alessandro Cavalli era um homem de meia-idade, vigoroso, com um olhar direto. Mello olhou desconfiado para ele.

— Por que o senhor quer fazer isso?

— Pelas vidas, coronel. Podemos salvar vidas humanas. Nasci e me criei nesta região, e se puder evitar esse combate, talvez milhares possam ser salvos.

— Diga ao comandante deles que estão totalmente cercados. Que se rendam incondicionalmente, e todas as vidas serão poupadas.

— Sim, senhor.

— Padre, lembre a eles que somos brasileiros. Que obedecemos com rigor às leis da guerra. Não permitiremos retaliações contra ninguém.

— Nem aos Camisas Negras?

— A ninguém.

E lá se foi Dom Alessandro e sua batina escura no pó da estrada, caminhando os cinco quilômetros que os separavam das primeiras casas de Fornovo, um lugarejo sombrio chamado Respício, onde estava o comando das duas divisões.

153

Três horas depois, noite escura, o padre voltou.
– Eles me interrogaram muito sobre a localização e o poder das forças que os cercam, e eu disse que a única coisa sensata a fazer era a rendição. Disse que não tem como eles escaparem do cerco. Seriam massacrados, um banho de sangue. Eles estão amontoados uns contra os outros. São milhares, coronel.
– Eu sei, Dom Cavalli, são duas divisões.
– Pedem que eu volte lá com as condições da rendição por escrito, para eles analisarem.
Nelson de Mello escreveu os termos da rendição.

Ao comando da tropa sitiada na região de Fornovo-Respício.
Para poupar sacrifícios inúteis de vida, intimo-vos a render-vos incondicionalmente ao comando das tropas regulares do Exército Brasileiro, que estão prontas para vos atacar.
Estais completamente cercados e impossibilitados de qualquer retirada. Quem vos intima é o comando da vanguarda da Divisão brasileira que vos cerca.
Aguardo dentro do prazo de duas horas a resposta ao presente ultimato.
Assinado: Nelson de Mello, coronel. Comandante do 6.° RI.

O coronel Castelo Branco, assessor de Mascarenhas, estava ao lado dele e apanhou o papel.
– Acho que está bem, mas vou levar ao general Mascarenhas, em Montecchio, para sua aprovação.
E partiu de jipe, em disparada pelas estradas escuras. Uma hora depois Mascarenhas lia vagarosamente a nota assinada por Mello.
– É uma nota clara e digna. Pode mandar para eles.
Quando o dia amanheceu, bem cedinho, Dom Alessandro Cavalli refez o trajeto de cinco quilômetros até Respício, com o ultimato em sua bolsa.

Voltou duas horas depois, suando muito, com uma mensagem por escrito dos alemães. Era assinada por um certo major Kuhn, chefe do Estado Maior da 148. Duas linhas lacônicas, onde dizia que a resposta seria dada depois de consultar os oficiais superiores.

154

O dia transcorreu arrastado, o céu foi ficando escuro, pingos de chuva começaram a cair, e nada de resposta ao ultimato.

Pedrinho, o gago Atílio e o Alemão Wogler comiam a ração, costas apoiadas nas rodas de um caminhão, protegidos por um toldo improvisado com capas de chuva, quando ouviram tiros, explosões e gritos de alerta.

Já eram veteranos, e ficaram mastigando sem se mexerem. O sargento Nilson apareceu:

— Vamos atacar, todo mundo em pé.

— O que foi isso, sargento?

— Uma tentativa de romper o cerco. Eles já recuaram. Agora nós vamos atrás deles. Vamos lá!

Com os tanques Shermann à frente, a tropa de Nelson de Mello fustigou durante uma hora a defesa alemã, até que em meio ao ruído dos canhões e a fumaça escura que se misturava com a noite, viram uma bandeira branca acenando. Um jipe alemão se aproximava, buzinando sem parar.

155

O major Gross conduziu até o coronel Nelson de Mello os três oficiais do Estado Maior da 148, que estavam no jipe. Disseram que vinham em missão a mando do comandante da Divisão, general Otto Fretter-Pico, e desejavam chegar a um acordo e negociar a rendição.

Nelson de Mello se comunicou imediatamente com Mascarenhas:

— Vou mandar para aí o Brayner e o Castelo Branco. Eles têm todas as instruções necessárias.

Era uma da madrugada quando Brayner e Castelo Branco chegaram ao Posto de Comando do 6.º RI. Logo sentiram um clima de solenidade no antigo casarão. Foram levados a uma sala reservada, de pé-direito alto, com uma grande mesa brilhante no centro e três oficiais alemães, em pé, rígidos e tensos.

Trocaram continências, Mello fez as apresentações. O oficial alemão de posto mais elevado era o major Kuhn, que estendeu para Brayner seus documentos de identificação e apresentou-se como Chefe do Estado Maior da 148.ª. Os outros dois, um major e um capitão, ambos integrantes do Estado Maior, também mostraram suas identificações.

Brayner convidou-os a se sentarem com um gesto. Os alemães sacaram suas armas e as colocaram sobre a mesa. O oficial tradutor sentou-se ao lado do major Kuhn e começou a ir traduzindo em voz baixa o que ele dizia.

— Aqui estamos, por ordem e delegação do general Fretter-Pico, nosso comandante. Nossa Divisão se sente incapaz para continuar a lutar. Há vários dias faltam-nos medicamentos para nossos feridos e doentes. Não temos mais combustível para nos mover. Viemos, pois, propor a vosso comandante a cessação da luta, a cuja continuação o general Fretter renuncia definitivamente, desde que sejam respeitadas determinadas condições.

— Major, a exigência do comando brasileiro é a rendição incondicional, de acordo com as instruções do Alto Comando Aliado, em nome das Nações Unidas, disse Brayner pausadamente.

O major Kuhn pareceu empalidecer, mexeu-se nervosamente na cadeira. Olhou para o capitão a seu lado.

— Entendo. Mas gostaria de formular alguns pedidos para facilitar a execução da rendição.

— Com certeza, major. Estou pronto a examinar e debater com os senhores esses pedidos. Temos muito tempo e muitos assuntos a tratar.

— Está conosco um velho chefe italiano, general Mario Carloni, que comandou as divisões San Marco, Itália e remanescentes da Divisão Monte Rosa. Portou-se sempre com muita dignidade, mas foi abandonado por quase todas as suas tropas. Restam-lhe dois ou três batalhões. Recusou-se a tomar outro destino, apesar de se encontrar em sua própria pátria. O general Fretter pede que lhe seja concedido o mesmo tratamento que a ele, Fretter, for conferido.

— O general Carloni é um general do exército regular ou da Milícia Fascista?

— Pertence ao exército italiano e tem posto de general de Divisão.

— Será tratado como um general, com todas as suas prerrogativas.

A reunião atravessou a madrugada. Eles foram se conhecendo melhor à medida que as horas passavam, e um tênue sentimento de confiança foi crescendo nos alemães. Brayner foi descobrindo que o esguio e louro major Kuhn era o único que tinha curso de Estado Maior. Seu adjunto fizera um curso de emergência. Na vida civil era Juiz de Direito. O terceiro oficial era capitão das milícias SS. Mantinha o olhar duro, remoendo a humilhação; algumas vezes sussurrava algo ao ouvido de Kuhn.

Segundo o acordo de várias páginas firmado entre Brayner, Castelo Branco e os três oficiais alemães, os primeiros a se entregarem foram os feridos graves, e isso já perto das cinco da tarde de um dia de céu cinza.

Pela estrada foram surgindo lentamente duas colunas de ambulâncias. Parecia que não tinha fim. Era silenciosa e ordeira, mas com uma aura de tristeza em torno dela, e sobre essa aura começou a cair uma chuva fininha. Os médicos e as enfermeiras brasileiros os esperavam e os conduziam para as enfermarias montadas com rapidez durante a madrugada.

Depois vieram as forças motorizadas, em colunas aparentemente intermináveis, pois se estendiam até onde a vista alcançava.

Foram entregues oitenta canhões de diferentes calibres, duas mil viaturas de todos os tipos e quatro mil cavalos.

E chegou a vez da infantaria.

Era uma longa fila de homens cansados, que marchavam tentando mostrar um orgulho que tinham perdido. Alguns cantavam canções militares, o passo era firme e mostravam o peito estufado, mas passavam calados diante das duas mesas onde estavam os oficiais brasileiros e iam depositando as armas.

No local de concentração dos oficiais alemães houve dois inícios de tumulto. Um capitão, no momento de ser desarmado, sacou de um revólver que trazia escondido e apontou-o para a própria cabeça. Seus companheiros agiram rápida e violentamente e derrubaram o capitão, impedindo o suicídio. Um tenente, diante da mesa onde deveria depor as armas, retirou do bolso um vidro de um tóxico cáustico e o levou à boca. Também foi impedido pelos companheiros, mas o tóxico salpicou seu rosto, deixando queimaduras.

Chegou um jipe diante do PC, e desembarcou um coronel alemão. Fez continência para Brayner.

— Major, sou o coronel Hertz, comandante do grupamento de forças que se renderam na área de Felegara. Nossas colunas de prisioneiros estão passando dentro da cidade de Parma, rumo à concentração.

O coronel Hertz falava um francês fluente e seguiu:

— A população da cidade vem hostilizando-os agressivamente, sem que a pequena escolta brasileira possa fazer qualquer coisa para impedir. Ao sul da cidade há uma pequena estrada que a contorna, e até encurta o caminho. Faço um veemente apelo ao comando brasileiro que permita às colunas passarem por essa estrada. É a última coisa que posso fazer pelos meus soldados.

Brayner olhou nos olhos azuis do coronel.

— Há alguns meses, no Vale do Rio Serchio, uma patrulha brasileira caiu numa emboscada e foi conduzida, de forma ridícula e desrespeitosa, pelos condutores alemães, pelas ruas de uma aldeia italiana. Não foi uma conduta digna. Nós não a esquecemos, coronel, mas não vamos imitá-la. Suas colunas passarão pela estrada ao sul de Parma.

— Agradeço seu ato de generosidade. Peço permissão para lembrar que nós não podemos nos responsabilizar pelos maus atos de nossos comandados quando fogem ao nosso controle.

— 14. 779 homens se renderam.

Pedrinho viu pela primeira vez um general alemão: Otto Fretter-Pico entregava sua arma para o general Falconiere, chamado ao local para receber o prisioneiro. O taciturno Falconiere, elegante, permitiu que o general alemão conservasse sua arma, até ser internado em Florença.

156

O tenente Motta se aproximou da cerca, apanhou um cigarro do bolso e colocou-o nos lábios. O soldado dos Santos estendeu um isqueiro e acendeu o cigarro de Motta através da cerca de arame farpado. Os guardas estavam longe. Aspirou a fumaça com prazer.

— Esse teu não falha nunca.

— Carrego ele desde Barga. Tenente Ismael, soubemos que Hitler deu ordens para remover os oficiais do Stalag 7.

— É o que andam dizendo, mas não é nada certo. Há muito boato, não podemos ficar dando ouvidos a boatos.

— Foi o que eu ouvi. Parece que vamos servir de reféns. E logo na última batalha.

— Santos, diz pra o pessoal segurar os nervos. Agora é que vai ser necessário. Não vamos fazer burrada quando tudo está por acabar.

— Estão dizendo que os russos estão perto. Dizem que são eles que vão nos libertar.

— Ninguém vai nos libertar se a gente não ficar com a cabeça no lugar. O Gambá melhorou?

— Está bem melhor, tenente. Mas qualquer um ficaria com os nervos estragados se fosse acordado de noite e levado pra frente de um pelotão de fuzilamento. Mataram um polaco e um americano ao lado dele. Levaram o Gambá só pra aterrorizar. E ele já esteve diante de outro, seis meses atrás, em San Chirico.

— Tô sabendo. Olha: o Comando Aliado irradiou uma advertência ao Comando Alemão proibindo todo e qualquer deslocamento de prisioneiros de guerra, sob pena de represálias. Acho que os alemães não vão nos remover daqui. Mas estamos nos preparando. O Comando Americano do campo está nos organizando em Companhias e Batalhões para resistirmos.

— Aqui a mesma coisa.

— Correu logo a voz de que Hitler, furioso com a advertência dos Aliados, ordenou aos S.S. que fizessem uma limpeza no nosso campo.

— Minha nossa!

— Acho que não é nada, mas fiquem de prontidão.

— Nosso Grupo de Fuga está sempre de prontidão, tenente.

— Não pensem em fuga agora. Vai acontecer muita coisa nos próximos dias.

— Os russos estão chegando, tenente.

— Os americanos também.

— Eles estão apostando corrida.

157

Alguns dias depois, Pedrinho, Atílio e o alemão Wogler, sentados no terraço de um café em Pisa, comentavam estupefatos o que tinham assistido em Fornovo de Taro. Estavam em condição bem diferente: descansados, lavados, uniformes limpos. Podiam rir com moderação das lembranças, podiam selecionar com cautela o que pretendiam guardar. Não podiam rir de tudo, claro. Enquanto tomavam sol na calçada, olhando as moças em seus vestidos de primavera, três horas da tarde do dia 30 de abril de 1945, nesse exato instante, a 600 quilômetros dali, no escuro *bunker* no centro de Berlim, Adolf Hitler estava colocando a ponta da sua pistola Walther na boca, onde já boiava uma cápsula de cianureto. Apertou o gatilho e tudo escureceu. Sua amante, Eva Braun, jazia no sofá, parecendo adormecida. Eva, 33 anos, tentara pouco antes se matar com aquela mesma pistola, mas não conseguira e ingerira o veneno. Agora, ela estava morta. Agora, Adolf e Eva eram apenas mais dois dos 50 milhões de mortos que o delírio nazista custou. Lá fora, o exército russo entrava na capital da Alemanha, já chegava ao centro de Berlim, em longas e assustadoras filas. A população civil fugia em bicicletas, carroças e a pé. Os ruídos dos canhões faziam tudo estremecer. Ouviam-se paredes desmoronando.

Mas naquele ensolarado terraço de café em Pisa, os brasileiros ouviam apenas suas próprias gargalhadas, leves e sem muita causa; apenas as risadas de quem sobreviveu e agora estava desfrutando o sol, uma bebida gelada e as moças em seus vestidos de primavera.

Perto dali, descendo as escadas do Albergo Nettuno, o agora major Marcos negociava para embarcar num avião para Munique. Tinha recebido ordens para tentar contatar os prisioneiros brasileiros em Mösberg e Stettin.

— Há pelo menos uns quarenta e cinco, e desses uns dez são oficiais, dizia para ele o coronel do serviço secreto.

Um desses prisioneiros era o soldado da 2.ª Companhia do 6.º Regimento de Infantaria, aprisionado na tomada do monte San Chirico, perto de Barga, o Santos, como era chamado. Ele foi um dos prisioneiros com quem o major Marcos conversou. Santos disse, trêmulo, emocionado, atropelando as palavras, que ficou preocupado porque "fiz amizade com um piloto da FAB de nome Ismael, Ismael Motta Paes, que tinha o apelido de Moita porque era muito calado, mas comigo ele simpatizou quando lhe ofereci um cigarro através da cerca que separava os oficiais dos soldados. Algumas vezes nos encontrávamos naquele canto da cerca e trocávamos ideias; ele era mineiro e eu achava engraçado o jeito como eles, os mineiros, falam. A manhã do dia 29 de abril de 1945 raiava quando um ratatá cortou os ares, seguido de alguns tiros esparsos de fuzil. Foi um corre-corre, major. Depois ouvi um intenso tiroteio, completamente diferente dos disparos das baterias antiaéreas alemãs e das explosões lançadas pelos aviões aliados. Percebemos que se tratava de um ataque das forças aliadas. Mösberg e o Stalag VII estavam cercados. Desenvolvia-se uma batalha em que as tropas SS opunham forte resistência às forças norte-americanas. Assim que os americanos entraram no campo, houve grande agitação e confusão entre nós, mas logo começamos a nos aglomerar junto às paredes, pelo menos para nos proteger de balas perdidas. Só tive certeza de que sairíamos com vida daquele inferno quando vi um blindado, com a estrela do exército americano e os dizeres US ARMY em seu flanco, derrubar a cerca de arame farpado, para nós, inexpugnável, como se fosse um tapume."

158

O major Marcos chegou a Stettin dois dias depois dos russos. As informações que ele recebeu é de que fora algo assustador. As vanguardas russas aparentemente tinham essa função. Eram grupos isolados, parecendo mais bandos de malfeitores, com roupas de civis e de militar misturados, barbudos, cabeludos, esfarrapados, chegando com o propósito de saquear, perseguir os SS e impedir a fuga de oficiais de qualquer corpo do exército alemão. Eles traziam a vingança nos olhos: eram sobreviventes dos gigantescos massacres promovidos pelos nazistas em terras da Rússia, quando aldeias e cidades foram reduzidas a cinzas e milhões de soldados e civis foram exterminados.

No dia seguinte chegaram tropas mais organizadas, mais numerosas, em centenas de caminhões e carroças, quase todas conduzidas por mulheres, robustas, selvagens, chicoteando os animais e dando gargalhadas mais assustadoras do que os homens.

E no terceiro dia chegaram tropas regulares, operando com disciplina, sob o comando de oficiais profissionais, impondo, finalmente, ordem na ocupação e libertação dos campos de prisioneiros.

Marcos foi de jipe com um grupo de oficiais americanos espiar os campos libertos. Os olhos de Marcos demoraram a decifrar o significado das roupas que as pessoas vestiam, roupas cinzas com listas negras, em farrapos, enormes nos corpos magérrimos e então sobreveio o brusco horror de ver os corpos só pele e osso e os terríveis olhos no fundo das órbitas e os olhares sem brilho humano que lhes dirigiam e eram centenas e mais ainda do que centenas, milhares, se movendo como numa onda, lentos, adormecidos, semivivos, arrastando os pés e movendo os braços sem sentido nem direção.

Estacionaram ao lado de uma fila de caminhões e eles estavam carregados de corpos, aqueles corpos só pele e osso, uns sobre os outros, homens, mulheres, velhos, crianças, e estavam mortos. Mortos. O major Marcos entrou num pavilhão onde um oficial nazista era interrogado. Deu alguns passos vacilantes, tentando se acostumar com o que presenciava, espiou por uma janela para dentro dum alojamento e viu os mortos vivos nos beliches, viu os braços pendendo no ar, o silêncio vagando no ar fétido e podre.

— Era possível, entendeu, era possível, dizia o oficial nazista, jovem, com os olhos brilhantes de medo e de audácia, encarando seus interrogadores. — Exterminar os judeus era possível. E não fomos nós que inventamos a ideia do genocídio. A prática é política, política, nada mais do que política e remonta há muitos séculos. Povos inteiros foram exterminados no Congo Belga e na Namíbia. Os ingleses provaram essa teoria quando exterminaram os tasmanianos. O senhor compreende, a Tasmânia era uma ilha habitada por um povo há dez mil anos, e os ingleses foram lá e em poucos anos os tasmanianos foram sistematicamente caçados, assassinados e deportados pelos agentes britânicos, e assim acabaram com todos, todos, entendeu; em grupos ou de um a um, a raça tasmaniana acabou quando só restou uma mulher; o nome dela era Trugonini; ela morreu em 1869, seu corpo foi dissecado, e seu esqueleto está exposto em uma vitrine no Museu Hobart, de Londres, e se eles, os pederastas doentes podres ingleses fizeram isso, por que nós não poderíamos também fazer, me responda, capitão, me responda!

Marcos deu as costas, olhou o campo de extermínio, o arame farpado, os galpões onde funcionavam os fornos crematórios, a multidão de esfarrapados se movendo lentamente com aquelas rígidas máscaras moribundas, observou o silêncio que era levemente roçado pelos passos vagarosos e sem rumo, e percebeu que o mundo girava, que, além do cheiro nauseabundo que lhe intoxicava os pulmões, o cérebro era afetado pelo horror, e se agarrou a uma tábua da cerca, vergou a cabeça e em arrancos dolorosos expeliu a náusea que o invadira e que o acompanharia até o fim dos seus dias.

159

Torres dobrou o jornal e deixou-o sobre a mesinha, quando viu o trio se aproximar. Estava na calçada de um café típico de Pisa, com o sol batendo em cheio nele. Danilo, Joel e Motta sentaram-se, pálidos. Olharam para Torres como se ele pudesse explicar.

– O desgraçado morreu mesmo?, perguntou Joel.

– Os americanos confirmaram.

Joel se contorceu na cadeira.

– A guerra praticamente terminou e ele se deixou abater.

– Típico dele. O rei da piada de mau gosto.

– Era sua missão 89. Oitenta e nove! Devia estar em casa descansando.

– Até o Hitler já morreu, disse Motta.

– Vamos fazer alguma coisa urgentemente, disse Danilo.

– O quê?

– Vamos beber até cair e depois procurar briga.

– Procurar briga?, estranhou Motta.

– Aprovado. *Signore, grappa!*, comandou Torres.

– Quebrar tudo. Vamos destruir este café, todos os cafés desta rua, insistiu Danilo.

— Vamos!

Motta se levantou num ímpeto, apoiado nas duas muletas, os olhos bem abertos, como se estivesse subitamente ficando louco.

Torres o puxou pela manga.

— Senta aí. Civil, não.

— Vamos buscar uma turma da PM. Vamos dar uma surra neles. Desde que cheguei quero quebrar a cara de um filho da puta de um PM americano.

— Senta aí.

Motta sentou-se e descansou os braços nas muletas, baixou a cabeça.

— Ele me deixou um testamento.

— O quê?

— Aquelas bobagens dele. Piada de mau gosto. Me deixou um testamento. Nunca mostrei porque ficava constrangido. Podia dar azar. Mas hoje, quando soube, busquei na minha mala. Tá aqui, ó.

Enfiou a mão no bolso da jaqueta e apanhou um papel dobrado. O garçom deixou uma garrafa sobre a mesa e colocou quatro pequenos copos. Torres os encheu com a grapa. Todos se serviram, tocaram os copos.

— Fundo branco, disse Torres.

Beberam dum gole só e bateram com os copos na mesa. E depois ficaram olhando a pequena folha de papel que Motta colocou sobre a mesa e alisou com a palma da mão.

— O quê que diz aí?, perguntou Joel.

— Coisas do louco do Dornelles.

Joel arrebatou o papel.

— Eu leio.

Instantaneamente ficaram atentos, olhando para o rosto tenso do capitão Joel, que examinava o papel tentando se acostumar com a letra de Dornelles.

Motta: podes ficar com os meus cigarros, para não andares filando os dos outros; há, na mala, um pacote que é do Brandini, mas ele não precisa dele, pois não se compreende que um rapaz que estudou para padre con-

quiste mulheres em troca de cigarros. Como, para se fumar é preciso que os cigarros estejam acesos, podes pegar os fósforos também. O Rocha, como melhor americano que brasileiro, pode lançar mão das cervejas. O Medeiros com certeza gostará do meu espelho e da escova para alisar aquilo que ele chama de bigode. Meira, se não te chateias, senta a pua nas minhas camisas; afinal, eu ia pôr fora mesmo. Medeiros, dá o retrato da russa para o Waldir e diz a ele que o endereço é Rua Inhangá, 27, ap. 340; afinal, ele gostará de estar com alguém que me conhecia, e o pequeno Waldir passará uns dias acompanhado (sim, porque ele não aguentará mais do que isso). Diz a Janjão que tamanho é documento... para quebrar pedra na pedreira. O Cauby parece que está precisando de uma escova de dentes. Tenho uma que é tua. O Palmolive para o Cox. O cachimbo para o Brandini e a pistolinha também. Os dois devem combinar, não é? O Rocha, se não tivesse a cabeça tão cheia de coisas, poderia usar o meu quepe. Roland, os filmes coloridos, com os meus cumprimentos. O resto, com exceção de roupas, mandem para minha irmã Maria Lopes Dornelles, Rua Duque de Caxias, 1228, Porto Alegre, RS. Assina: Luiz Lopes Dornelles, 2.º tenente aviador.

Os quatro ficaram olhando para a toalha quadriculada da mesa, enquanto Motta apanhava a carta, dobrava e guardava no bolso.
– Quando ele escreveu isso, o Medeiros estava vivo.
– O filho da mãe não deixou nada para nós, disse Joel.
– Só deixou para os tenentes.
– Claro. Os tenentes são pobres, disse Torres.
– No fundo somos todos tenentes, gemeu Joel.
Torres tornou a encher os copos.
– Fundo branco.
Beberam de um só gole e bateram os copos na mesa. Danilo levantou-se tão rápido que derrubou a cadeira.
– Vamos procurar a PM.

160

O cerco e a rendição das duas Divisões do Eixo foi o último ato de ação da FEB no teatro de operações da Itália. Naquele dia, no começo da tarde tomada pelo silêncio que sucede aos combates, Pedrinho e o alemão Wogler, estirados na carroceria de um caminhão destroçado pelas bombas, assistiam à pesada procissão dos derrotados, quando viram o jipe coberto de lama chegando.

Estava escrito *Liliana* no para-lama. O comandante Mascarenhas de Moraes chegava a Fornovo de Taro para inspecionar os procedimentos finais da rendição. Estava acompanhado de todo o Estado Maior.

Saltaram do jipe e ficaram olhando a fila de prisioneiros. Cordeiro de Farias aproximou-se de Mascarenhas, trocaram continência e um rápido olhar. Apertaram as mãos.

Mascarenhas e Cordeiro adivinharam que sentiam a mesma comoção íntima, vendo os derrotados sob a chuva, aquela gigantesca fila de homens que não metiam mais medo a ninguém, ali, desarmados, impotentes, na chuva silenciosa.

Um mensageiro se apresentou. Brayner apanhou o envelope e passou-o para o comandante, que o abriu, correu os olhos na folha datilografada. Estendeu-a para Brayner.

– É do *cowboy*.

Brayner leu em voz baixa, com rapidez:

Vossa ação contínua e agressiva contra as colunas inimigas que tentavam desembocar no Vale do Pó levou-os à confusão com pesadas baixas, ação essa que resultou na rendição dos Generais Comandantes da 148.ª Divisão Alemã e de uma Divisão Italiana, num total de 14.779 prisioneiros de guerra e grande quantidade de material vital. Meu General, os resultados obtidos pela FEB, sob o vosso elevado comando, constituem um alto feito militar que vos concederá um lugar proeminente na história dessa guerra.

Assinado: General Crinttenberger.

Brayner dobrou a folha de papel e guardou-a no bolso da jaqueta.

– Para nossa memória, disse. – Talvez um dia seja preciso.

Cordeiro sorriu. Os três começaram a caminhar na chuva rala, bem devagar, Mascarenhas e Cordeiro lado a lado, Brayner um pouco atrás. Deixavam-se possuir pelo sentimento de alívio, da tranquilidade que os envolvia, olhando os prisioneiros, que se acomodavam, pacientes e silenciosos, debaixo das árvores.

– Não metem mais medo.

– Não.

– São apenas homens que perderam uma batalha.

– Não chegaram a ser o que um dia sonharam.

– Sonharam o quê, Brayner?

– Seres superiores, eu acho. Deuses de antiga mitologia.

Mascarenhas concordou com a cabeça. Continuaram caminhando, calados. Cordeiro quebrou o silêncio.

– No dia 21 de fevereiro... lembra essa data?

– Tomamos o Castelo, disse Mascarenhas.

– Isso. Escrevi para minha mulher dizendo que ela era mais importante do que a rainha da Inglaterra.

– Opa! Estás tão culpado assim?

– Não, eu sou mesmo um romântico. A rainha é homenageada no dia de seus anos com uma salva de duzentos tiros. Eu dediquei a Avany, no seu aniversário, mais de vinte mil tiros.

– Gostei. Bem convincente.

– No meu entender, tem outra coisa bem convincente.

– O que, Cordeiro?

– O ofício do *cowboy*.

– Sim. Bem convincente.

– Talvez no Rio nos convidem para jantar.

– Talvez.

– Ou algumas festas.

– Pode ser.

– Não pretendo perder nenhuma.

– Faz muito bem.

– E tu, João Batista?
– Eu? Não sou de festas.
– Os salgadinhos são muito bons.
– Não me amole, Cordeiro. Você sabe de onde eu venho.

Continuaram caminhando em sentido contrário à fila de prisioneiros, respondendo à continência ocasional de algum pracinha, lentamente se encharcando da chuva fininha, lentamente assimilando as novas do dia.

EPÍLOGO

Os brasileiros começaram a voltar para casa em princípio de julho. Todas as missões que lhes foram confiadas, eles cumpriram integralmente. Diante da monstruosidade do conflito, a participação foi pequena, mas num momento decisivo: participando da conquista do Monte Castelo, a FEB ajudou a derrubar uma das últimas muralhas que impediam o avanço para Berlim e praticamente dava fim à guerra em solo italiano.

A Força Expedicionária teve 433 mortos e 3 mil feridos. Capturou 20.573 prisioneiros. Lutou de setembro de 1944 a maio de 1945, na forma de uma autêntica maratona de duros combates nas ásperas montanhas dos Apeninos e na planície do Pó.

Há um dado relevante nos arquivos aliados: apesar de participar apenas nove meses de uma guerra de seis anos, e com 25 mil combatentes num universo de milhões, pela quantidade e intensidade do seu emprego, a FEB foi, proporcionalmente, a segunda tropa que *ficou mais tempo em ação contínua* durante todo o conflito.

FIM

FONTES BIBLIOGRÁFICAS

Você sabe de onde eu venho é um romance histórico, isto é, alia ficção com fatos reais. Para escrever este livro busquei informações em numerosos diários de soldados e oficiais, jornais da época, relatórios, ensaios e memórias, tais como *A FEB segundo seu comandante,* do general João Batista Mascarenhas de Moraes; *A verdade sobre a FEB,* do Marechal Floriano de Lima Brayner; *Diálogos com Cordeiro de Farias,* de Aspásia Camargo e Walder de Góes. Ainda em *Missão 60,* de Fernando Pereyron Mocellin; *Overnight Tapachula,* de Alberto Martins Torres; *O Dia D,* de Antony Beevor; *A estrada para Fornovo,* de Fernando Lourenço Fernandes; *Crônicas de guerra,* de Rubem Braga; *A luta dos pracinhas,* de Joel Silveira e Thassilo Mitke; *Aliança Brasil-Estados Unidos,* de Frank D. MacCann, Jr.; *A nossa Segunda Guerra,* de Riccardo Bonalume Neto, e os trabalhos de Wagner Camilo Alves; *O Brasil e a Segunda Guerra Mundial: história de um envolvimento forçado,* de John Buyers; *História dos 350th fighter group da Força Aérea Americana,* de Celso Castro, Vitor Izecksohn e Hendrik Kraay; *Nova História Militar Brasileira,* de Gordon Corrigan; *The Second World War,* de Thomas Dunne Books, Willis D. Krittenberger; *Campanha final ao noroeste da Itália,* de Hernâni Donato; *Dicionário das Batalhas Brasileiras,* de Richard Doherty; *Victory in Italy: 15th Army Group's Final Campaign 1945,* de Dönitz, Karl; *Memoirs: Ten years and twenty days,* de Ferraz, Francisco Cesar; *A guerra que não acabou: a reintegração social dos veteranos da Força Expedicionária Brasileira, 1945-2000,* de Ferraz, Francisco Cesar; *Os brasileiros e a Segunda Guerra Mundial.*

de Giovanni Sulla, Ezio Trota; *Gli eroi venuti dal Brasile; Storia fotografica del corpo di spedizione brasiliano in Italia (1944-45)*, de Lavanére-Wanderley, Nelson Freire; *A Força Aérea Brasileira na Segunda Guerra Mundial, Senta a Pua!,* de Rui Moreira Lima, e ainda Aricildes de Moraes; *História oral do exército na Segunda Guerra Mundial:* Tomo I Rio de Janeiro e Minas Gerais, de Dennison de Oliveira; *Os soldados alemães de Vargas, A Força Expedicionária Brasileira e a Segunda Guerra Mundial: estudos e pesquisas,* de Patrícia Ribeiro; *Trauma e reparação nas memórias dos veteranos da FEB,* de Ricardo Seitenfus; *A entrada do Brasil na Segunda Guerra Mundial,* de Massaki Udihara; *Um médico brasileiro no front,* entre muitos outros. E busquei inspiração em obras do gênero, como *Três soldados,* de Lúcia Benedetti; *Mina R,* de Roberto de Mello e Souza; *O Lapa Azul,* de Agostinho José Rodrigues; *Os jovens leões,* de Irwin Shawn; *Por quem os sinos dobram*, de Ernest Hemingway; *Os nus e os mortos*, de Norman Mailer; *Sem novidades no front,* de Erich Maria Remarque, entre outros.

Roteiro da FEB na Campanha da Itália.
Fonte: Arquivo Nacional, Domínio público
https://commons.wikimedia.org/w/index.php?curid=69377448